Editora Charme

SEGUINDO *as* REGRAS

AUTORA BESTSELLER DO

PENELOPE

1ª Impressão 2023

Modelo da Capa - Christian Ganon, @christianganon46
Fotografo da Capa - Martin Traynor
Adaptação da capa e Produção Gráfica - Verônica Góes
Tradução - Alline Salles
Preparação e Revisão - Equipe Editora Charme

Esta obra foi negociada pela Brower Literary & Management.

CIP-BRASIL. CATALOGAÇÃO NA PUBLICAÇÃO
SINDICATO NACIONAL DOS EDITORES DE LIVROS, RJ

W233s

Ward, Penelope
Seguindo as regras / Penelope Ward ; tradução Alline Salles. - 1. ed. - Campinas [SP] : Charme, 2023.
368 p. ; 22 cm.

Tradução de: Toe the line
ISBN 978-65-5933-124-6.

1. Romance americano. I. Salles, Alline. II. Título.

23-84697 CDD: 813
CDU: 82-31(73)

Gabriela Faray Ferreira Lopes - Bibliotecária - CRB-7/6643

www.editoracharme.com.br

Editora
Charme

Tradução: Alline Salles

SEGUINDO *as* REGRAS

AUTORA BESTSELLER DO *NEW YORK TIMES*

PENELOPE WARD

CAPÍTULO 1

Noelle

PRESENTE

É engraçado como sempre nos lembramos de onde estávamos e o que estávamos fazendo quando acontece algo marcante em nossa vida.

Com certeza, eu nunca me esqueceria de estar na sala de arte do jardim de infância quando soube que minha professora tinha morrido em um acidente de carro a caminho da escola naquela manhã. E sempre me lembraria da minha menstruação descer pela primeira vez quando estava jogando boliche com meu pai.

Hoje eu tinha outra coisa para adicionar a essa lista. Sempre me lembraria de onde estava quando recebi o convite de casamento de Archie Remington: na cadeira da pedicure na Wonder Nails, contendo lágrimas após abrir o envelope enquanto, ao mesmo tempo, combatia uma risada indesejada devido à bucha estar sendo esfregada na sola dos meus pés.

Ria.

Fungava.

Ria.

Fungava.

Havia levado uma pilha de correspondências comigo para ver enquanto ficava na cadeira na tentativa de otimizar meu tempo. No meio da pilha havia um envelope contendo um papel grosso cor creme em que estava escrito:

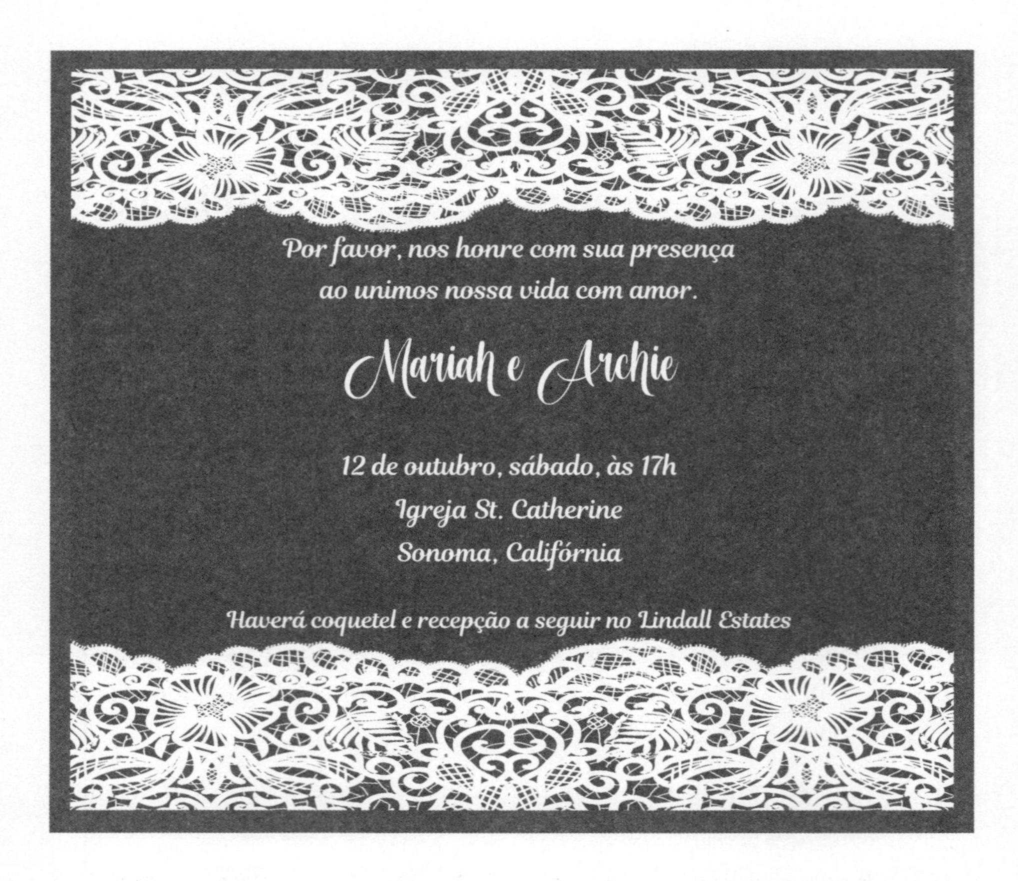

Nos últimos sete anos, Archie tinha sido meu melhor amigo. Eu sabia que ele estava namorando Mariah; eu a tinha até conhecido quando voei para a Califórnia a trabalho e usei a oportunidade para visitar Archie. Mas, certamente, ele poderia ter tido a decência de me contar que estava noivo antes de enviar esse convite! Tínhamos trocado muitos e-mails sinceros ao longo dos anos. Ele nunca hesitara em contar qualquer coisa que estava acontecendo na sua vida. Então por que esconder essa notícia grandiosa e me fazer descobrir como se eu fosse uma estranha? Não fazia sentido.

Continuei refletindo sobre isso e me mexendo conforme a mulher terminava meu pé.

Dedos do pé finalizados e explodindo com uma sensação de traída, no segundo em que saí do salão, liguei para Archie. Atordoada, nem tinha me dado ao trabalho de tirar os chinelos de papel que me deram para usar enquanto ficava parada na calçada cheia de gente de Nova York.

Archie atendeu no segundo toque, sua voz grossa um som gratificante contra a minha já com os nervos em frangalhos.

— Noelle? — Ele pausou. — Está tudo bem?

Provavelmente, ele estava perguntando porque, apesar de termos sido próximos ao longo dos anos, dava para contar em uma mão o número de vezes em que realmente conversamos ao telefone. Nosso método preferido de comunicação sempre tinha sido e-mail.

— Como pôde não me contar que vai se casar? — Minha voz falhou.

— O quê? Como sabe disso?

— Não queria que eu soubesse? Do que está falando? Você me enviou um convite!

A linha ficou em silêncio por um instante.

— Merda. Tudo que fiz foi entregar uma lista de nomes e endereços. Não fazia ideia de que iriam enviar alguma coisa tão rápido. Estava planejando te contar no fim de semana que vem.

Archie e eu planejamos nos encontrar em Whaite's Island, Maine, onde nossas famílias eram coproprietárias de uma casa de verão. Como a metade deles estava agora em nome de Archie, ele e eu nos reuniríamos com um corretor a fim de colocar a propriedade à venda. Eu iria no lugar dos meus pais, que tinham se mudado para a Flórida. O mercado estava aquecido, então parecia ser a hora certa para fazer isso. Por muitos anos, alugamos a casa para temporada.

— Me desculpe mesmo, Noelle. A mãe da Mariah deve ter se adiantado. Juro que nunca quis que você descobrisse desse jeito. Entenda isso, por favor.

Várias pessoas passavam correndo por mim enquanto eu ficava ali parada, atordoada. Concluí que Archie estava dizendo a verdade, porém, apesar da sua explicação, ainda sentia uma pontada de tristeza.

Quando o silêncio na linha ficou desconfortável, Archie disse:

— Vou fazer sua massa preferida com molho de vodca na próxima semana para te compensar.

— Sim... — murmurei. — Certo. — Meu peito doía.

Não por causa da maldita massa. Meu melhor amigo iria se casar, e isso era complicado.

Qual era a questão sobre Archie? Agora ele era meu melhor amigo, mas certa vez... quase fomos mais do que isso. Naquele verão, aprendi a maior lição da minha vida: um bom jeito de ter o coração partido por seu melhor amigo é esquecer como seguir as regras.

CAPÍTULO 2

Noelle

PASSADO

Não havia nada como aquele primeiro sinal de ar salgado. Já tinha ido para Whaite's Island, Maine, em alguns verões, mas a empolgação de chegar era exatamente como da primeira vez. Nunca cansava. Quando se respirava poluição nociva da cidade na maior parte do ano, era fácil apreciar o sopro de ar fresco, literalmente, dali.

Saí do carro dos meus pais e olhei para cima, para nossa nova casa de veraneio. Embora tivesse visto fotos, essa era a primeira vez que a via ao vivo. Era uma casa típica de beira da praia estilo colonial, com uma varanda espaçosa e larga e muitas janelas enormes. O gramado estava lindamente cortado, e havia buxinhos com flores rodeando a propriedade.

— É ainda mais maravilhosa do que imaginei — minha mãe disse.

Se ao menos essa casa fosse somente nossa. Meu pai a tinha dividido com seu amigo e mentor, Archer Remington. Ambos eram advogados criminalistas, e meu pai havia trabalhado para Archer por um tempo em Nova York. Quando o sr. Remington saiu para chefiar a filial da Costa Oeste da firma deles, meu pai e ele mantiveram a amizade. Archer e sua esposa, Nora, tinham um filho, Archie, que era alguns anos mais velho do que eu e iria estudar Direito. Nas vezes anteriores em que os encontramos ali ao longo dos anos, tínhamos alugado nosso próprio lugar. Essa era a primeira vez que minha família, os Benedict, ficariam sob o mesmo teto que os Remington.

— Não acredito que metade dessa casa é nossa — murmurei, meus olhos passeando pela rodovia para o oceano ao longe.

Minha avó havia ficado doente, então não tínhamos viajado nos anos anteriores, e fazia tempo que eu não via os Remington. No entanto, eles foram para lá constantemente durante os verões desde que seu filho era pequeno. Archie tinha um monte de amigos na ilha, enquanto eu ficava sozinha ou com minha família. Queria que esse verão fosse diferente e planejei me obrigar a socializar, mesmo que não gostasse. Seria uma boa prática para começar a estudar na Boston University no outono. Considerando que agora possuíamos metade daquela propriedade, seria do meu interesse fazer alguns amigos permanentes, principalmente já que havia bastante gente que morava ali o ano todo.

Meu coração martelava conforme nos aproximávamos da porta da frente. Estava apreensiva para ver Archie. Sempre tivera uma queda indesejada por ele, apesar de ele e eu nunca termos realmente interagido. Na verdade, não *gostava* tanto dele, e ele nunca tinha se esforçado para me conhecer. Mas agora, sob o mesmo teto, não teríamos escolha a não ser conversar um com o outro.

O SUV dos Remington estava parado do lado de fora, então, eles já tinham chegado. Meu pai usou a chave que Archer lhe enviara, e ouvi passos antes de avistar uma Nora Remington sorridente.

— Vocês chegaram! — Ela sorriu. — Noelle! Ah, meu Deus... Olhe para você! Cresceu tanto.

Da última vez que Nora me vira, eu tinha uns quinze anos. Agora eu tinha dezoito e meio, então, com certeza, havia mudado bastante desde então.

— Estou pronta para meu tour — minha mãe, Amy, disse antes de eu conseguir formular uma resposta.

Archer Remington desceu as escadas e deu tapinhas no ombro do meu pai.

— Como foi a viagem, Mark?

— Tranquila — meu pai respondeu conforme olhava à sua volta.

— Cadê o Archie? — mamãe perguntou.

— Ele precisava acabar algumas coisas na universidade, então virá direto de lá — Nora explicou. — Chegará amanhã.

O alívio me inundou. Tinha o resto do dia para me acostumar aos meus novos ambientes em paz.

O sr. Remington olhou para mim.

— Quando foi que Noelle cresceu?

Dei de ombros e sorri timidamente, olhando para meus pés.

Meu pai deu um tapa no braço dele.

— É melhor você ter uma cerveja gelada me esperando, meu velho.

— Já tem um cooler preparado ao lado da quadra de tênis.

— Ah... não vamos perder tempo, não é? — Meu pai riu. Enquanto ele seguia Archer para fora, eu o ouvi dizer: — Acredito que esteja pronto para eu acabar com sua raça.

Archer e Nora Remington eram uma década, mais ou menos, mais velhos do que meus pais. Nora tinha quase quarenta quando teve Archie, então deveria ter uns sessenta anos agora. Meu pai havia acabado de sair da faculdade de Direito quando Archer foi seu mentor. Agora meu pai era um advogado bem-sucedido por conta própria. Tanto meu pai quanto Archer trabalhariam remotamente da ilha nesse verão, com viagens ocasionais se precisassem se reunir com clientes.

— Deixe-me te mostrar seu quarto, Noelle. — Nora sorriu.

— Eu adoraria ver.

Como minha mãe foi para a cozinha, segui Nora para o piso superior pela escadaria enorme.

Ela abriu a porta do meu quarto.

— Acho que você tem a melhor vista da casa.

A janela grande realmente fornecia uma vista adorável do oceano do outro lado da rodovia. Dava para ouvir as ondas quebrando ao longe e era possível até enxergar um farol. Algo me dizia que eu iria dormir como um bebê ali.

— Vou te dar um tempo para desfazer as malas — Nora disse. — Depois pode descer para comer alguma coisa. Deve estar com fome.

Assenti.

— Obrigada.

Meu quarto tinha um banheiro conectado e um closet enorme. Os lençóis brancos pareciam recém-lavados, e o quarto estava decorado com uma estampa náutica. Havia uma âncora de madeira desgastada na parede, e uma poltrona com listras grossas brancas no canto.

Assim que desfiz a maior parte da mala, me juntei aos meus pais e aos Remington no andar de baixo. Nora tinha preparado uma tábua de aperitivos com salmão defumado, azeitonas e uma variedade de biscoitos e queijos.

Enquanto os pais relaxavam à mesa depois de comermos, resolvi dar uma caminhada e olhar a região. Eu tinha planejado correr enquanto estivesse ali, então queria traçar uma rota antes da manhã seguinte.

Andei um pouco, porém acabei parando em uma loja fofa de roupa no fim da rua. Tocou uma campainha quando entrei.

Eu estava olhando a seleção de biquínis quando uma garota mais ou menos da minha idade se aproximou.

— Posso te ajudar a encontrar alguma coisa? — ela perguntou.

— Oh, não. — Balancei a cabeça. — Só estava olhando.

— Você é turista?

— Minha família acabou de comprar uma casa aqui, então acho que não sou mais uma turista, apesar de que virei para cá somente no verão.

— Onde é sua casa?

— Na Shady Oak Drive.

— Legal. — Ela pausou por um instante, depois indagou: — Moram você e seus pais ou... seu marido?

— Sem marido. — Dei risada. — Só tenho dezoito anos.

— Imaginei que tivesse quase a minha idade. Tenho dezenove.

Assenti.

— Somos só meus pais e eu. Compramos a casa junto com uns amigos da família. Conhece os Remington?

Ela arregalou os olhos.

— Na verdade, sim. Minha irmã saiu com Archie em um verão.

— Oh, uau. Certo.

— É. Ele partiu o coração dela, terminou as coisas antes de ir estudar. Ela meio que o detesta agora. — Ela deu de ombros.

— Sinto muito. — Franzi o cenho. — Quero dizer, não conheço Archie muito bem. Mas isso é uma droga.

Ela inclinou a cabeça para o lado.

— Você não o conhece, mas vai morar com ele?

— Ele ainda não chegou. Nossos pais são amigos, mas, nos últimos verões que passei aqui, ele agiu como se eu não existisse. Então mal falo com ele.

— Ah, entendi. — Ela assentiu. — De qualquer forma, sinto muito. Provavelmente, deveria ter me apresentado. Sou Cici. Moro aqui o ano todo, e esta loja é da minha mãe.

Olhei para um manequim com uma saída de banho felpuda.

— Sou Noelle. Esta loja é bem legal. Só estou meio que passeando hoje.

— Se ficar entediada e quiser se divertir, umas amigas minhas e eu nos reunimos perto do restaurante na praia na maioria das noites. Normalmente, há música ao vivo e fogueira. É, basicamente, onde todo mundo vai.

— Seria incrível. Não conheço ninguém aqui.

— Bem, agora conhece. — Ela deu uma piscadinha. — Me dê seu celular. Vou colocar meu número.

— Legal. — Eu o entreguei a ela.

— Vou te chamar amanhã — ela disse ao me devolver o celular.

— Está bem.

Saí de lá com uma energia renovada. Tinha jurado conhecer pessoas enquanto estava ali, e fizera isso nas primeiras horas. Só precisava de uma pessoa que conhecesse esse lugar, e parecia que eu a havia encontrado.

Na manhã seguinte, comecei meu dia com uma corrida ao nascer do sol. Saí de casa lá pelas cinco da manhã, antes de todos acordarem. Foi como se eu tivesse a ilha inteira só para mim, e correr com o lindo Oceano Atlântico como pano de fundo era um sonho.

Quando voltei, meus pais estavam à mesa da cozinha com os Remington. Me juntei a eles para tomar café da manhã e os ouvi falarem sobre alugar um barco mais tarde naquele dia. Parecia uma receita para vômito, com minha tendência a ficar enjoada, então escolhi ficar fora dessa.

Quando partiram, uma sensação de ansiedade me tomou, já que sabia que Archie chegaria em algum momento do dia. Não fazia ideia de que horas ele chegaria e não quisera parecer interessada perguntando.

Em vez de perambular pela casa com minha energia à flor da pele, enviei mensagem para minha nova amiga, Cici, a fim de descobrir o que ela estava fazendo. Ela me contou que precisava trabalhar até duas da tarde, mas que estaria livre depois.

Às três, fui de bicicleta para a casa de Cici. A propriedade era tão linda quanto a que éramos donos agora. Lindos arbustos de hortênsias rodeavam a casa, que tinha uma escadaria larga que levava à varanda da frente.

Enviei mensagem avisando que chegara, e ela me encontrou lá na frente.

— Oi! Você encontrou. — O cabelo comprido e loiro de Cici esvoaçava com a brisa do mar quando ela saiu para me receber.

— Sim. — Desci da bicicleta e a encostei. — É linda.

— Estava acabando de fazer limonada para levar para a piscina. — Ela acenou para eu entrar. — Venha conhecer minhas amigas.

Cici me guiou pela casa até a piscina na parte de trás. Não parecia que seus pais estavam em casa.

Ela me apresentou a duas garotas que estavam tomando sol nas espreguiçadeiras.

— Esta é Lara. E aquela é Crystal.

Ergui a mão.

— Oi.

Enquanto Crystal deu um simples aceno, Lara ergueu a mão à testa para bloquear o sol.

— É um prazer te conhecer, Noelle.

Só então outra garota saiu pelas portas francesas do fundo da casa.

— Ei, você viu minhas sandálias Michael Kors? — ela perguntou a Cici.

— Estão no meu quarto.

A loira alta cerrou os dentes.

— Pare de pegar minhas coisas.

Cici se virou para mim.

— E aquela vaca grosseira é minha irmã, Amanda.

— Entendi.

Presumi que Amanda fosse a irmã que havia saído com Archie Remington. Não era surpresa ela ser linda e metida. Não esperaria menos dele.

— Para onde você vai no outono? — Cici perguntou.

— Para a Boston University.

— Ah, legal. Qual é o seu curso?

— Jornalismo. Não tenho certeza do que quero fazer com ele depois de me formar, mas vou dar uma chance.

Ela assentiu.

— Pelo menos você tem uma noção do que quer. Eu não consigo decidir. Estou em Estudos Gerais na University of Maine.

— Não há nada de errado nisso.

A conversa continuou bem leve ao longo da tarde. Nadamos na piscina e bebemos limonada, à qual Cici tinha adicionado vodca. Me limitei a duas, já que precisava voltar de bicicleta.

Quando retornei para casa naquela noite, os pais não estavam em casa — ainda passeando de barco, imaginei. A casa parecia silenciosa, então presumi que estivesse sozinha e que Archie ainda não tivesse chegado.

O sr. Remington tinha mencionado um marisco assado para o jantar daquela noite a fim de comemorar a chegada do filho, então, em vez de comer qualquer coisa, pensei somente em tomar banho.

No meu quarto, desamarrei a parte de cima do biquíni e a deixei cair no chão antes de tirar a parte de baixo, me preparando para entrar no chuveiro.

Então abri a porta do meu banheiro e congelei ao vê-lo.

— Que porra é essa? — ele rosnou, passando a mão no seu cabelo castanho-claro e grosso.

Meu coração martelava no peito. Archie ficou parado diante de mim, seu pau grande pendurado livremente no ar.

Horrorizada, dei um passo para trás e fechei a porta, meu coração ainda martelando. *Certo.* Como alguns anos faziam diferença. Não era o Archie de que me lembrava. Era um homem *adulto* lá dentro. Um verdadeiro Adônis. Músculos definidos. Tatuagem no braço — *quando ele fez?* E um pau enorme, pelo que eu tinha observado no milissegundo em que o vira.

— Já ouviu falar em bater à porta? — ele finalmente gritou de lá de dentro.

Sério? A arrogância dele me irritou.

— Bater? É o meu banheiro!

— *Seu* banheiro? Então por que é conectado ao meu quarto também?

Ahhh... Eu não havia aberto a outra porta. Só tinha pendurado meu roupão atrás dela.

— Pensei que aquela outra porta fosse um armário de lençóis — respondi depois de um instante.

Vestindo uma camiseta, me sentei na beirada da cama e balancei os joelhos. Conforme o choque começou a passar, caiu minha ficha de que Archie também tinha *me* visto nua. Parecia que ele também havia percebido isso agora.

— Você está *diferente* de como me lembrava — ele continuou. — Não consigo identificar o que é. — Ele pausou. — Oh, é mesmo. Da última vez que a vi, você estava usando roupa.

— Idiota. — Dei risada. — E seu... — *pau não estava à mostra.* — ... cabelo não estava tão comprido.

— Você fica bem engraçada quando está surpresa. — Após uma pausa de alguns segundos, sua voz ficou mais suave. — Já vou sair para você poder entrar e fazer suas coisas.

— Certo. — Suspirei.

Desconfiei que "coisas" consistiriam em repassar os últimos minutos repetidamente debaixo do chuveiro – meio horrorizada, meio excitada pelo que tinha acabado de acontecer.

CAPÍTULO 3

Noelle

PASSADO

Archie foi o último a chegar na sala de jantar naquela noite. Uma mecha do seu cabelo compridinho caiu nos olhos conforme ele se sentou. Eu estava sentada entre meus pais do outro lado da mesa.

Nora se virou para mim.

— Você e Archie já conseguiram dar oi um para o outro?

Archie olhou para mim com um sorriso malicioso.

— Com certeza — ele disse. — Estávamos conversando. — Ele baixou a voz. — Colocamos *tudo* para fora.

Pigarreei, desejando que, de alguma forma, o chão se abrisse magicamente debaixo de mim para eu poder desaparecer.

Minha mãe colocou a mão no meu braço.

— Você está bem, querida?

— Sim, claro — menti.

Provavelmente eu estava vermelha como uma beterraba.

Assim que começamos a comer o marisco cozido e o milho na espiga, pude concentrar minha atenção na comida e evitar fazer contato visual com Archie.

Em certo momento, Nora se virou para o marido e sussurrou:

— Vai contar a ele?

— Me contar o quê? — Archie murmurou, parecendo irritado.

Archer se endireitou no assento.

— A associação de ex-alunos vai me conceder o prêmio de ex-aluno ilustre. Como é tradição de ex-alunos que têm filhos na faculdade, pediram para ser você a me entregá-lo.

Havia boatos de que Archer tinha mexido uns pauzinhos para que Archie fosse para a mesma faculdade em que ele estudara, a Ford University, que ficava nos arredores de São Francisco.

— O que isso envolve? — Archie cutucou sua comida.

— Envolve você escrever algo emocionante e rebuscado.

Archie largou seu garfo.

— É para eu escrever um discurso sobre você?

— Sim, foi isso que eu disse. Apenas algumas palavras gentis sobre seu querido velho pai. — Archer sorriu de forma provocativa. — Certamente, você consegue fazer isso, não é? Será um bom treino para você... escrever em vez daqueles rabiscos tolos que faz no seu tempo livre.

— É — Archie murmurou. — Claro.

Ele *não* parecia feliz. Na verdade, parecia bem bravo.

Depois de outro momento tenso, Nora interrompeu o silêncio dele.

— Como foi seu voo, Archie?

— Foi bom.

— Tem planos para esta noite? — ela perguntou.

— Ainda não sei — ele murmurou. Então olhou para cima do seu prato, fazendo contato visual com ela pela primeira vez em um tempo. — Como está se sentindo, mãe?

Nora pareceu forçar um sorriso.

— Bem, querido. Estou ótima.

— Que bom. — Ele se esticou e apertou a mão dela, um gesto surpreendentemente carinhoso.

A dinâmica entre Archie e a mãe, certamente, era diferente da que ele parecia ter com o pai.

Fiquei esperando Archie falar alguma coisa — qualquer coisa — comigo durante o jantar, mas não o fez. Após sua piada inicial sobre nosso encontro, eu tinha parado de existir para ele. As coisas ficaram exatamente como sempre me lembrava de serem.

Assim que a tensão de mais cedo pareceu ter se dissipado, o sr. Remington a reacendeu.

— Eu estava conversando com Rodney Erickson outro dia, Archie. Ele falou que pode arrumar um estágio no escritório de advocacia dele aqui na ilha neste verão.

Archie suspirou.

— Não posso só aproveitar meu verão em paz?

Seu pai o olhou desafiadoramente.

— É uma ótima oportunidade e é uma experiência boa para colocar nas suas inscrições para o curso de Direito. Agora não é a hora de enterrar a cabeça na areia. Já conversei com ele. Não pode me envergonhar e não aparecer.

— Não precisa de muito para te envergonhar, não é, pai? — Archie balançou a cabeça. — Sim, claro. Me dê o número. Vou ligar para ele.

— Que bom.

De novo, todos ficaram em silêncio. O rosto de Archie ficou vermelho, parecia que o estresse estava emanando dele, apesar do silêncio. Com certeza seu pai tinha um tipo de poder sobre ele.

— O jantar estava ótimo. Obrigado. — ele declarou de repente.

Sua cadeira se arrastou no chão conforme ele se levantou.

Todo mundo observou Archie sair rapidamente da sala de jantar — antes mesmo da sobremesa que eu sabia que Nora tinha feito. Como esperado, ele nos agraciara com o mínimo da sua presença. No entanto, dada a natureza antagônica do pai dele, eu não conseguia culpá-lo.

Não demorou muito para eu ver Archie de novo. Naquela noite, em vez de me ignorar em casa, ele estava me ignorando diante de um monte de gente na praia. Me sentei na areia em frente a ele e, mesmo assim, ninguém desconfiaria que morávamos sob o mesmo teto.

Ele também não havia perdido tempo em arranjar uma garota. Uma loira estava grudada nele, rindo a cada palavra que ele dizia. *Como alguém desce de um avião à tarde e tem uma garota pronta na mesma noite?*

O bafo de Cici cheirava a álcool quando ela se inclinou e sussurrou no meu ouvido:

— Estou vendo que Archie está de volta.

— É.

Depois da apresentação no banheiro e do jantar tenso, eu estava meio que esperando esquecê-lo pelo resto da noite. Em vez disso, meus olhos passavam por ele constantemente. Se Archie estava chateado por alguma coisa que acontecera no jantar com o pai, não dava para imaginar. Ele estava conversando e rindo, chamando atenção não apenas da loira, mas de todo mundo ao seu redor.

Era interessante como era possível ter uma personalidade horrível, mas, ainda assim, atrair tanta atenção com base somente na sua aparência.

Minha observação de Archie foi interrompida quando alguns caras se aproximaram da gente.

— E aí, Cici? Quem é a sua amiga? — um deles perguntou.

— Noelle, este é meu primo, Xavier. — Cici apontou seu copo na direção dele. — X, esta é minha nova amiga, Noelle, de Nova York.

Xavier tinha o braço fechado de tatuagem, um piercing no lábio e usava um gorro, apesar do clima quente.

— Bem, olá, Noelle de Nova York — ele disse.

— Na verdade, Xavier também estuda em Boston — Cici me contou quando assenti para ele.

Arregalei os olhos.

— Sério?

— Sim. Estudo no Berklee College of Music.

— Ah, legal.

— E você? — ele perguntou.

— Vou para a BU no outono.

— Bacana. É bom trocarmos telefone antes do fim do verão para a gente combinar de se encontrar na cidade.

Dei de ombros.

— Claro.

Acabei passando a próxima meia hora conversando com Xavier. Aparentemente, ele era um baixista talentoso. Parecia bem legal, embora tivesse uma mão boba, colocando-a, de vez em quando, na minha lombar conforme falávamos. Eu não me importava muito, mas parecia um pouco ousado, principalmente considerando o quanto sua mão estava próxima da minha bunda. Antes de ele ir embora, fizemos planos informais de "sair" mais no verão, apesar de eu não ter total certeza quanto ao que pensava sobre isso.

Passei o restante da noite conversando com Cici e suas amigas enquanto dava umas olhadinhas para Archie. Após algumas horas, pensei que seria melhor voltar. Em geral, me senti bem por como foi minha primeira noite fora. Tinha conhecido pessoas novas e já estava conseguindo não ser solitária, diferente dos outros dois verões que passara em Whaite's Island. E, apesar de Archie não ter se esforçado para falar comigo, ele *tinha* que ter me visto lá. Em certo ponto, ele havia ido para algum lugar com aquela garota, e eu perdera o controle do seu paradeiro.

Apesar da minha preocupação nociva com ele, fui para casa com um ótimo humor. Quer dizer, até eu voltar para o meu quarto, virar a maçaneta da porta do banheiro e perceber que estava trancada.

A voz dele ficou chocada.

— Estou aqui.

Ele já está em casa?

— Bem, você sabe usar a fechadura, valeu — eu disse.

— E, de novo, você não bateu — ele respondeu. — Ei, rimou.

Droga. Ele tinha razão. Se não a tivesse trancado, eu o teria pegado desprevenido de novo. Mas não pensara mesmo que ele já estaria em casa.

Suspirei.

— Só me avise quando sair.

Ao ouvir o som de acionar e desligar a água, andei de um lado a outro pelo quarto enquanto esperava.

— Aliás, aquele cara com quem você estava conversando é um babaca — ele gritou.

Hummmm...

— Estou surpresa por ter me visto lá esta noite.

— Como assim?

A limonada com vodca que Cici tinha colocado no meu copo me proporcionava um pouco de coragem.

— Sério, Archie? Você nunca se esforçou para me conhecer mais. Na maioria das vezes, finge que não existo.

— E *você* se esforçou para *me* conhecer? — ele retrucou.

Acho que não havia me esforçado muito. Sempre presumi que ele pensasse que era melhor do que eu. Mas, talvez, fosse porque, de alguma forma, *eu* acreditava que ele era melhor do que eu.

A porta se abriu.

Engoli em seco. Archie era muito lindo. Fiquei sem fôlego por um instante ao vê-lo entrar no meu quarto. Ele havia se trocado e vestido uma camiseta branca e calça de moletom cinza. Ele era alto, musculoso e tinha os traços angulosos do rosto de príncipes da Disney. E nem vamos comentar sobre aquele cabelo grosso ou como cheirava — simplesmente incrível. Pouquíssimas pessoas causavam esse efeito em mim, mas Archie Remington, com certeza, estava no topo da lista. *E isso é uma droga.*

Pigarreando, provoquei:

— Quem não bateu à porta agora?

— Foi bem louco mais cedo, hein? O jeito que nos encontramos pela primeira vez.

Ãh, por que ele está falando disso?

— Não foi meu melhor momento — resmunguei.

— Você deveria ter visto sua cara. — Ele deu risada.

Revirei os olhos.

— Dá para imaginar.

Ele sorriu.

— Na verdade, você *quer* ver sua cara?

— Do que está falando?

Ele me mostrou um papel que eu não o tinha visto segurando às costas.

— Desenhei você.

Ele me entregou um rascunho. Era uma mulher... que se parecia muito comigo. Estava totalmente nua. E, ao analisar melhor, seu corpo também se parecia muito com o meu – desde o formato dos seios até a quantidade de pelos pubianos. Certo, então esse era um desenho inteiro de mim. Havia presumido que ele mal tivesse tido tempo de perceber meus *traços*, mas aparentemente não.

— Nossa, você tem uma memória fotográfica e tanto — eu disse, continuando a encarar o desenho. Então vi uma legenda: *Nua e assustada, AR*

A e R eram as iniciais dele.

— Considere isso uma oferta de paz. — Ele fez careta.

— Você poderia ter me dado, ah, não sei... flores, em vez de um desenho assustadoramente preciso de mim nua.

Ele deu risada.

— Qual seria a graça nisso?

— Enfim... — Olhei para o desenho de novo, percebendo ainda mais detalhes, como as sardas no meu peito. — Você é bom mesmo.

— Bem, meu pai discordaria. Ele chama minha arte de *rabiscos*, então...

— Não dê ouvidos a ele — soltei. — Você é talentoso.

Seus olhos se lançaram para os meus e ficaram ali uns poucos segundos até ele desviar o olhar.

— Enfim, quem coloca um banheiro entre dois quartos desse jeito? É como... escolher um ou outro.

— Acho que foi desenhado para irmãos compartilharem ou algo assim.

— Que idiotice. — Os olhos dele pairaram em mim de novo. — Sei que brinquei sobre isso mais cedo, mas você está mesmo diferente de como me lembro.

Minhas bochechas queimaram.

— O que quer dizer é que não se lembra de como eu era antes porque era invisível para você. — Olhei para o desenho. — Com base nisto, meio que desejo que *ainda* fosse.

Ele semicerrou os olhos.

— Do que está falando? Claro que me lembro de você. Mesmo parecendo que pensa que eu era um otário e antissocial, me lembro de você. Costumava usar meias de cores diferentes e as puxava até os joelhos.

Uau. Esse era meu estilo quando tinha quinze anos.

— Naquela época era assim.

— Você também usava aparelho, e agora não usa.

Balancei a cabeça.

— Estou abismada por você se lembrar dessas coisas.

— Então, enfim, como estava dizendo, Xavier é um babaca. Fique longe dele. E aquelas garotas com quem você estava? Babaquinhas. Também são encrenca.

— Quem, em particular?

— Cici Kravitz.

— Não gosta dela? Não costumava sair com a irmã dela?

— Ah, estamos fazendo nossa pesquisa, não é? — Ele ergueu uma sobrancelha. — Saí, por um breve período do verão, antes do meu primeiro ano de faculdade.

— Bem, parece que você a magoou bastante.

— Acho que você acredita em tudo que te contam.

— Não é verdade?

— Nunca prometi nada a ela. Era uma coisa de verão. Ela é amarga, então fala merda de mim. Só se lembre do que eu disse sobre elas. Não são boazinhas. Venho para cá todo verão desde criança. Conheço todo mundo. Se quiser saber se alguém é legal, é só me perguntar.

Ergui a sobrancelha.

— E você é tão respeitável assim?

Ele arregalou os olhos.

— Você não gosta mesmo de mim, não é?

— Não é isso. — Balancei a cabeça e dei risada. — Não conheço você. Não posso odiar alguém que não conheço.

— Você simplesmente presumiu certas coisas nesse meio-tempo.

— Sim, porque você pareceu muito distante no passado.

— Talvez eu fosse apenas tímido. Já pensou nisso?

— Duvido.

— Vamos esclarecer umas coisas. — Ele se mexeu para se sentar na beirada da minha cama, *me* colocando no limite. — Qual é a impressão que você tem de mim?

— Que você é metido — respondi imediatamente.

Ele cruzou os braços.

— Eu poderia ter presumido a mesma coisa sobre você... que era superdotada, sabe-tudo, inteligente, que não queria nada com o filho burro dos amigos dos seus pais. Porque *você* também nunca se esforçou para *me* conhecer.

— Não te acho burro. — Estreitei os olhos. — E quem falou que eu era inteligente?

— Seus pais sempre estão se gabando de você.

— É, bem, sua mãe também se gaba de você.

— Exatamente. — Ele bufou. — Minha *mãe*, não meu pai, certo?

Droga. Eu tinha tocado naquele ponto sensível.

— É... sua mãe sempre tem coisas maravilhosas para dizer sobre você.

— E, ainda assim, você me acha um babaca, por alguma razão desconhecida.

— Sabe de uma coisa? Você está certo. Fiz suposições. Você sempre foi indecifrável. — Cruzei os braços.

Archie se levantou e se aproximou mais, colocando meu corpo em alerta.

— Se quer me conhecer, então me conheça. Mas não faça suposições sem ter embasamento. — Ele me olhou nos olhos. — E juro fazer a mesma coisa. — Então ele se levantou e andou de costas na direção da porta do banheiro. — Enfim, o banheiro está livre. Mas, só para você saber, somente a porta do seu lado parece trancar por dentro. Então, apesar de eu conseguir te trancar para fora, você não consegue me trancar para fora. Mas vou ser supercuidadoso e bater primeiro. — Ele deu uma piscadinha e se virou. — Diferente de certas pessoas.

Ótimo.

— Obrigada.

Ele se virou uma última vez.

— É um prazer *realmente* te conhecer, Noelle Simone Benedict.

Ele sabe meu nome do meio? Interessante.

— Você também — murmurei.

Ele passou pelo banheiro e desapareceu no seu quarto. Senti como se aquele banheiro fosse um portal para o paraíso... ou inferno, dependendo do ponto de vista.

Imaginando-o ouvindo cada coisa que eu fazia, lavei o rosto e escovei os dentes o mais rápido possível. Quase optei por dormir sem usar o sanitário por medo de soltar pum ou algo assim, mas então pensei em abrir a água para ocultar potenciais sons. Ele estava simplesmente perto demais, para meu conforto.

Tive dificuldade de dormir depois disso, embora tivesse um sorriso relutante no rosto. Por causa de Archie Remington? Ele era meio diferente do que eu imaginara. Ele era... ok.

Na manhã seguinte, me arrastei para fora da cama às cinco da manhã para outra corrida matinal. Fiquei alguns minutos assistindo ao sol começando a subir acima do oceano ao me alongar, o som das gaivotas o único sinal de vida.

Mas, após mais ou menos um minuto correndo, ouvi passos no cascalho atrás de mim. Meu coração acelerou. Parecia que estavam me perseguindo — até os passos me alcançarem. Minha adrenalina diminuiu depois que me virei e vi Archie correndo ao meu lado.

— Você quase me matou de susto — arfei.

— Não deveria correr tão cedo sozinha.

— Por que não? Esta é uma região boa.

— Não é tão boa quanto pensa. Há muitos canalhas por aí, prontos para se aproveitarem de pessoas que eles pensam que merecem porque são ricas e da elite. As pessoas viajam para cá para atacar outros. E você é a vítima perfeita, completamente sozinha aqui sem ninguém por perto. É praticamente de madrugada. O sol ainda nem saiu totalmente.

— Como soube que saí para correr?

— Bom, primeiro, a porra do seu despertador me acordou. Depois olhei e vi você se alongando na frente da casa. Pensei em te alcançar. — Ele se virou para olhar à frente. — Enfim, também corro e não me importo de ter uma parceira.

— Bem, não preciso realmente de um, então...

Ele balançou a cabeça.

— Você ficou chateada porque eu era antissocial, e agora não quer minha companhia? Não é meio contraditório? Não ganho pontos pelo meu esforço?

Acelerando um pouco, eu disse:

— Gosto de correr sozinha para espairecer. E já percebi que você fala demais.

— Agora eu falo *demais*? — Ele deu risada. — Caramba, é difícil te agradar, Noelle. E se eu concordar em ficar quieto enquanto corremos?

Deus, ele está muito gostoso. Ele usava um boné dos Dodgers para trás, o qual mal continha seu cabelo castanho-claro de sair por debaixo dele. E sua camisa preta esportiva abraçava impecavelmente seus músculos.

— Ok... — suspirei. — Consigo correr e não falar.

Como exigido, o restante da corrida foi surpreendentemente silencioso, apesar da sua mera presença ao meu lado ser sufocante e parecer que eu só focava nisso. Tanta coisa para espairecer e eu apenas conseguia respirar seu cheiro delicioso e me concentrar na sua proximidade.

Fizemos uma parada no topo de uma colina.

Archie apoiou as mãos nos joelhos.

— Você é bem rápida, Benedict. Impressionante.

— Eu estava tentando despistar você — zombei.

— Sua pestinha. — Ele deu risada.

Balancei meu dedo indicador para ele.

— Não precisa se obrigar a conversar comigo só para provar que não é um babaca. Te falei que não presumiria mais nada sobre você.

— Me sinto mal mesmo por você ter pensado que eu estava te ignorando de propósito no passado, mas não é por isso que estou aqui. Vim porque não queria que você corresse sozinha tão cedo.

Se isso fosse verdade, meio que aqueceu meu coração. Olhei para cima e vi a forma como o sol iluminava os olhos dele, fazendo-os parecerem ainda mais brilhantes do que já eram. Pigarreei.

— Bem... obrigada por sua preocupação.

— Tradução: caia fora. — Ele sorriu.

Sorri e balancei a cabeça.

— Não.

Depois de um minuto, continuamos a correr, voltando para casa.

Quando entramos, nossos pais estavam tomando café à mesa da cozinha. Minha mãe ficou boquiaberta ao nos ver juntos.

— É bom ver vocês se dando bem — Nora disse.

— Eu não iria tão longe — murmurou, fazendo careta para mim.

— Ele foi bem legal por me acompanhar para eu não precisar correr sozinha — revelei.

— Agradecemos, Archie — minha mãe falou. — Sempre fico preocupada por ela correr sozinha tão cedo. Ela também faz isso em casa.

Archie veio por trás de mim conforme eu colocava uma cápsula de café na máquina, sua proximidade enviando um arrepio pela minha espinha.

— Quer tomar banho?

Meu rosto corou com calor. Meu cérebro sedento interpretou essa pergunta de forma totalmente errada. Mas então... *dãã*... nós dividíamos um banheiro. Pigarreei.

— Vou usar o banheiro da minha mãe. Pode ir.

Ele assentiu.

— Certo.

Nora sorriu para seu filho antes de ele desaparecer pelas escadas. Então ela suspirou.

— É tão bom ter meu bebê de volta.

— Tenho certeza de que também nos sentiremos assim no ano que vem quando Noelle for para Boston — meu pai disse.

— Archie precisa começar a levar a sério — Archer interrompeu. — Este tempo é precioso. Temo que ele o esteja desperdiçando. Ele precisa ligar para...

— Ele acabou de chegar aqui! — Nora defendeu. — Ele vai ligar. Não se preocupe.

Será que esse cara nunca ouviu falar de férias de verão? Levei meu café até a mesa e me juntei a eles, pegando um bolinho de maçã.

Para minha surpresa, Archer voltou sua atenção para mim.

— Noelle, sua mãe me contou que vai fazer Jornalismo na BU.

Assenti.

— Sim.

— Não acha que é um pouco de desperdício?

Minha mastigação ficou mais lenta.

— Como assim?

— Bem, jornalistas não ganham muito dinheiro, até onde sei.

Me endireitei no assento.

— Alguém precisa relatar o que está acontecendo no mundo. Independente se jornalistas ganham muito ou não, é um trabalho importante. Não se pode negar isso.

— Só porque alguém precisa fazê-lo não significa que você deveria. Vai se tornar uma colecionadora de lixo porque alguém precisa tirar o lixo?

Deus, ele é muito condescendente.

— Também não há nada de errado com isso — respondi.

Eu estava, definitivamente, começando a entender como Archie se sentia na presença do seu pai. Eu era uma pessoa confiante, mas ele tinha um jeito de fazer você se sentir inferior. Não tinha totalmente certeza do que meu pai via nele. Me perguntei se meu pai se associou a Archer principalmente porque ele o ajudou na profissão.

Olhei em volta, mas meus pais e Nora permaneceram em silêncio. Teria sido legal alguém ter me defendido. No entanto, desconfiava que ninguém ali soubesse como enfrentar Archer. Então teria que ser eu.

Abri a boca de novo, incapaz de me conter.

— Mesmo que eu acabe não me tornando jornalista, acho que a formação em jornalismo mostra a possíveis empregadores que minhas habilidades de escrita e comunicação são fortes. Essas coisas podem ser aplicadas a ramos diferentes. — Dei outra mordida no bolinho de maçã e falei de boca cheia. — Muita gente acaba se formando em uma coisa e trabalhando em outra área. Não precisa se comprometer com algo baseado na sua formação.

Ele balançou a cabeça.

— Se for esperta, vai fazer isso. Eu pensaria em mudar para Administração. A BU tem um ótimo curso.

Me sentindo enojada, me levantei da mesa.

— Se me derem licença, acho que vou tomar um banho.

No andar de cima, no banheiro dos meus pais, conforme a água caía em mim, repassei a conversa na minha mente. Foram somente cinco minutos, mas a vida deve ser assim para Archie o tempo todo.

Não vi Archie pelo resto do dia até o jantar. E não falamos muito um com o outro durante a refeição. Praticamente só ouvi o pai brigando com ele de novo enquanto eu olhava para o rosto lindo de Archie, seus ombros largos e os antebraços fortes. A maneira como a luz acima da cabeça destacava as lindas mechas loiras do seu cabelo. É, eu estava com um tesão patético por ele.

Em certo momento, Nora começou a fazer perguntas que me lembro de ela ter feito na outra noite no jantar — como foi o voo de Archie, dentre outras coisas. Me deixaram perplexa, e me perguntei se ela só estava inventando coisas sem pensar como uma distração na esperança do seu pai amenizar.

De novo, Archie foi o primeiro a sair da mesa. Poderia culpá-lo? Com certeza, não.

CAPÍTULO 4

Noelle

PASSADO

Mais tarde, naquela noite, o primo de Cici, Xavier, me perguntou se eu queria dar uma volta na praia. Pareceu bem inofensivo, então fomos caminhar e conversar — ele, principalmente, sobre suas aspirações musicais e eu, principalmente, perguntando a ele sobre a vida em Boston.

Quando voltamos à área da fogueira, ficamos mais perto da praia, longe das pessoas. Xavier se esticou e acariciou meu cabelo.

— Seus olhos são muito impressionantes, Noelle.

Me enrijeci.

— Obrigada.

— Sério, são tipo... translúcidos. Adoro suas covinhas também.

Olhei para meus chinelos e repeti:

— Obrigada.

Quando olhei para cima de novo, ele ainda estava me encarando. Então, de repente, ele mergulhou de vez. Meu corpo ficou tenso. Eu não estava esperando que ele me beijasse e, *com certeza*, não esperava a forma bruta como enfiou fundo a língua na minha boca. Balançando meus braços, me inclinei para trás a fim de tentar fazê-lo parar, porém ele só avançou mais, me beijando com mais força. Não ajudava o fato de ele estar meio bêbado.

Tudo era demais para mim — o beijo, o peso dele. Havia pessoas não muito longe de nós, mas, mesmo assim, me senti completamente sozinha.

Então o peso sumiu. Quando olhei para cima, a mão de Archie estava no pescoço de Xavier.

— Que porra está fazendo? — ele perguntou. — Não viu que ela estava tentando te empurrar?

— Ei, cara, acalme-se.

Archie jogou Xavier na areia, fazendo-o cair de bunda.

— Claramente, ela não queria, e você continuou insistindo — ele bradou.

Xavier olhou para mim, seus olhos embriagados.

— Eu não fiz isso, fiz? Diga a ele.

Em choque total, balancei a cabeça e gaguejei:

— Humm... Acho que é melhor você ir, Xavier.

Ele se levantou e cambaleou para longe.

Archie estava sem fôlego.

— Você está bem?

— Sim — expirei. — Ele estava bêbado. Acho que não quis fazer isso...

— Não se desculpe por ele! Eu vi. Você estava tentando fazer com que ele parasse. Ele não parou. Fim da história.

Respirei fundo.

— Tem razão. Estou só um pouco abalada. Nada que nunca tenha acontecido comigo. — Alisei minha camiseta. — Acho que você estava certo sobre ele, hein?

Archie me olhou de lado.

— Isso não me faz sentir bem, aliás.

— Como você nos viu de lá?

— Eu te vi sair andando com ele mais cedo, então fiquei de olho. Quando vi que desceram para a praia, vim me certificar de que você estava bem.

Alisei os vincos na minha camiseta.

— Desculpe por não ter te dado ouvidos.

— Bom, acho que eu ainda não havia te dado um motivo para confiar em mim. — Ele inclinou a cabeça para onde seus amigos estavam ao longe. — Venha. Vamos lá.

As ondas quebravam atrás de nós, e olhei para ele ao andarmos.

— Também deve estar certo quanto a Cici. Qual é o problema com ela? Você nunca foi específico.

Ele ergueu uma sobrancelha.

— Quer mesmo saber?

— Sim.

— Eu estava saindo com a irmã dela, como você já descobriu. Como te contei, era só um caso de verão com Amanda e nada mais, apesar do que Cici pode ter te falado. Essa questão de eu partir o coração dela é uma completa piada. — Ele suspirou. — Enfim, certa noite, estávamos todos no porão dos pais delas. Amanda estava bêbada. Quando ela subiu para vomitar, Cici tentou me beijar.

Minha boca se abriu.

— Aposto que ela negaria se você perguntasse — ele adicionou. — Mas foi o que ela fez. Não dá para confiar em alguém que trairia a própria irmã desse jeito.

Essa novidade me pegou de surpresa.

— É. Não mesmo. — Eu só tinha saído com Cici algumas vezes, mas pareceu uma traição.

— Enfim... — ele disse. — As pessoas com quem você me vê são legais mesmo. Pessoas boas que conheço há anos. Deveria sair com a gente.

Ok, tá bom.

— Quer dizer a garota com quem você tem ficado este verão? Ela é a única pessoa com quem te vi.

— Não estava me referindo a Bree. Mas ela faz parte da turma.

— Ela é sua namorada?

— Não. Não tenho namorada. Ela é só alguém com quem eu...

Ele hesitou.

— Alguém com quem você transa?

Archie semicerrou os olhos.

— Por que isso parece errado vindo da srta. Boazinha? — Ele deu risada. — É, nos pegamos. Eu a conheço há anos. Ela é só uma amiga.

— Com benefícios — adicionei enquanto o ciúme queimava minhas bochechas.

— Acho que sim. Mas temos um acordo sobre isso. Então está tudo bem.

Chegamos ao lugar onde seus amigos sempre estavam, e nos aproximamos. Até agora eu só tinha olhado superficialmente para aquele grupo.

— Venha — ele disse. — Vou te apresentar.

Três caras, Bree e outra garota estavam conversando e rindo.

— Pessoal, esta é Noelle. Ela é a filha dos amigos dos meus pais... aqueles com quem dividimos a casa agora.

A alguma coisa de Archie estendeu a mão conforme seu cabelo comprido esvoaçava na brisa.

— Oi. Sou Bree. É um prazer te conhecer.

— O prazer é meu.

Bree era o oposto de mim em relação à aparência: alta, magricela e loira comparado ao meu corpo baixo, moreno e curvilíneo.

Um cara sorriu e acenou.

— Sou James.

Assenti.

— Oi.

O James era moreno e bonito, embora só fosse um pouco mais alto do que eu.

Então, Archie me apresentou para Linus e Sean, junto com a namorada de Sean, Sarina.

Descobri que os amigos de Archie eram bem legais. Todos tinham a idade dele, mais ou menos — um pouco mais velhos do que eu —, e estavam de férias da faculdade. Fiquei em silêncio e praticamente só os ouvindo contar histórias de verões passados na ilha.

Bree ainda estava se pendurando em Archie, mas ele parecia imperturbável enquanto conversava com os outros. De todos, James parecia o mais interessado em me conhecer. Ele ficou ao meu lado me fazendo perguntas sobre mim.

— Então como a sua família e a de Archie se tornaram amigas?

— Nossos pais trabalham para o mesmo escritório de advocacia. O sr. Remington foi o mentor do meu pai por muitos anos, e decidiram investir em uma propriedade juntos. Então todos vamos ficar no verão.

— Entendi. — Ele enfiou os pés na areia. — Archie é um cara bom. Eu o conheço há anos.

— Você é daqui?

— Sim. Nascido e criado. Foi um ótimo lugar para crescer.

— Imagino. É tão idílico. Mas, provavelmente, é meio estranho quando todo mundo vem no verão, não é? Quando precisa compartilhar tudo conosco, habitantes da cidade?

Ele olhou para longe em direção à água por um instante.

— Estranho, porém incrível. É sempre a melhor época do ano, se quer saber. — Ele deu de ombros. — Gosto ainda mais de estar em casa agora que fico longe para estudar. Não dá para superar voltar para isto.

Aprendi muito sobre James durante a meia hora seguinte. Ele queria fazer Medicina, adorava rock alternativo dos anos noventa e tinha uma irmã mais velha que já estava estudando Medicina. E, diferente do pai de Archie, James pareceu impressionado com minhas aspirações jornalísticas e as oportunidades que poderiam resultar dessa formação.

Nossa conversa estava fluindo bem, mas estava ficando tarde. Senti que precisava respirar. Aquela noite tinha sido *demais*, particularmente o que aconteceu com Xavier. Então pedi licença na conversa com James e fui até Archie.

— Ei, acho que vou voltar para casa — disse a ele.

Ele soltou Bree e colocou o copo que estava segurando na areia.

— Vou te acompanhar. — Seu hálito cheirava a cerveja.

— Não precisa.

— É melhor não voltar sozinha para casa a esta hora.

Archie só estava sendo protetor, então escolhi não discutir com ele.

Depois que me despedi, a caminhada curta da praia até nossa casa começou quieta. Então resolvi perguntar uma coisa a ele.

— Como sabia meu nome do meio?

Seus olhos se encheram de alegria.

— O quê? — perguntei.

Ele parou de andar e colocou as mãos na cintura.

— Deixe-me demonstrar. — Ele jogou o cabelo para trás antes de fingir sua melhor voz feminina. — Representando o grande estado de Nova York, sou Noelle Simone Benedict.

Ãh... Uma onda de adrenalina me encheu com vergonha.

— Onde você viu isso?

— Te pesquisei no google quando minha mãe me contou que você participou de um concurso de beleza. Precisava ver com meus próprios olhos. Eles tinham a gravação on-line.

— *Não era* um concurso de beleza — esclareci. — Era para uma bolsa de estudos.

— Você estava usando um vestido. Parecia um concurso de beleza para mim.

— Bem, sim, fazia parte, mas esse concurso em particular é voltado para a conhecimentos acadêmicos e declamação, não beleza.

— Aliás, não estou tirando sarro de você. Espero que saiba disso. Acho que é incrível pra caralho.

— Só entrei pelo dinheiro da bolsa de estudos.

— Você foi roubada. Aquela garota de Rhode Island que ganhou não se comparava a você.

— Ela não tirou nada de mim porque nem fiquei entre as dez primeiras. — Dei risada.

— Mesmo assim, precisou de muita coragem para se expor daquele jeito. Eu não conseguiria ter feito isso. Tenho um respeito louco por você.

Meu peito inchou com orgulho, embora o concurso não fosse algo de que normalmente me gabava.

— Obrigada, de novo, por me resgatar de Xavier — eu disse quando nos aproximamos da casa.

— Ainda estou puto e quero bater nele. Nunca pensei que ele seria *tão* imbecil. Se eu soubesse que ele faria algo assim, teria insistido mais para você ficar longe dele.

— Ele fez alguma coisa no passado que te irritou?

— Só sei como ele trata garotas em geral... transa com elas, depois fica se gabando. Os pais dele são super ricos. Ele é bem privilegiado. Sei que é engraçado isso vindo de mim, aliás. — Ele deu risada. — Precisa ser um para conhecer outro.

— É. — Dei risada. — Mas você não é babaca como ele.

— Naquele nível, não. — Ele sorriu. — Sou um babaca nível dois, talvez. Ele é um babaca nível dez.

Dei um cutucão nele.

— Aposto que você não é nada babaca, apesar das minhas ideias preconceituosas de antes.

— Bem, uma coisa é certa. Nunca insisto para ficar com uma garota.

— Você fica ocupado demais tentando afastá-las. — Dei uma piscadinha.

Ele deu de ombros, incapaz de discordar.

Paramos diante da porta da frente da casa.

— Imagino que não vá entrar. Ainda está meio cedo para você.

Ele balançou a cabeça e olhou para o chão.

— Provavelmente, meu pai ainda está acordado, então...

— Não te culpo por querer evitá-lo. — Suspirei. — Ele pega pesado com você.

— É. Nem sempre foi tão ruim como é agora, mas...

— Tive um gostinho de como é mais cedo.

Ele uniu as sobrancelhas.

— O que ele fez?

— Me questionou quanto à minha decisão de graduação em Jornalismo hoje de manhã. Ele não aprovou.

— É, típico. A menos que você queira ser médico ou advogado... ou outra coisa que prometa bastante dinheiro... não vale a pena ir atrás, na cabeça dele. — Ele revirou os olhos.

Abri a porta.

— Bom... divirta-se... com Bree, acho.

Ele chutou um pouco de terra.

— Valeu.

Observei-o se afastar, me perguntando por que sentia frio na barriga quando o cara por quem eu tinha uma queda estava prestes a transar com outra garota.

Na manhã seguinte, na corrida, havia uma coisa faltando: Archie. Não conseguia parar de olhar para trás de vez em quando, torcendo para ele aparecer. Tive a impressão de que ele viria comigo regularmente, já que não era seguro ir sozinha. Mas, aparentemente, foi só um caso *isolado*.

O fato de eu ficar decepcionada me incomodou bastante. Por que eu me importava tanto com Archie de repente? Por que eu só pensava nele desde que ele chegou? Pensei nessas coisas por cinco quilômetros.

Quando voltei, ainda não tinha ninguém acordado. Coloquei uma cápsula de café na máquina e fiz uma xícara rápida, depois subi e entrei no banho.

Enquanto lavava o cabelo, uma voz grossa me assustou de detrás da cortina do banho.

— Dormi demais.

Minhas mãos paralisaram com xampu.

— Você acabou de entrar sem bater?

Ele parecia sonolento.

— Eu sabia que você estava no banho. Imaginei que fosse seguro. — Ele pausou. — Mas não é nada que eu já não tenha visto, certo?

Revirei os olhos.

— Você *não* acabou de falar isso.

— Enfim... Desculpe por ter perdido nossa corrida.

— Não é sua responsabilidade me acompanhar. — Continuei esfregando o xampu no meu couro cabeludo.

— Mas eu queria.

— Não sei como consegue ficar acordado a noite toda e esperar levantar cedo para correr. Ouvi você chegar bem tarde.

— Te acordei quando voltei para casa?

Enxaguei o xampu do cabelo.

— Só por, tipo, cinco minutos, quando foi escovar os dentes.

— Desculpe.

Alguns segundos se passaram.

— Vai ficar aí parado enquanto tomo banho?

— Não. Só queria me desculpar.

— Desculpa aceita. — Espremi condicionador na minha mão. Depois ouvi a porta se fechar.

Enquanto me vestia no meu quarto, estava dolorosamente consciente da presença de Archie. Também estava consciente da tensão esquisita dentro de mim. Estava chateada por ele não ter ido naquela manhã, mas provavelmente estava mais chateada pelo *motivo* pelo qual ele ficou fora até tão tarde.

Alguns minutos depois, ouvi a voz dele de detrás da porta do banheiro.

— Está vestida?

Me olhei para garantir que não estava faltando nada.

— Sim.

— Posso entrar?

Engoli em seco.

— Sim.

Ele entrou no quarto e se jogou na minha cama. Não pude deixar de notar a forma como sua camiseta se ergueu, mostrando o abdome trincado. Meus olhos exploraram a tatuagem no seu braço conforme ele colocou a mão na nuca. Parecia a cara de um lobo. Talvez o mascote de uma escola? Archie tinha jogado futebol americano no ensino médio, mas não tinha continuado na faculdade.

Ele suspirou.

— Hoje vai ser um saco.

— Por quê?

— Preciso me encontrar com aquele advogado com quem meu pai quer que eu faça estágio neste verão.

— Pode ser que saia alguma coisa boa disso?

— Possivelmente. Mas… se conheço meu pai, ele vai encontrar um jeito de dizer que estou estragando tudo e o envergonhando.

— O que aconteceu com apenas aproveitar o verão?

— Não é? Este último ano antes de começar a estudar Direito vai ser bem difícil. — Ele encarou o teto por um tempo e, então, se virou para mim. — Preciso te pedir um favor.

Pisquei.

— Qual?

— Gostaria que mudasse seu horário de correr pela manhã.

Prendendo meu cabelo em um rabo de cavalo, olhei para ele pelo espelho.

— Por que faria isso?

— Para eu poder ir com você. Cinco da manhã é cedo demais, Noelle. Não consigo ter uma vida social e levantar às cinco.

— Bem, se dormir demais vai perder — zombei.

— Sério, podemos só mudar para as seis? Gostaria de poder ir com você. Às seis eu consigo.

Ele pareceu falar sério sobre isso — sem nem um sinal de sorriso. *Como eu poderia negar?* Me virei para encará-lo.

— Vai colocar despertador? Porque não vou te esperar.

— Sim. — Ele assentiu. — Farei isso.

Secretamente animada, fingi refletir.

— Está bem, então.

— Legal. — Ele se levantou. — Vou me vestir para essa merda.

— Archie?

— Sim?

— Boa sorte hoje.

— Obrigado. — Ele suspirou fundo. — Vou precisar.

Depois de uns dez minutos após Archie sair, meu celular tocou. Era minha melhor amiga, Ashley Carrera, ligando de casa.

— Oi! — Me joguei na cama.

— Como está tudo aí? — ela perguntou.

Era tão bom ouvir a voz dela; me lembrava de que havia um mundo inteiro fora da minha pequena bolha e do cara de tirar o fôlego com quem eu morava agora.

— Bem, na verdade.

— Encontrou o Archie Babaca?

Me encolhi. Antes de partir, eu tinha feito parecer que ele era o diabo. Olhei para fora pela janela e vi Archie entrando no Jeep dos seus pais. Ele usava camisa e calça social e parecia tenso ao bater a porta. Meu peito se apertou. Me senti mal por chamá-lo de babaca um dia.

— Na verdade... ele não é nada do que eu pensava.

— Sério? Me conte.

— Acabei de perceber que nunca o conheci direito. — Suspirei. — Estamos nos dando bem. É esquisito.

— Tipo... se dando bem ou *se dando bem*.

— Não. — Balancei a cabeça. — Nada *disso*. Ele não me enxerga assim. E tem uma garota com quem ele transa. Mas ele e eu... conversamos e tal. Ele corre comigo de manhã. É bem legal.

— Uau. Não estava esperando que dissesse isso.

— Eu sei. Nem eu.

— Ele está exatamente tão gostoso quanto você se lembrava?

— Não.

— Não?

— Não. — Suspirei. — Está mais, infelizmente.

Eu poderia ter entrado em detalhes quanto ao que eu havia me deparado naquele primeiro dia – de como era o pau dele, muito maior do que seu ego. Mas falar sobre o corpo dele parecia explorador e desnecessário.

— O verão é longo, Noelle. Pode acontecer qualquer coisa. — Ela deu risada. — Agora estou muito ansiosa para minha semana aí em agosto. Vamos nos divertir muito.

— Também estou ansiosa para isso — eu disse. Estivera tão enfiada na minha cabeça ultimamente que tinha praticamente esquecido que a havia convidado para me visitar.

Archie chegou à sala de jantar especialmente tarde naquela noite. Era bom vê-lo depois de ele ficar fora o dia todo. Enquanto ele esteve fora, eu passara um pouco da tarde deitada no quintal e lendo.

O jantar, por outro lado, foi passado ouvindo o pai de Archie interrogá-lo sobre seu primeiro dia no escritório de advocacia de Rodney Erickson. Aparentemente, depois da entrevista, o advogado convidara Archie para ficar e o acompanhar.

Naquela noite, Archie havia escolhido o assento ao meu lado. Isso não passou despercebido. Ele também ficou até a sobremesa pela primeira vez.

Quando terminamos de comer, ele se inclinou e sussurrou:

— Você vai para a praia esta noite?

O calor da sua respiração no meu pescoço me deu arrepios.

— Sim, eu estava pensando em ir.

Seus olhos baixaram brevemente para os meus lábios.

— Você deveria.

— Certo. Talvez eu vá. — Dava para sentir minha parte burra ficar empolgada. Por quê? Para eu poder ver Bree em cima dele? *O que está fazendo, Noelle?*

Quando terminou de comer, Archie se levantou da mesa, e Nora saiu com os dois pais, deixando minha mãe e eu sozinhas na cozinha.

Minha mãe arrumava a louça e eu fiquei para ajudar.

Ela sorriu para mim.

— Você e Archie parecem estar se entendendo.

— Estranho, não é? — Peguei uma panela dela para secar.

Minha mãe baixou a voz.

— Sei que estava temendo interagir com ele. É legal ver você se divertindo.

— É. Eu tinha me enganado com ele.

— E ele é terrivelmente lindo, não é?

Olhei por cima do meu ombro.

— Mãe...

— Não vou contar se gostar dele desse jeito.

Minha pele pinicou.

— Só porque estamos nos entendendo não significa que eu goste dele *desse jeito*.

— Acho que está certa.

— Embora... — adicionei. — Ele, obviamente, seja bem bonito. E inteligente, independente do que o pai dele parece pensar.

Minha mãe suspirou.

— Quero bater em Archer às vezes. — Ela expirou. — Ele está sob muito estresse ultimamente, e isso está piorando o comportamento dele em relação a Archie.

Estreitei os olhos.

— Estresse? Com o quê?

Minha mãe fechou a água e falou em uma voz baixa.

— Não tenho liberdade para contar. Mas, certamente, as coisas já foram melhores para a família dele. É tudo que posso dizer agora.

Meu estômago embrulhou.

— Mãe, não pode citar algo sério e não explicar.

— Eu não deveria ter falado nada. Ok? Finja que não falei, por favor. — Ela abriu a água de novo e se envolveu com o resto da louça.

O terror se instalou no meu estômago. *O que está havendo com os Remington?*

Alguns segundos depois, Archer e Nora entraram na cozinha, e minha mãe e eu abrimos sorrisos falsos, como se não tivéssemos acabado de falar deles.

CAPÍTULO 5

Noelle

PRESENTE

Em pé, ao lado da janela do meu quarto na casa de praia em Whaite's Island, olhava para o oceano do outro lado da rua. Haviam se passado sete anos desde aquele primeiro verão ali, mas parecia que tinha sido ontem.

A ansiedade percorrendo minhas veias me lembrou do nervosismo que sentira quando cheguei, aguardando Archie e esperando o pior. Mas encará-lo, desta vez, seria muito mais difícil.

Nenhum de nós sabia que aquele primeiro verão também seria nosso último naquela casa. Acabara sendo a temporada mais memorável da minha vida, apesar de como terminou.

Archie gritou lá de baixo.

— Alguém falou penne alla vodca?

Respirei fundo e me olhei no espelho.

Vamos lá.

Meu coração agredia meu peito conforme desci correndo as escadas.

— Só ouvi *vodca*. E estou totalmente dentro.

Archie soltou a sacola de mercado que estava segurando e abriu os braços.

— Porra, Noelle... Faz muito tempo.

Pulei nos braços dele.

— Você chegou!

Inspirei fundo seu cheiro conforme ele me abraçou forte, e todas as lembranças indesejadas voltaram. Aquela viagem seria curta, mas eu aproveitaria cada instante, enquanto também tentaria impedir que meu coração se partisse.

Ele se afastou, seus olhos me analisando.

— Você está ótima.

— Você também.

Na verdade, era difícil olhar para ele. Archie estava ainda mais lindo aos vinte e muitos do que estivera sete anos antes, e isso era bastante. Com o mesmo cabelo lindo e grosso, ele tinha ainda mais definição na mandíbula e um pouco mais de pelo facial.

— Pensei em parar no mercado antes de chegar aqui em vez de ter que chegar e sair de novo. Assim, poderíamos simplesmente aproveitar o dia.

— Faz sentido.

Archie pegou a sacola e a levou para a cozinha enquanto eu o segui. Ele a colocou na ilha central.

— Posso pedir um favor?

— Qual?

— Sei que temos muito o que conversar... principalmente sobre o convite de casamento e o fato de eu não te contar antes. Mas podemos adiar isso por um dia? — Ele suspirou ao pegar um pacote de massa da sacola. — Só quero aproveitar sua companhia sem qualquer conversa pesada. — Ele abriu um sorriso triste. — Só hoje.

Eu não estava com pressa para pensar nele se casando com Mariah. Estava perfeitamente feliz em viver em negação disso.

— Certo. — Assenti. — Podemos fazer isso.

— Legal. — Ele mexeu as sobrancelhas. — O que acha de um coquetel antes de termos que encontrar a corretora?

Mais tarde, nos encontramos com Dawn Mahoney, a corretora que tínhamos contratado para colocar a propriedade à venda. Ela conheceu a casa e ficou mais tempo do que eu esperava. Mas também sentiu que poderíamos colocar a casa por uns cem mil a mais do que previmos, então foi uma boa notícia.

Quando ela foi embora, era quase hora do jantar. Archie nos serviu taças de vinho branco, e eu fiquei sentada à ilha da cozinha, observando-o preparar o jantar.

Tinha muito orgulho de Archie por seguir seu sonho e se tornar chef. Ele e seu amigo eram sócios de um restaurante em Irvine. Archie era o *head chef* enquanto seu amigo, Max, administrava o negócio. Archie quase escolhera uma profissão que não amava. Essa era muito melhor.

Enquanto ele picava o alho, tocava uma música suave de piano no celular dele, e meu coração doeu. Quando ele soltou a faca e foi para o fogão, resolvi esmagar as sensações inapropriadas que se formavam dentro de mim falando sobre sua noiva. Isso acalmaria as coisas.

— Estou surpresa por não ter trazido Mariah... — Dei um gole no vinho.

Ele parou de mexer por um instante e bateu a colher comprida na beirada da panela.

— Ela tinha chá de lingerie de uma amiga neste fim de semana. Não ficou animada por eu vir sozinho, mas fico feliz por ter sido assim, porque eu precisava de espaço.

Espaço? Interessante.

Eu só havia encontrado Mariah uma vez quando fui à Califórnia a trabalho. Como produtora de um programa de notícias nacional, com frequência, meu trabalho me levava a diferentes partes do país. Quando ia para a Costa Oeste, tentava me encontrar com Archie. A última visita tinha sido cinco meses antes, e ele me apresentara à sua namorada.

— Por que precisa de espaço? — perguntei.

— Só tem... muita coisa acontecendo.

— O casamento?

Archie deu um grande gole no seu vinho e colocou a taça na mesa.

— Você prometeu que poderíamos ter um dia de folga da conversa do casamento.

— Certo. — Passei o dedo na haste da minha taça. — Tem razão.

Quando nos sentamos para comer, mantivemos a conversa leve. Contei a ele sobre a última história em que estava trabalhando — a de um homem que vivia inúmeras vidas secretas e enganava várias mulheres por milhares de dólares. E Archie me contou sobre a possibilidade de ele abrir um segundo restaurante.

O vinho estava fluindo e, quando o que eu consumira começou a fazer efeito, minha capacidade de me conter desapareceu. Fiz uma pergunta que não caía, *tecnicamente*, na categoria banida do casamento.

— Mariah sabe sobre nós? — perguntei.

— Se ela sabe que estamos aqui juntos? Claro.

— Não foi o que eu quis dizer.

Archie olhou para cima do seu prato de sobremesa vazio.

— Quer dizer se contei para ela que você e eu transamos um verão?

— É. Só estou curiosa se ela sabe sobre esse... deslize, se é que me entende. — A tristeza se instalou no meu peito pela forma com que eu reduzira o que tivemos a um mero *deslize*. Foi muito mais do que isso para mim.

Archie mexeu no seu guardanapo.

— Não. Não vejo um bom motivo para contar a ela. — Ele olhou para mim. — Você vê?

— Provavelmente, não.

Seus olhos queimavam os meus.

— Contou para Shane?

— Não. — Dei risada. — Ele já não gostava de você.

— Bem, aí está. — Archie enrolou seu guardanapo e o jogou de lado. — Só para você saber, eu também nunca gostei dele.

Archie só tinha encontrado meu ex-namorado uma vez, quando Shane tinha me acompanhado em uma das minhas viagens de trabalho para a Califórnia, antes de Mariah. Nós três jantamos juntos uma noite, e Shane ficou me dizendo que Archie queria transar comigo. Eu não havia contado ao meu ex que era isso que *eu* queria fazer por um bom tempo também — até Archie me rejeitar.

As coisas ficaram meio quietas, conforme Archie limpava a mesa e eu sentia mais emoções borbulhando à superfície. Archie e eu decidimos, muito tempo atrás, que éramos melhores como amigos. Bem, tinha sido mais decisão *dele*, apesar de eu ter concordado. A distância ou as circunstâncias tinham tornado praticamente impossível ser qualquer coisa mais do que amigos, de qualquer forma. E, na maior parte do tempo em que estivemos fisicamente separados, eu estivera namorando.

Shane e eu ficamos juntos por cinco anos e meio. Nos conhecemos na BU, e namoramos até uns seis meses atrás. Nós dois conseguimos emprego na indústria da TV em Nova York depois da faculdade e ficamos juntos até, enfim, nos separarmos. Shane decidiu que não queria filhos depois de, previamente, ter dito que queria, e isso era um empecilho para mim. Mas, quando terminamos, Archie estava com Mariah. Eu havia perdido a janela para explorar as coisas com Archie de novo. O universo deveria ter outros planos. O destino só poderia estar nos dizendo algo.

— Em que quarto vai dormir hoje? — ele perguntou.

— No meu antigo.

Ele assentiu.

— Provavelmente, vou ficar com o quarto daqui de baixo.

Isso não deveria ter sido surpresa. Mas eu me perguntara se, talvez, ele dormiria no quarto anexo ao meu, pelos velhos tempos. Escondendo minha leve decepção, uni as mãos.

— Há bastante espaço para escolher, certo?

Provavelmente, era melhor ele dormir no andar de baixo. Eu sabia que Archie nunca trairia sua namorada – desculpe, *noiva* –, mas saber que ele estava no quarto ao lado, provavelmente, reacenderia sentimentos em mim que eram melhor ficar enterrados.

Em certo momento, ajudei Archie a terminar de arrumar toda a bagunça que fizemos. Então nos sentamos recostados e olhamos para as estrelas. Estava uma noite linda e limpa em Whaite's Island, apesar de um pouco fria. Eu tinha me coberto com uma colcha que peguei do sofá da sala de estar ao me acomodar na cadeira Adirondack.

Archie olhou para o céu.

— Acha que estamos tomando a decisão correta quanto a vender esta casa?

— Acho. Meus pais concordam que é o melhor momento para vender.

— É que... parece a última peça daquela época mais simples.

— Eu sei — sussurrei.

— Foi o melhor verão da minha vida, você sabe.

Me virando para ele, assenti, concordando.

— E talvez o pior — ele adicionou.

Nos encaramos em silêncio.

Eu queria dizer tanta coisa, mas tinha medo do que me abrir, nem que fosse um pouco, significaria para o que eu diria em seguida. Porque havia *muito* que eu queria dizer a Archie no momento. Queria falar que o amava – como mais do que amigo. Que sempre o amara, desde aquele primeiro verão em que vivemos juntos. Tinha demorado muito tempo para entender que minha incapacidade de amar Shane do jeito que ele merecia, provavelmente, era por causa dos sentimentos que eu nutria por Archie.

Em vez disso, amarelei. Não falei nada, mas pensei se desabafaria tudo antes que o fim de semana acabasse.

Uma coisa era certa: se havia um momento para contar a Archie Remington como eu realmente me sentia, era aquele. Talvez eu não tivesse outra chance.

Uma batida alta à porta me acordou na manhã seguinte.

Meus olhos sonolentos se abriram. *O que é isso?*

Sua voz grave ficou irritante quando ele falou de detrás da porta.

— Vamos, Benedict. Está atrasada para nossa corrida.

Olhei para meu celular. Seis da manhã. Nossa antiga hora de correr.

— Corrida? — Esfreguei os olhos. — Não faço mais isso.

— Está falando sério? Você costumava ser tão disciplinada.

— Eu sei. Perdi o ritmo há um tempo.

Ele bateu palmas.

— Bem, então vamos! Hora de recuperar o ritmo.

Me endireitei e olhei na direção do nascer do sol, depois para a porta ainda fechada. Dava para sentir a presença dele ali.

— Não vai me deixar safar disso, vai?

— Sem chance.

Me arrastei da cama.

— Certo, me dê um minuto para me vestir.

— Vou fazer café e te esperar lá embaixo.

Minha boca se curvou em um sorriso.

— Desde quando você bebe café, Remington?

— Comecei há um ano, mais ou menos. Penso em você toda vez que bebo. Agora estou viciado.

Ele bateu à porta uma última vez, e ouvi seus passos sumirem ao longe. Ainda meio dormindo, me vesti com calma.

Quando me juntei a ele na cozinha, os olhos de Archie traçaram, muito obviamente, o top atlético e revelador e o short justo de lycra que eu vestira. *O que posso dizer?* Se Mariah iria ficar com ele para sempre, pelo menos eu queria *pegar emprestada* a admiração dele naquele fim de semana. *É só uma diversão inocente*, disse a mim mesma. Mais nada.

— Pensei que você tivesse falado que iria... se vestir. — Ele engoliu em seco. — Acho que, sem querer, você se *despiu.*

Dei de ombros.

— Está quente lá fora.

Archie pigarreou.

— Verdade.

Naquele instante, percebi, pela primeira vez em anos, que ainda causava um efeito nele. A química era difícil de amenizar do outro lado do continente. Mas eu nunca a havia testado do jeito que fiz agora.

Archie esperou que eu engolisse meu café.

E, após uns cinco minutos, saímos da casa, pisamos no cascalho e corremos. A brisa quente do oceano nos seguiu, e o ar salgado era um velho amigo. Como eu sentira falta dessa sensação — Archie correndo ao meu lado.

Foi tranquilo e sem intercorrência por uns trinta minutos, até Archie parar de repente. Seu rosto ficou branco conforme ele arfava.

— Podemos parar um minuto?

— O que houve?

Eu não sabia por que havia perguntado. Porque, ao vê-lo apertar o peito e arfar, sem ar, sabia *exatamente* o que estava acontecendo. Vamos dizer que não foi a primeira vez de Archie.

CAPÍTULO 6

Noelle

PASSADO

Quando cheguei à praia, Archie já estava instalado no seu lugar de sempre. De novo, Bree estava grudada nele, com uma cerveja na mão. Fiz o meu melhor para ignorar Cici e o grupo antigo do outro lado da fogueira. Provavelmente, ela se perguntava por que eu havia abandonado o barco deles, apesar de ser possível que Xavier tivesse falado mal de mim para ela.

Archie acenou quando me viu me aproximando do seu grupo.

— Estávamos falando em dar uma caminhada na colina esta noite — James disse.

Assenti.

— Parece divertido. Ainda não fui lá.

Logo depois, fomos até a trilha rochosa e panorâmica. Archie desapareceu com Bree, e eu fui deixada com James, com quem sempre era interessante conversar.

— Quer sair este fim de semana? — ele perguntou. — Talvez ir ao Abe's Seafood Shack para comer peixe e batatas fritas?

— Quer dizer um encontro? — indaguei, como uma idiota.

— A menos que prefira que não seja. Poderíamos ir somente como amigos. Mas sim, para deixar claro, estou te chamando para sair.

Resolvi que não tinha nada a perder.

— Sim. Tá bom. Vai ser divertido.

— Legal. — Ele sorriu.

Depois voltamos à conversa normal.

Após um tempo, Archie surgiu com Bree, depois de fazer Deus sabe lá o quê.

Quando percebi o quanto estava tarde, dei um abraço de despedida em James. Ele se ofereceu para me acompanhar até em casa, mas, antes de conseguir responder, Archie veio correndo.

— Vai voltar para casa?

— Sim.

— Eu também. Vou com você.

— Vai embora? — perguntei, surpresa.

— Preciso ir ao estágio amanhã.

— Não sabia que já iria começar.

— É. Então não posso ficar a noite toda fora. Além disso... — Ele deu uma piscadinha. —Tenho que correr às seis em ponto.

James olhou entre nós. Dei boa-noite para ele de novo e desci a rua com Archie.

Não consegui conter minha boca.

— Você desapareceu por um tempo com Bree. Pensei que não fossem voltar.

— Minha ausência te incomodou?

Uma onda de calor me percorreu. Merda. *Será que estou dando essa impressão?*

— Claro que não — respondi, rindo.

— Só saio com ela porque... é fácil — ele admitiu. — Ela me conhece.

Eu a conheço. Não há nada para provar. É só um caso de verão, e sei que não vou ter que me sentir culpado no fim da temporada quando não conversarmos de novo até o ano que vem.

Engoli o gosto amargo na boca.

— Fácil para o verão. Entendi. — Depois de um silêncio, perguntei: — James é um cara bom, certo?

— Ele é. Um cara muito bom. — Ele bateu no meu ombro. — Por quê? Você gosta dele ou algo assim?

— Não sei. Mas ele me chamou para sair no fim de semana, e aceitei.

Era difícil ver a expressão de Archie no escuro, mas seu ritmo diminuiu.

— Ah. — Após um instante, adicionou: — É... Como falei, ele é legal.

— Ok. Só me certificando.

Não falamos muito mais pelo resto da caminhada para casa.

Depois que Archie e eu fomos para nossos quartos, me virei para lá e para cá pela maior parte daquela noite — pensando em mim e James, Bree e Archie, mim e Archie, e as várias formas que eu sabia que meu coração acabaria partido naquele verão.

Na manhã seguinte, Archie já estava esperando do lado de fora quando saí da casa às 6h05.

— Alguém colocou despertador — zombei.

— Bem, você me deu a hora extra. Falei que colocaria. Não faço joguinhos. Aliás, quem se atrasou hoje?

Após um minuto de alongamento, me virei para ele.

— Pronto?

— Guie o caminho.

A hora extra de sono também me fizera bem; parecia ter mais energia naquela manhã. Não levava em conta que estava com um dos caras mais lindos que já vira como acompanhante também.

Já havíamos corrido três quilômetros, e estava indo tudo bem até Archie diminuir, de repente, e apertar o peito.

Minha pulsação acelerou.

— Você está bem?

Ele arfou, apontando para a lateral da rua.

— Não sei. Podemos sentar lá por um minuto?

— Sim. Claro.

Nos sentamos em uma pedra grande.

— O que está sentindo? — perguntei. — Converse comigo.

Sua mão ainda estava no peito.

— Parece... que não consigo respirar. — Ele olhou para mim. — Acho que é um ataque de pânico.

— Já passou por isso?

Ele assentiu.

Coloquei a mão no ombro dele.

— É melhor voltarmos para casa.

— Não. Não posso deixar que ele me veja assim.

O pai dele.

— Certo. Vamos ficar aqui. Está tudo bem. Só respire. — Esfreguei seu braço. — Você tem muito isso?

— Só aleatoriamente quando estou sob estresse, mas sempre em momentos inoportunos. — Ele forçou um sorriso. — Como correndo com você. Tenho uma reputação de babaca para manter. Não posso deixar você pensar que sou um cara fraco que tem ataques de pânico.

Ele abriu um sorriso torto.

Provavelmente, era para eu rir disso, mas não consegui.

— Algo específico faz você entrar em pânico?

— Acho que este ataque está se formando há um tempo. Mas, em geral, vem do nada.

A cada minuto que ficávamos sentados, ele parecia se acalmar um pouco mais.

Me lembrei do que minha mãe tinha dito brevemente na noite anterior.

— Está tudo bem com você e seus pais? Está acontecendo alguma coisa?

Muitos segundos se passaram até ele se virar para mim.

— As coisas não estão bem. — Ele balançou a cabeça. — Não estão nada bem.

Minha mão pousou no seu braço.

— Pode me contar.

Ele continuou balançando a cabeça.

— Nem sei por onde começar.

— Pelo começo? — Ofereci um sorriso solidário. — Ou não. Só quero que saiba que pode desabafar. Não vou contar a ninguém.

Ele fechou os olhos por muito tempo.

— Talvez este seja o último verão em que tudo parece remotamente igual, Noelle.

Uma sensação pesada me tomou.

— O que está havendo?

— Minha mãe está perdendo a memória.

— Como assim?

— Ela foi diagnosticada com início precoce de demência.

Oh, não.

— Quando?

— Os sinais apareceram há um tempo, mas o diagnóstico foi há uns seis meses.

Isso explicava por que ela estava fazendo a ele as mesmas perguntas de novo naquele jantar.

— Sinto muito, Archie.

— Isso nem é tudo. — Ele respirou de forma trêmula. — Desculpe. Preciso de um minuto. Não falei disso com ninguém.

— Vá no seu tempo.

— Acho que meu pai está tendo um caso — ele disse finalmente. — Na verdade, *sei* que está.

Fiquei boquiaberta.

— Ah, meu Deus.

— Então, enquanto minha mãe está sofrendo, aquele desgraçado está se aproveitando que ela não está em sã consciência.

Apertei minha barriga.

— Isso me deixa enjoada.

Archie olhou para o céu.

— É só... muita pressão... estar ao lado da minha mãe, agradar meu pai, porque ele espera que eu siga seus passos e trabalhe no seu escritório um dia. A questão é que quero fazer isso, mesmo que seja só para me provar para ele. Não há nada mais que eu queira. No entanto, há uma coisa que você não sabe sobre mim... por que é tão difícil.

Minha pulsação acelerou.

— O quê?

— Posso parecer extrovertido externamente. Mas... não diante das pessoas. Falar em público não é meu forte. Fico aterrorizado. Como se torna um advogado quando você paralisa?

O alívio me lavou. Tinha esperado coisa pior.

— Nunca adivinharia isso sobre você.

— Sei que pareço tranquilo e confiante. Engano todo mundo.

— Na verdade, é bem comum o medo de falar em público.

— Por isso meu pai sugeriu que eu entregasse aquele prêmio no outono. Cometi o erro de me abrir para ele sobre meu problema uma vez. Então agora ele quer me jogar na fogueira.

Por isso ele teve um ataque de pânico hoje.

Passou a mão pelo cabelo.

— Então entre o estresse desse discurso idiota que preciso escrever até o outono, me inscrever para cursos de Direito, o caso do meu pai e, mais importante de tudo, a preocupação com minha mãe... acho que estou decaindo há um bom tempo. Hoje, enfim, desmoronei. Infelizmente, você ficou na primeira fileira para o show.

— Bem, quero meu dinheiro de volta.

Ela olhou para mim e sorriu.

— Brincadeira. — Apertei seu joelho. — Há algumas coisas que você não consegue mudar. Mas outras consegue.

— Explique...

— Por que nós não trabalhamos nisso neste verão? Na questão de falar em público.

— *Nós*? Vai me ajudar com... aprender a não gaguejar como um idiota?

— É. Pode praticar comigo. Não vai importar quantas vezes se atrapalhar. Vamos continuar trabalhando nisso até você ficar mais confortável. Esse tipo de coisa é meu forte.

— Quase esqueci, Miss América.

— Miss América *Escolar* — esclareci. — Enfim, não se trata somente de aprender a se comunicar diante de uma plateia; trata-se de não dar a mínima para o que os outros pensam nessa situação. — A empolgação cresceu dentro de mim com a perspectiva de trabalhar com ele. — Sério, me deixe ajudar.

— Você não precisa que eu seja seu projeto de verão.

— Na verdade, preciso. Você tem seu estágio. Para que sirvo se não puder fazer algo útil aqui?

Ele pausou.

— Quando faremos isto?

— Quando você quiser.

— Sabe que estou desesperado se estou concordando em te deixar me treinar.

— O que acha de umas duas noites por semana, tipo depois do jantar, mas antes de irmos para a praia? Pode ser quando quiser, na verdade. Estamos no meio de junho, então temos dois meses para trabalhar nisso.

Ele deu risada.

— Espero que não fique extremamente decepcionada quando não conseguir me ajudar. Mas acho que podemos tentar.

— Legal. — Eu sorri.

— *Você* até que é bem legal, Noelle. Nada como a nerdizinha sabe-tudo que pensei que fosse. — Ele deu uma piscadinha.

— E você não é nada como o babaca esnobe que pensei que fosse — respondi. — Quero dizer, você é babaca, mas não esnobe.

— Justo.

— Brincadeira de novo. — Eu o cutuquei.

Ele respirou fundo, olhou em volta e, enfim, se levantou da pedra.

— Pronta para continuar? — ele perguntou.

Limpei minha bunda.

— Se você estiver...

Corremos juntos de volta para casa em silêncio. O Archie ao meu lado de agora não era nada igual ao Archie que pensei que conhecesse naquela manhã.

CAPÍTULO 7

Archie

PASSADO

Noelle ficava linda pra caramba quando falava bem sério. Algumas noites depois do meu ataque de pânico, estávamos no seu quarto para minha primeira aula de como-não-ser-um-idiota-gaguejador. Ela andava de um lado a outro enquanto eu estava sentado e encostado na cabeceira da sua cama. Ela não percebeu, mas eu a estava desenhando enquanto ela falava.

— Eu estava pesquisando hoje — ela disse. — E encontrei muitos artigos que falavam sobre os sete Ps de falar em público. — Ela tentou se lembrar de quais eram conforme contava nos dedos. — Propósito... pessoas... preparação... planejamento... personalidade... — Ela pausou.

— Pênis — eu disse, inexpressivo. *Eu já não estava levando isso a sério.*

— Bom palpite, mas não.

— Penetração?

Ela deu risada.

— É... performance.

— Performance sexual. Viu? Eu sabia.

— Muito engraçado.

— Certo. Desculpe. — Suspirei. — Vou tentar ser bonzinho.

Ela gesticulou com a mão, desdenhando.

— Ok, esqueça os sete Ps. A primeira regra de falar em público é saber do que está falando. Se não estiver confiante no que está passando, vai ser um problema.

Me endireitei.

— Bem, esse é o problema número um. Preciso fazer um discurso sobre como meu pai é maravilhoso quando ele só foi babaca comigo por quase toda a minha vida.

Ela coçou o queixo.

— Humm... Bem, mesmo que ele não tenha sido o melhor pai, você concorda que ele teve uma carreira surpreendente. Provavelmente, podemos reunir bastante coisa que vá te convencer de que ele é digno de honrarias, mesmo que Pai do Ano não seja uma delas.

— É... claro. Só preciso reunir tudo.

— Pode entrevistá-lo?

Balancei a cabeça imediatamente.

— Não. Ele quer que eu faça isto sozinho, e só vai acabar me irritando se eu pedir qualquer ajuda para ele.

— Certo. — Ela assentiu. — É por isso que você vai ter lição de casa.

Sombreando um pouco do meu desenho, eu disse:

— Não sabia que tinha me matriculado na escola.

Noelle deu uma piscadinha.

— Mas não tem nota de verdade, o que é bem legal para você. — Ela se sentou e colocou os pés para cima na beirada da cama. — Na minha pesquisa sobre medo de falar em público, parece que um dos maiores desafios é a falsa impressão que as pessoas têm da sua importância como palestrante. As pessoas vão ouvir o que você tem a *dizer*. Não se importam tanto com *você* como você pensa. De alguma forma, a pessoa que está nervosa presume que está sendo julgada em um nível pessoal. Então precisamos fazer com que você, de alguma forma... se solte.

Apontei meu polegar para trás de mim.

— Tenho uma garrafa de tequila no meu quarto. Normalmente, isso ajuda. Vai funcionar?

— Por mais tentador que possa ser... Não.

Estalei meus dedos.

— Droga.

Noelle se levantou e começou a andar de um lado a outro de novo. Ela balançava a mão conforme falava, como se estivesse conduzindo uma orquestra em vez da minha aula sobre gaguejar.

— Você precisa *se tornar* outra pessoa quando estiver lá em cima. Como um alter ego. — Ela parou e se virou para mim. — Vamos escolher quem você vai ser naquele palco.

Apertei os olhos.

— Estou ficando meio confuso...

— Ele precisa de um nome. Seu alter ego. Algo bem diferente da pessoa egoísta que se preocupa com o que todo mundo pensa.

— Fred — eu disse. Foi o primeiro nome que me veio à mente.

— Fred? — Ela deu risada.

— É. Genérico. Entediante. Ele não dá a mínima para o que pensam.

— Certo... Fred. — Ela anotou.

— Por que *você* está fazendo anotações nessa merda? — perguntei.

— Não é *merda*... — Ela jogou seu caderno na cama. — Este é o seu futuro, Archie. E você também deveria fazer anotações, em vez de desenhar. Não pense que não percebi. Pelo menos *finja* estar levando a sério.

Suspirei.

— Tem razão. Desculpe.

Ela pegou seu caderno de volta e bateu a caneta nele.

— Certo... então algumas coisas em que precisamos trabalhar. Primeiro, precisa conhecer melhor seu pai.

— Não mesmo.

— Não estou falando para passar mais tempo com ele. Mas pesquise-o no Google. Decore a biografia dele no site do escritório... esse tipo de coisa. Segundo, precisa se esquecer e *se tornar* Fred. A parte desafiadora será não evitar contato visual enquanto faz isso. É fácil querer olhar para baixo quando não se está confortável.

— Tipo o que *você* fez na noite em que cheguei — destaquei.

— Como assim? — ela perguntou.

— Você evitou contato visual comigo na mesa de jantar na primeira noite.

— Evitei?

— Sim.

— Provavelmente foi porque estava intimidada. Então faria sentido. Meu ego se importava demais com o que você pensava de mim.

— E agora? Você sabe que sou um idiota que gagueja e entra em pânico, então não te intimido mais?

Ela me bateu com o caderno.

— Pare de se chamar assim.

— Certo... — Suspirei.

Ela pigarreou.

— Como estava dizendo, estamos condicionados a pensar que, se evitarmos contato visual, de alguma forma, estamos nos protegendo, quando, na verdade, estamos piorando tudo. Essa forma ativa de evitar é suficiente para te deixar ansioso. Então, como Fred, você não vai evitar contato visual.

— Como vou conseguir ler meu papel e olhar para as pessoas ao mesmo tempo? Porque você sabe que não vou decorar essa merda.

— Você só vai olhar para cima entre as frases de vez em quando.

— E se eu me perder? Aí vou repetir a mesma frase. — Dei risada, apesar de não achar engraçado. — Dá para imaginar? Certeza de que vou fazer isso. — Comecei a suar só de pensar.

— Você está pensando no pior. Não faça isso, ou vamos ter que fazer outro planejamento.

— Sem mais planejamentos, professora.

Ela colocou as mãos nos meus ombros, me chacoalhando.

— Vai ficar tudo bem. Você vai treinar comigo o verão todo. Quando chegar a esse evento, estará careca de saber.

— Careca de saber. — Dei risada. — Às vezes você fala como uma velha.

— Tenho uma alma velha mesmo. — Ela ergueu o queixo orgulhosamente. — Obrigada por perceber.

Abri um sorriso malicioso.

— Sabe o que mais dizem sobre falar em público?

— O quê?

— Que deveria imaginar sua plateia nua.

Ela assentiu.

— Claro, é outra estratégia que você poderia usar.

Ela não tinha entendido aonde eu queria chegar.

— Então, se vou treinar com *você* o verão todo, significa que...

Noelle semicerrou os olhos quando entendeu.

— Aff.

— Nada que eu nunca tenha visto, Miss América.

Ela jogou a caneta em mim e deu risada.

— Cale a boca.

— Preciso te alertar que *Fred* é meio pervertido.

Seu rosto ficou vermelho.

— É melhor ele não ser.

— Melhor ainda, posso imaginar você com vergões por toda a sua pele?

— Não.

Ainda rindo, me levantei da cama.

— Terminamos por hoje?

— Sim. — Ela suspirou. — Pode ser. — Ela guardou seu caderno em uma gaveta. — Lição aprendida.

Ela se virou de volta para me encarar, e me vi vidrado na sua boca. *Uau. Não vamos fazer isso de novo*. Eu sentia atração por Noelle, o que era meio enervante, já que sabia que não podia *chegar nisso*. Não com ela. Ela era a única coisa boa na minha vida no momento, e estragar isso não era uma opção. Além do mais, não somente ela era uma amiga da família, como morávamos em costas diferentes. E tive a impressão de que ela não era experiente. Mas, além de achá-la linda, pela primeira vez em muito tempo, sentia uma conexão forte com alguém.

— Você ficou linda brincando de professora — eu disse.

Ela corou. Fazia muito isso perto de mim. Me perguntei se tinha uma quedinha. Talvez esse fosse meu desejo. Mas até que seria divertido brincar com ela se tivesse. Fazê-la corar ainda mais.

Entreguei o desenho que fiz enquanto ela estava dando aula.

— Como assim? — Ela cobriu a boca ao olhar para a imagem de si mesma. Eu a tinha desenhado em um vestido de baile com uma faixa em que se lia *Miss Whaite's Island*. Em vez de um buquê normal, Noelle segurava um pênis gigante com flores saindo da ponta. No diálogo acima da sua cabeça, dizia: *Os sete Ps de Falar em Público.*

Na noite seguinte, Noelle não estava no jantar com nossos pais. Eu sabia que ela estava se preparando para seu encontro com James, mas perguntei para sua mãe onde ela estava para parecer indiferente quanto a isso. Quando Amy me contou que sua filha tinha um encontro, agi como se estivesse surpreso.

Decidi ir irritar Noelle no andar de cima depois que saí da sala de jantar. A porta do seu quarto estava aberta, e olhei lá dentro enquanto ela estava em pé diante do espelho.

De novo, resolvi me fazer de besta.

— Para onde vai? Você não estava no jantar.

Ela se virou, parecendo surpresa por eu não saber.

— Tenho aquele encontro com James, lembra?

Quando tive uma visão total dela, fiquei sem fôlego por um instante. Noelle usava uma blusa justa que mostrava um pouco de decote e uma minissaia preta de couro. Não havia como negar o quanto ela estava gostosa.

Mas fingi não notar.

— Ah, é. Aonde ele vai te levar mesmo?

Ela continuou penteando seu cabelo castanho comprido.

— Em algum lugar para comer peixe com batatas fritas.

— Hum. Nada mais sexy em um primeiro encontro do que comida oleosa saindo dos seus poros.

— Imagino que leve Bree a lugares chiques.

Me deitei na sua cama.

— Bree e eu não vamos a lugar nenhum, na verdade. Não estamos namorando.

— É verdade. Só estão transando.

Me sentei.

— Você fala como se tivesse algo de errado nisso.

— Não tem.

— Não acredito em você. Me sinto julgado. Preciso me transformar em Fred agora?

Ela deu risada.

— Juro que não estou te julgando.

— Não acredito em dar esperança às pessoas — eu disse. — Não posso ter namorada durante o verão e terminar com ela antes de voltar a estudar. Também nunca vou ter um relacionamento à distância. Então a saída é ficar sozinho no verão ou ter um acordo com alguém de só transar.

Ela parou de pentear o cabelo por um instante e se virou para me encarar.

— Já namorou sério?

De novo, tentei não admirar como Noelle estava linda.

— Uma vez. No ensino médio.

— O que aconteceu?

Engoli o gosto amargo na boca.

— Ela me traiu com meu amigo, na verdade.

— Uau. Certo. Entendi por que não liga para relacionamentos, então.

— Já superei isso. Mas não tenho tempo para namorada, tenho muita coisa com que me preocupar. Bree não é do tipo de garota que se importa.

— Bem, sorte a sua.

— Diz ela com sarcasmo.

— Não, de verdade. Fico feliz por você.

Zombei dela.

— Fico feliz por você e aquela vagabunda, Archie. É isso que quer dizer?

— Não falei isso.

— Dá para ler na sua cara. — Eu a observei de novo. Ela tinha se maquiado, o que a fazia parecer mais velha do que seus dezoito anos. — Aliás, você está bonita.

— É uma pena que terei óleo saindo dos meus poros mais tarde.

— Deveria fazê-lo te levar para a praia depois. Pular na água para se limpar.

— Talvez. — Ela revirou os olhos. — Imagino que você estará lá esta noite.

Coloquei as mãos atrás da cabeça.

— Há outra coisa para fazer nesta ilha?

— Estou aprendendo que não há mesmo. — Ela sorriu e mudou de assunto. — Está fazendo sua lição de casa?

— Quer dizer pesquisar sobre meu pai para não precisar falar com ele sobre sua carreira? Sim.

— Bem, que bom. O que for preciso. — Ela suspirou. — Está se sentindo bem?

— Está preocupada que eu surte e tenha outro ataque de pânico? — Ergui meu dedo indicador. — Ei, tem outro P para adicionar à sua lista de falar em público. Pânico!

Sua expressão permaneceu séria. Parece que ela não gostou do meu humor.

— Sério, teve mais algum?

Balancei a cabeça.

Noelle assentiu e baixou a voz.

— Não consigo parar de pensar no que me contou sobre sua mãe. Sinto... muito por estar acontecendo isso.

— Eu também, Noelle. — Minha voz ficou mais suave. — Eu também.

Ela olhou para seus sapatos.

— E juro manter em segredo. Só queria que tivesse algo que eu pudesse fazer.

— Só de ter você aqui neste verão já ajuda — eu disse, surpreso com minha confissão. Mas era verdade. — Estava apavorado de vir para a ilha este ano. A faculdade é meu refúgio. Queria ficar na Califórnia e não me juntar aos meus pais no verão. Mas não poderia fazer isso com minha mãe. Acredite em mim que, se não fosse por ela, eu não teria vindo. — Expirei. — Mas... estava enganado sobre como seriam as coisas. Pensei que teria que continuar fingindo que tudo estava cem por cento, que não teria ninguém com quem conversar. Mas não sinto que tenha que fingir quando estou com você. E isso é bom.

Jesus. Isso foi demais.

Os olhos de Noelle brilharam.

— Fico muito feliz que sinta que pode confiar em mim. — Ela mordeu o lábio e olhou a hora. — Merda. É melhor eu ir. Vou encontrá-lo lá. Já estou atrasada.

Com relutância, saí da cama.

— Divirta-se, oleosinha.

Ela abriu um sorriso antes de desaparecer pelas escadas.

Em vez de ir para meu quarto, voltei para a cama de Noelle e encarei o teto, me perguntando por que eu me sentia tão esquisito.

Pelo menos, eu não precisava me preocupar quanto a ela com James. Ele não machucaria uma mosca. Essa situação poderia ser bem pior. Ela poderia estar de gracinha com aquele babaca do Xavier. Então, isso era bom, falei para mim mesmo.

Dito isso, parecia que eu não conseguia parar de olhar para Noelle e James depois que voltaram do jantar e se juntaram a todo mundo na praia. Estavam à minha frente, então não dava para ouvir o que falavam. Tentei ler lábios, porém não estava funcionando. Finalmente, fui até eles e banquei o legal.

— Como foi o jantar?

— Estava delicioso — Noelle respondeu. — E, milagrosamente, não tenho óleo saindo dos meus poros.

— Óleo? — James pareceu confuso. — O quê?

— Deixe pra lá. — Ela deu risada.

— Vocês dois formam um casal lindo — Bree disse, agarrada ao meu braço.

Jesus, eu nem tinha percebido que ela havia me seguido até ali.

James sorriu e, mesmo na escuridão, dava para ver Noelle corar.

Noelle não me parecia muito experiente na área de encontros. Me perguntei o quanto ela realmente era experiente — ou inexperiente.

Também pensei em mim mesmo e por que parecia obcecado com Noelle e seu encontro com James. Eu estava sendo protetor com ela ou era algo mais? Não conseguia identificar direito. Mas ela estivera na minha mente a noite inteira.

— Poderíamos ir até as pedras — Bree sugeriu.

Fiquei em silêncio quando James olhou para Noelle.

— Você quer?

— O que é isso? — Noelle perguntou.

— É uma área rochosa que é meio escondida onde as pessoas vão para ter privacidade — ele explicou.

Ela deu de ombros.

— Claro.

Cerrei os dentes. *Porra.*

Só havia um motivo pelo qual se ia para as pedras, que era se esconder atrás delas para dar uns amassos ou transar. Bree e eu tínhamos ficado ali inúmeras vezes. Costumava ser empolgante, mas eu só estava passando meu tempo com ela naquele verão. Ela parecia querer a mesma coisa – um amigo de foda –, mas estava ficando sem graça. Não havia um estímulo mental ou uma conversa profunda. Eu nunca tinha precisado dessas coisas no passado, mas elas pareciam importar ultimamente.

Depois de descermos para as pedras, me vi distraído pelo fato de James e Noelle terem desaparecido. Conforme Bree e eu nos situávamos em nosso lugar de sempre, ela percebeu minha incapacidade de... me concentrar.

— O que houve? — ela perguntou, interrompendo nosso beijo.

— Nada — respondi, puxando-a para perto e beijando-a mais para ela não ver minha cara. Além disso, agora eu conseguia olhar para trás dela em paz e ver se conseguia enxergar Noelle e James.

Ela começou a baixar a calça, mas a fiz parar.

— Hoje não, ok?

Uma expressão surpresa passou por seu rosto.

— Por que não?

— Estou sem camisinha — menti.

Não poderia exatamente dizer que não sabia se conseguiria ficar ereto. A única hora em que tinha problema nesse departamento era quando algo estava me chateando.

— Tudo bem. Tomo pílula — ela disse.

— Não faço sem camisinha. Desculpe.

Bree ficou de um jeito que parecia que eu tinha acabado de falar que seu gato morreu.

— Posso correr em casa para pegar.

— Na verdade, só quero ficar de boa hoje. Estou com umas coisas na cabeça.

Bree fez beicinho.

— Está tudo bem?

— Sim. Nada terrível. Só umas... coisas acontecendo em casa.

Ela passou a mão na minha bochecha.

— Sabe que pode conversar comigo.

Não parecia natural me abrir para Bree como era com Noelle. Então, de novo, o problema agora *era* Noelle, para ser sincero.

— Se importa de só darmos uma caminhada? — perguntei.

Ela deu de ombros.

— Tudo bem.

Após alguns minutos passeando pela área rochosa, finalmente vi Noelle e James. Eles estavam conversando e rindo. Suspirei de alívio. Pareceu bem inocente. Eu não fazia ideia se estavam se pegando antes, e acho que não era da minha conta.

Quando Noelle me viu, ela se levantou.

— Oh, ei. Eu ia voltar para casa.

James pareceu chateado.

— Já?

— É. — Ela se virou para mim e deu uma piscadinha. — Alguns de nós precisam levantar para correr cedo.

— É melhor eu te acompanhar — eu disse.

— Não. — Ela balançou a cabeça. — James vai.

Meu peito doeu.

— Ah. Certo. — Cerrando os dentes, olhei para ele. — Valeu.

— Imagine. Eu cuido dela. — Ele sorriu para Noelle.

Ele cuida dela. Perfeito. Engoli o que pareceu ser bile na minha garganta.

CAPÍTULO 8

Noelle

PASSADO

Archie parecia especialmente quieto durante nossa corrida de manhã. Claro que havíamos concordado em não conversar enquanto estivéssemos correndo, mas ele também não falou nada quando saiu para me encontrar. Simplesmente começou a correr, e eu o segui.

Primeiro, eu tinha atribuído ao fato de ele ter ficado fora até tarde na noite anterior. Talvez ele só estivesse sonolento. Mas estávamos correndo há quase uma hora, então o ar deveria tê-lo despertado.

Quando paramos para fazer nosso intervalo de sempre no topo da montanha, ele permaneceu em silêncio.

— Está tudo bem com você?

— Sim. Tudo — ele arfou. — Por quê?

— Não está falando muito. Normalmente, preciso te dar bronca para ficar quieto durante nossas corridas.

— Estou bem — ele disse, de forma concisa.

— Tem certeza?

— Sim. Vamos voltar para casa. Tenho coisas para fazer.

Ok...

Quando começamos nossa trilha para casa, decidi que, talvez, ele só estivesse de mau humor sem nenhum motivo. Acontece às vezes. Todos temos dias ruins.

Ao entrarmos em casa, ele foi direto para cima a fim de tomar banho sem cumprimentar ninguém na cozinha.

Após meia hora, voltou para baixo, vestido para seu estágio. Ele tentou sair sem falar nada, mas o alcancei.

— Ei — chamei da porta. — Não esqueça. Temos uma aula esta noite — adicionei em voz baixa, sem querer que seu pai ouvisse.

Ele coçou o queixo.

— Temos? Eu tinha esquecido.

Meu coração doeu. *Ele esqueceu?*

— Hum... é. Temos. Depois do jantar.

— Ok. — Ele assentiu. — Estarei lá.

Passei o resto do dia ansiosa — e confusa. Tentei me manter ocupada indo à feira local, mas fiquei só refletindo lá conforme colhia morangos frescos e acariciava as cabras.

Na noite anterior, meu encontro com James tinha sido bem divertido. Parece que nos damos muito bem, e eu o achava atraente. Quando fomos às pedras, ele até me deu o beijo mais incrível. Mas acabei pensando em Archie no meio dele, o que era inquietante — e muita burrice, considerando o que, provavelmente, estivera fazendo com Bree naquele instante.

Eu sentia atração por Archie de um jeito diferente do que sentia por James. James era fofo, bonito de forma clássica e um cara seriamente bom. Archie, por outro lado, era lindo de morrer e fazia minhas pernas bambearem quando estava por perto. Ele também era inalcançável. Isso fazia qualquer sentimento que tinha por ele ser inútil. Eu tinha praticamente certeza de que Archie olhava para mim como uma prima mais nova que ele precisava proteger.

No jantar daquela noite, percebi que estava ansiosa para ver Archie, mas ele não apareceu, nem do seu jeito elegantemente atrasado de sempre. Isso me fez pensar se ele também planejava não aparecer em nossa aula.

Depois de comer, subi para o quarto e fiquei um pouco na internet. Em certo momento, ouvi Archie tomando banho. Então, uns dez minutos depois, uma batida à minha porta.

Archie estava vestido com calça de moletom preta e camiseta, um visual gostoso pra caramba e um cheiro incrível. Uma mecha de cabelo molhado caiu sobre os olhos dele, e senti um pouco do seu perfume, colocando meu corpo em alerta.

— Você não estava no jantar...

— É. Fiquei até tarde no escritório de Rodney.

— Já comeu? — perguntei.

— Peguei um lanche na volta para casa. — Ele abriu um sorriso.

Instantaneamente, fiquei aliviada por ele parecer menos nervoso em comparação àquela manhã.

— Então, a grande pergunta... Fez sua lição de casa?

Ele foi para o canto da minha cama.

— Fiz.

Minha pulsação reagiu. Aquele foi o dia em que mais fiquei longe dele. Aparentemente, meu corpo havia sentido sua falta. Pigarreei.

— Maravilha.

Archie abriu seu caderno e me mostrou uma longa lista de pontos que anotara sobre seu pai. Ao longo da hora seguinte, fizemos um rascunho de tudo em ordem cronológica e, juntos, começamos a escrever seu discurso.

O plano era que, em certo momento, ele o teria recitado tantas vezes que quase se entediaria com ele.

Depois de uma hora, assenti.

— Acho que avançamos bem esta noite. Seu pai tem uma carreira impressionante, tenho que admitir.

— É. — Archie se deitou de costas na cama e encarou o teto. — Impossível superar tudo isso.

— Entendo por que pensa assim. Mas você é outra pessoa. Independente de como ele te faça sentir, você não precisa superar nada.

Ele se sentou.

— Seria bom se *ele* pensasse assim.

— Seu pai sempre foi duro, mesmo quando você era mais novo?

Ele balançou a cabeça.

— Aconteceu uma coisa anos atrás comigo que o mudou.

O pavor me preencheu, e eu não queria insistir. Em vez disso, somente esperei.

— Há algo que não sabe sobre mim — ele disse. — Ninguém sabe, na verdade, porque meus pais não falam sobre isso.

Meu estômago embrulhou.

— O que é?

Ele olhou para o teto de novo e expirou.

— Talvez eu precise do Fred para isso.

— Ok, *Fred*. Me conte. O que houve?

Ele encontrou meus olhos.

— Se eu te contar, preciso que prometa não mencionar para seus pais. Não é uma coisa que minha família fale com ninguém.

— Certo. — Assenti. — Eu juro.

— Fiquei doente quando era criança. Tive leucemia.

Fiquei boquiaberta.

— Ah, meu Deus. Eu não fazia ideia.

— Eu sei. Como falei, eles não falam nisso. Meu pai estava começando a carreira na época e estava sob muito estresse. Meus pais quase faliram pagando um tratamento experimental que não tinha cobertura do convênio. Mas os remédios funcionaram. — Ele balançou a cabeça devagar. — Acho que é parte do porquê meu pai me pressiona tanto. É quase como... "Nós salvamos sua vida, Archie. Não a desperdice".

Pisquei, incrédula.

— Como eles podem não ter contado algo tão importante aos meus pais?

— Bem, eles não conheciam seus pais naquela época, e pouquíssimas pessoas sabem. Meus pais, praticamente, fingem que nunca aconteceu. — Ele pareceu pensar por um instante. — Na verdade, é mais meu pai que não deixa minha mãe falar disso. Acho que é o mecanismo de fuga dele. Ainda há muito trauma não resolvido dessa época com que eles não lidaram. Não sei se é uma forma de estresse pós-traumático, mas minha mãe diz que meu pai não foi o mesmo depois disso, apesar de eu ter entrado em remissão.

Era difícil imaginar que aquele cara forte e viril diante de mim tinha ficado doente desse jeito.

— Mas você está bem agora? Nunca teve recaída ou algo assim?

— Não. Estou completamente bem. Quero dizer, sempre vivo com esse medo, né? Que possa voltar. Mas os médicos falaram que o tipo que tive há uma boa chance de nunca retornar.

— Deve ter sido difícil para você... passar por isso.

— Sinceramente, eu era tão novo que não me lembro muito.

Provavelmente é bom.

Olhei para longe um pouco para processar tudo.

— Bom, só para constar, fico muito feliz que esteja bem.

— Eu também.

Um pensamento me ocorreu.

— Você falou que seu pai mudou depois disso. Acha que ele ser tão duro com você é um mecanismo de proteção?

— Quer dizer que, tipo, ele tem medo de amar porque pode me perder? — Ele assentiu. — É engraçado, porque minha mãe teve uma teoria parecida uma vez. Mas, como ele não fala disso, é difícil saber o que se passa na sua mente.

Assenti, ainda tentando absorver tudo.

— Desculpe... Sinto que preciso de um minuto.

— Fique à vontade. Joguei tudo em cima de você. Fred, na verdade.

— Fico feliz por ele ter me contado.

Ele esfregou os olhos.

— Ok, gostaria de voltar a ser Archie agora. Vamos mudar de assunto. Como foi seu encontro com James? Não tive a oportunidade de conversar com você, já que ele monopolizou toda a sua atenção ontem à noite.

Surpresa com sua escolha de tópico, dei de ombros.

— Foi bom.

Archie ergueu uma sobrancelha.

— Só bom?

— O que quer que eu diga?

— Ele te beijou?

Minhas sobrancelhas saltaram.

— Não preciso responder isso, né?

— Acho que acabou de me dar a resposta.

Meu rosto ficou quente.

Ele apontou para mim.

— Caramba, você está ficando vermelha.

Toquei minha bochecha.

— Estou?

— Fica fofa, na verdade.

— Por quê?

— Pouquíssimas garotas... pelo menos as que conheço... ficam envergonhadas com essas coisas. Nada mais é novidade. Todo mundo já fez de tudo, provou de tudo.

Engoli em seco, me sentindo compreendida, mas ainda envergonhada.

— Como sabe que não fiz de tudo?

— Não tenho certeza. Só estou presumindo por suas reações. Poderia estar totalmente enganado. — Ele pausou. — Mas... estou certo?

— Não preciso responder.

— Não precisa, não. Mas aí eu presumo as coisas, o que não fica melhor para você. — Ele me encarou com um sorriso malicioso. — Certo. Vou parar de insistir.

O quarto ficou em silêncio por um tempo. Parte de mim queria que ele soubesse a verdade para que pudesse dar sua opinião quanto à minha situação. Estava pesando na minha consciência. Tipo, o cara tinha acabado de me contar que tivera câncer, pelo amor de Deus.

— Ainda não fiz sexo — soltei. — É isso que quer saber?

A expressão de Archie ficou séria.

— Ok. Não há nada de errado nisso.

— A maioria das pessoas já fez — adicionei.

Ele deu de ombros.

— E daí?

— E daí? Estou prestes a ir para a faculdade, e sou virgem, é isso.

— Mas isso não te torna estranha. Só está esperando o momento certo.

— Não sei por que acabei de admitir. Acho que você me fez sentir que poderia te contar qualquer coisa depois do negócio do câncer.

— O câncer te fez querer falar sobre sexo? — ele zombou. — Te deixa excitada?

— Não. Mas acho que fez *você* parecer vulnerável. Como se fosse seguro te contar as coisas.

— O câncer faz isso. — Ele deu risada. — Sabe o que é uma droga? Como não falo sobre isso, nem posso usar a carta do câncer para meu benefício. Sabe quantas garotas eu poderia pegar se saísse por aí contando a todo mundo que sou um sobrevivente?

— Mais do que já pega? Duvido. Você não tem dificuldade em transar.

— Uau. Lá vem a Noelle julgadora de novo. Acha que sou um puto ou algo assim?

— Sim. É exatamente o que acho. Mas não te culpo. Toda garota nesta ilha te olha desde que chegou. Talvez você nem perceba porque fica grudado na Bree.

— Bree é só um escudo.

— Um escudo para quê?

— Não quero conhecer ninguém novo e convidar o drama para minha vida neste verão. Então Bree é uma capa nesse sentido.

— Ela sabe que está sendo usada?

— Acho que não se importa. Estamos usando um ao outro. Mas acho que deveria servir como lição para você... se deixar um cara pisar em você, te usar para sexo sem significado, ele vai fazê-lo.

Eu sabia que eles estavam transando, mas essa era a primeira vez que ele dizia isso. Me irritou um pouco.

— Está me alertando sobre caras como você...

Ele coçou o queixo.

— Acho que sim.

— Mas James não é como você.

Archie cerrou a mandíbula.

— Não é. Pelo menos, acho que não.

— Talvez eu devesse transar com ele. Acabar logo com isso.

Ele uniu as sobrancelhas.

— Por que iria querer fazer isso?

— Não quero que minha primeira vez seja na BU. Não quero essa complicação. A primeira vez não é agradável, pelo que ouvi. Só parece algo que possa querer sanar para poder curtir qualquer experiência sexual que tenha na faculdade.

— A primeira vez não é agradável para algumas garotas... mas você também não deveria desperdiçá-la.

— Quando foi sua primeira vez?

— Foi com aquela garota no ensino médio que te contei que me traiu. Eu tinha dezesseis anos.

— Foi especial?

— Na época, pensei que sim.

— Até ela mostrar quem era de verdade?

— É. Quero dizer, a primeira vez é mais fácil para um cara, sabe? Com certeza, não doeu... foi totalmente o contrário. — Ele deu risada. — Mas, depois disso, ela começou a mudar. Quando descobri que tinha ficado com meu amigo, passei o rodo... comecei a sair com metade das garotas da escola. Meio que nunca parei.

Ficando ansiosa, perguntei:

— Acha que vai... parar um dia?

— Parar de transar? Nunca. — Ele deu risada.

— Não foi isso que eu quis dizer.

Ele arqueou uma sobrancelha.

— Tipo, me acomodar, você diz?

— É. Com uma pessoa.

— Não sei. Não é algo que me vejo fazendo.

Engoli em seco.

— Sério...

— É. Só estou sendo sincero. Não me vejo me acomodando nem tendo filhos.

— Certo.

— É uma coisa que você quer? — ele perguntou. — Uma família e tal?

— Claro. Quero dizer, bem no futuro, sabe?

— Sim. — Ele assentiu. — Legal. Bom para você.

O sentimento minúsculo de esperança que tinha se aprofundado no meu subconsciente, o mesmo que estivera planejando meu casamento com Archie dali a uma década, tinha acabado de ser destruído.

— Você vai para a praia? — perguntei.

Archie fez uma careta.

— Não estou a fim hoje.

Conforme ficamos sentados em silêncio, uma dor permaneceu no meu peito. Será que eu ainda estava remoendo a notícia do câncer de Archie? Ou o fato de eu ter confessado minha falta de histórico sexual? Ou era outra coisa? Ele tinha me dado o maior motivo para não alimentar minhas esperanças. Não querer se acomodar nem ter filhos era um limite para mim. Os sentimentos dele poderiam mudar ao longo do tempo, mas eu não poderia perder tempo nutrindo sentimentos por alguém que, no momento, pretendia passar o rodo o resto da vida. Era uma receita para coração partido.

Archie interrompeu meus pensamentos.

— Quer ficar sem ir à praia esta noite comigo? Ficar em casa e assistir a um filme?

Boing! Simples assim, minhas esperanças idiotas estavam ali de novo. Não demorou.

— Bree não vai sentir sua falta? — perguntei com sarcasmo.

— Eu poderia convidá-la para vir também.

Ele deve ter percebido meu olhar.

— Só estou brincando, Noelle.

— Bem, eu não tinha motivo para pensar que estava mentindo.

— Não conseguiria relaxar com ela por perto — ele disse.

Assenti.

— Um filme parece legal. Mas onde vamos assistir? Nossos pais dominam a televisão lá embaixo na sala de estar à noite.

Ele abriu um sorriso diabólico.

— Tenho uma ideia melhor.

— Qual?

— Você vai ver. Me dê meia hora. — Archie se levantou e saiu de repente.

Fiquei com frio na barriga enquanto andava pelo meu quarto e esperava que ele voltasse.

Uns vinte minutos depois, ele enviou uma mensagem.

Archie: Venha para o jardim.

Desci as escadas e fui.

Arregalei os olhos quando vi o que Archie havia montado no quintal: uma tela de cinema. Um projetor estava ligado ao seu notebook.

— Como montou tudo isso tão rápido?

— Mágica. — Ele deu uma piscadinha.

— Sério...

— Os proprietários anteriores deixaram todo este equipamento na garagem. Não é legal? Vi outro dia quando estava lá mexendo em uma das bicicletas.

— Não pode ser. Isto é incrível.

Ele apontou para um cobertor no gramado.

— Também trouxe comida.

Havia uma cesta cheia de ovos de Páscoa de plástico em tons pastel.

Dei risada.

— Ovos de Páscoa?

— Essas pessoas deixaram muita coisa para trás. Encontrei dois sacos enormes com esses ovos gigantes. Devem ter feito uma caça aos ovos ou algo assim aqui. Então eu os enchi com surpresas para você.

— Devo ficar com medo?

— Não. São só petiscos.

Me abaixei para pegar um e o abri. Havia um monte de balinhas de goma em formato de urso dentro.

— São comestíveis?

— Acredite ou não, são balas normais.

Fingi ficar decepcionada.

— Droga.

— Está querendo ficar chapada? Porque posso conseguir.

— Não. Na verdade, nunca fiquei.

— Ah. — Ele abriu um sorriso maldoso. — Há muitas formas de corromper você neste verão.

Essa declaração foi direto para minhas entranhas, claro.

Estávamos rindo quando a mãe de Archie nos interrompeu.

— O que está havendo aí fora? — ela perguntou.

Ele se virou e se endireitou.

— Oi, mãe. Vamos assistir a um filme. Quer ver?

Ela sorriu.

— Que divertido!

Então ela se virou para mim.

— Nos conhecemos?

Olhei para Archie, confusa, mas percebi o que sua pergunta poderia significar.

— É Noelle, sra. Remington.

Antes de ela poder responder, minha mãe saiu.

— Aí está você, Nora! Nos deixou preocupados por um instante. Não conseguíamos te encontrar.

Nora sorriu.

— Eles vão assistir a um filme.

Minha mãe observou o gramado.

— Montaram uma estrutura bem legal aqui.

— Archie encontrou o equipamento na garagem.

Então Archer saiu do nada.

— Archie é criativo quando quer ser — ele declarou. — O difícil é motivá-lo.

Nem pensar que eu ia deixar que ele repreendesse Archie naquela noite.

— Acho que ele é *muito* motivado — defendi. — Archie tem acordado na primeira hora do dia para ir correr comigo, o que não é fácil quando se está nas férias de verão. E ele vai àquele estágio. É uma das pessoas mais motivadas que conheço.

Archer escolheu me ignorar, então esticou a mão para pegar a de sua esposa.

— Venha, Nora. Vamos começar o jogo de cartas.

Quando os três saíram do quintal, Archie balançou a cabeça.

— Não precisava responder para ele.

— Te envergonhei?

— Não. Mas não adianta... é desperdício de energia.

— Falei sério. E ele nem sabe que você está passando tempo extra comigo para combater seu medo de falar em público.

— Vamos manter assim. — Ele inspirou fundo e expirou. — Enfim... É melhor assistirmos ao filme.

— Certo — eu disse, me sentindo emotiva.

Detestava o fato de o pai de Archie ter estragado o clima. Escolhi não falar nisso nem mencionar o fato de que Nora não sabia quem eu era. Não queria chatear mais Archie quando era para termos uma noite divertida.

Concordamos em ver um filme de suspense na Netflix, e me acomodei ao lado dele no cobertor, consciente da sua proximidade a cada segundo que passava. Um ou dois centímetros mais perto, e minha perna encostaria na dele. Desejava saber como seria isso. Vamos admitir, eu desejava saber muito mais do que isso — como seria sua *boca* na minha, para começar. Não ajudava o fato do seu cheiro incrível continuar me provocando. Poderia parecer que eu estava assistindo ao filme, mas meu cérebro estava focado em outras coisas.

Em uma reviravolta doentia do destino, o filme incluía uma cena de sexo com os dois principais personagens nus um em cima do outro. De alguma forma, me senti descoberta, como se os deuses do filme tivessem lido minha mente e decidido passar meus pensamentos na tela.

Archie permaneceu estoico e imperturbável — ou ele realmente estava ou era um ótimo ator. Bem quando eu estava prestes a sair desse constrangimento, uma vozinha veio de detrás de nós.

— Peitos!

Archie e eu nos viramos na mesma hora. *Quê?* Tínhamos companhia. Havia duas criancinhas paradas ali. Não deveriam ter mais do que dez anos.

— Que porra é essa? — Archie resmungou, atrapalhando-se para desligar o filme.

— Não fale porra! — um deles gritou.

— Quem são vocês? — perguntei.

— Somos vizinhos — a garota disse. — Somos gêmeos.

— Não deveriam estar aqui fora.

— Por que não? — o menino indagou.

— Não passou da hora de irem dormir? — tentei.

— Não — ele respondeu. — Nossa mãe falou que poderíamos brincar no jardim o quanto quiséssemos.

Nossos quintais eram grudados, mas, tecnicamente, essas crianças não estavam na propriedade delas.

— Como vocês se chamam? — Pigarreei, ainda assustada.

— Henry, e esta é minha irmã, Holly — o menino disse.

— Podemos assistir a um filme com vocês? — Holly questionou.

Me virei para Archie para pedir ajuda. Ele só deu de ombros.

— Ãh... claro — eu disse. — É melhor colocarmos outra coisa, Archie.

Archie abriu a seção infantil. Eles se reuniram em volta do computador para darem suas ideias e escolheram um filme da Disney.

Simples assim, minha noite tinha ido de classificação dezoito anos na minha cabeça para livre na realidade.

CAPÍTULO 9

Archie

PRESENTE

Apertei meu peito conforme o chão pareceu balançar.

— Acho que estou tendo um ataque de pânico.

Noelle colocou a mão no meu ombro.

— Eu sei, Archie. Está tudo bem.

Ela sabia, não sabia? Na verdade, era como um déjà vu. Fui até a pedra grande.

— Preciso me sentar por um minuto.

— Sim, claro.

Esperei tanto por um fim de semana longe e tranquilo. Mas sempre soube que hoje seria difícil. Só não esperava desmoronar *tão* rápido. Até um mês atrás, eu não tivera um ataque de pânico em anos. Mas eles estavam de volta com força total ultimamente. A diferença era que, no passado, nem sempre era fácil identificar a causa. No entanto, agora eu sabia exatamente o que estava causando minha ansiedade e meu estresse. As notícias que eu estivera ocultando de Noelle tinham pesado na minha consciência desde que cheguei na ilha. Era agora ou nunca.

O sol iluminou seus olhos conforme ela me encarou com grande preocupação. Noelle nunca estivera tão linda. Seu cabelo castanho estava mais longo do que me lembrava. Desejava passar a mão nele. Sem contar que o top que ela vestira não deixava nada para a imaginação. *Ela está tentando me matar?* Eu esperara não sentir tanta atração por ela durante essa viagem. Isso facilitaria as coisas. Em vez disso, eu estava mais atraído do que nunca. Era agridoce — e definitivamente inapropriado —, dado o que eu estava prestes a contar.

Ela pegou minha mão, e uma sensação quente me tomou. Ninguém mais no mundo me fazia sentir tão seguro quanto Noelle. Eu sempre podia ser eu mesmo sem julgamento. Parecia que ficaria tudo bem, independente do que realmente estivesse acontecendo na minha vida. Só estivemos juntos no mesmo lugar algumas vezes ao longo dos anos, porém, instantaneamente, senti aquele conforto de novo quando fiquei perto dela. Por mais que ela sempre me fizesse sentir que eu poderia lhe contar qualquer coisa... isto? *Isto* era difícil.

Respirei fundo.

— Mariah está grávida.

Ela se afastou de repente.

— O quê?

Não sabia mais o que dizer.

— Vou ter um filho.

Noelle só continuou piscando. Esperei que ela dissesse algo.

— Sei que é um choque.

— Hum... é. — Ela olhou para longe e expirou. — É mesmo. — Enfim, ela se voltou para mim. — Não foi planejado?

— Nossa, não.

— Então... como aconteceu?

Ergui a sobrancelha.

— Precisa que eu desenhe?

— Sabe o que quero dizer, Archie.

Assentindo, suspirei. Era difícil admitir o quanto eu tinha sido burro.

— Fui descuidado uma vez... em parte porque acreditava não ser capaz de ter filhos.

Ela franziu o cenho.

— Por que pensaria isso?

— Fui levado a acreditar que tinha uma grande possibilidade disso desde muito novo... por causa dos tratamentos de câncer que fiz quando era criança. Os médicos disseram aos meus pais para esperar que talvez eu não pudesse ter filhos. Então, na minha cabeça, filhos nunca seriam uma opção para mim. — Dei de ombros. — Claramente, superei essa expectativa. Acabou que estou perfeitamente bem nessa área. Mas o principal é que fui negligente uma vez quando estava bêbado, e foi só disso que precisou.

Ela limpou as mãos no short.

— Aparentemente... — Noelle expirou demoradamente ao olhar para cima, para o céu azul. — Acho que agora sou eu que terei o ataque de pânico. — Ela olhou para mim. — É por isso que vai se casar.

Eu não usaria o termo *casamento relâmpago*, mas não havia como negar que esse matrimônio não estaria acontecendo tão rápido se a situação atual fosse diferente.

Assenti.

— Foi por isso que a pedi em casamento. Queria fazer a coisa certa.

O peito de Noelle subiu e desceu enquanto ela olhava nos meus olhos.

— Você sequer a ama?

Minha resposta foi evasiva.

— Me importo com ela.

— Não foi isso que perguntei.

Sentindo meu pânico aumentar um pouco, eu disse:

— Sinceramente, preciso tentar. — Encarei o sol brilhante da manhã. — Nunca pensei que seria pai. — Suspirei. — Nunca pensei que teria a oportunidade de ser um pai melhor do que o meu foi. Não sei se sequer tenho isso em mim... Mas devo ao meu filho uma tentativa de lhe dar o tipo de vida que ele merece.

— Então você quer *mesmo* esse casamento... por esse motivo.

A resposta detalhada teria sido complicada demais, então disse simplesmente:

— Quero.

Noelle assentiu.

— Entendi, Archie. É só o que precisa dizer.

Passando uma mão no cabelo, analisei seus olhos.

— No que está pensando, Noelle?

Ela encarou a rua por um instante e deu de ombros.

— Acho que estou pensando... que finalmente faz sentido... Por que você decidiu se casar. Pelo menos faz *algum* sentido agora. Estive tentando organizar minha cabeça com a coisa toda.

Por mais que ela tentasse parecer aceitar minha notícia, seu maneirismo, a forma como estava respirando, me dizia que ainda estava em choque.

— Noelle, sua expressão está confirmando exatamente por que escolhi esperar até hoje para te contar. Eu precisava de um dia de normalidade antes disto.

— Em algum momento, vou superar o choque. — Ela balançou a cabeça. — Estou... feliz. Contanto que *você esteja* feliz. Sempre acreditei em você... sabe disso. Veja sua carreira como exemplo. Consegue fazer qualquer coisa que se propõe. Isso inclui ser o melhor pai que existe.

— Todas aquelas suas aulas sobre falar em público, e eu acabei escolhendo uma profissão que não exige muita conversa, hein?

— Assim que é bom. Você seguiu seu coração.

Compartilhamos um sorriso. A tensão no ar ainda estava alta, mas o sorriso lindo de Noelle me trouxe um pouco de conforto. Me fazia sentir todo tipo de coisa, na verdade, cuja maioria eu precisava enterrar.

— Tenho muita sorte de ter você, Noelle.

Ela se virou um pouco, como se minhas palavras, que eram para ser gentis, magoassem de alguma forma. Mas eu entendia. Eu sempre tivera um lugar especial no coração para Noelle, porém meus sentimentos lá eram tensos demais, nunca permitindo que eles saíssem para a vida real. Nunca me senti bom o suficiente para ela e nunca quis magoá-la de um jeito que pudesse destruir nossa amizade, que era mais importante do que qualquer coisa no mundo. Eu tinha pouquíssimas pessoas na minha vida em quem poderia confiar, e ela estava no topo dessa lista.

Entretanto, as coisas sempre seriam complicadas entre nós — por causa das decisões que tomei naquele verão, por causa da minha própria incapacidade em resistir à tentação. Se ao menos não mais parecesse tão recente.

CAPÍTULO 10

Archie

PASSADO

O verão estava passando rápido demais. Não dava para acreditar que já era meio de julho. O estágio acabou sendo ótimo, apesar do meu medo no início. Aprendi muito com Rodney, que tinha muito mais paciência comigo do que meu pai. Rodney me deixava participar das reuniões com seus clientes e, então, as discutia comigo depois para ver quais perguntas eu tinha sobre o processo. Ele nunca me fez sentir burro por fazer perguntas demais.

Não tinha visto muito Bree ultimamente e havia passado mais tempo com Noelle. Gostava mesmo da companhia de Noelle, e sempre conseguia me sentir eu mesmo perto dela. O clima desse verão tinha sido inesperadamente perfeito, e eu não queria que nada arruinasse isso. E isso incluía uma garota com quem eu estava saindo na Califórnia e para quem tinha prometido que poderia me visitar em Whaite's Island. Esse plano não mais parecia se adequar à minha rotina atual.

Quando Heidi ligou para me dizer que estava fazendo planos de voar no fim do mês, eu sabia que precisava dar a notícia o mais gentilmente possível.

— Ei, então eu estava pensando... — eu disse. — Talvez seja melhor se você não vier. As coisas não estão boas com meus pais. E a casa está meio cheia.

Parte disso era verdade.

— Está falando sério? — Ela pareceu irritada.

— Desculpe. Só não acho mais que seja uma boa ideia.

— Nem sei o que dizer. Estava muito ansiosa para isso. — Ela pausou. — Está saindo com alguém aí? Se trata disso?

— Quer mesmo saber? Pensei que tivéssemos concordado em não conversar sobre essas coisas.

— Sabe de uma coisa? Esqueça que liguei. Esqueça tudo, Archie.

— Olhe, desculpe mes...

Ela desligou na minha cara. *Uau*. Tinha esperado que ela ficasse brava, mas não pensei que fosse reagir *tão* mal. Mas, provavelmente, eu merecia.

— Quem iria vir?

Me virei e vi Noelle parada na entrada do meu quarto. Ela tinha ouvido. Não poderia mentir para ela, mesmo que isso me fizesse parecer um babaca.

— Era... Heidi.

— Heidi?

— Sim. É uma amiga da faculdade.

— Uma *amiga*, hein? Era para ela ficar com a gente?

— Eu saía com ela no semestre passado — admiti. — Antes de ir embora, como um idiota, falei que, se ela quisesse vir para ficar por uma semana, seria legal. Mas pensei melhor desde então. Não parece mais a decisão certa.

Noelle franziu os lábios, parecendo que tinha algo a dizer.

Soltei uma risada nervosa.

— Você quer falar algo. Dá para perceber.

— Não é nada. — Ela se jogou na minha cama. — Só não sei como você faz isso.

Estreitei os olhos.

— Como faço o quê?

— Administra tudo... uma parte aqui, uma garota esperando quando voltar para a Califórnia.

— Não são minhas namoradas.

— Eu sei. Mas ainda assim... funciona. Não é?

— Você está me julgando *muito* no momento, Benedict.

— Não estou. — Ela deu risada. — Juro. É só curiosidade.

Ela me achava um gigolô.

— Você quer saber a verdade?

— Sim.

— Não quis que ela viesse porque, ultimamente, estou gostando de só ficar com você. Se ela viesse, iria estragar isso.

Ela continuou a ignorar minha resposta.

— É, tá bom.

Meus olhos encontraram os dela.

— Estou falando sério, Noelle. — *Que porra você está fazendo?* Eu precisava frear porque estava começando a parecer que eu estava *insinuando* algo. *Será que estou?* — É, tipo, sem pressão quando estou com você. Não preciso me preocupar com o que dizer, em como estou... em como estou cheirando.

Seu tom foi mais amargo.

— Não precisa impressionar. Entendi.

— Não foi isso que quis dizer. Só quis dizer que fico confortável. E estou adorando este verão por causa disso. Heidi, definitivamente, iria perturbar essa paz.

Sua expressão suavizou.

— Gosto de ficar com você também. Se me dissesse isso antes de eu vir para cá, não teria acreditado.

— Não sei se isso é um elogio ou não.

— É, sim. — Suas bochechas ficaram rosadas.

Essa reação me lembrou de que eu precisava ter cautela. Se Noelle começasse a nutrir sentimentos, eu estaria encrencado. Não queria destruir o que tinha com ela. Então criei uma distração trazendo à tona o assunto mais deprimente em que pude pensar. Estivera conversando muito sobre isso com Noelle ultimamente, então não era totalmente fora de contexto.

— Minha mãe está piorando.

Ela arregalou os olhos.

— Aconteceu alguma coisa?

— Só mais do mesmo. — Balancei a cabeça. — Não sei o que fazer. É difícil quando sei que, em breve, não estarei perto dela todos os dias. Alguns dias, acho que, talvez, devesse tirar um tempo de folga da faculdade, mas sei que ela não me deixaria fazer isso porque a estressaria ainda mais.

Noelle expirou demoradamente.

— Quero falar uma coisa para te fazer sentir melhor agora, mas acredito muito que não se deva dizer coisas só por dizê-las quando não se tem a menor ideia de como é estar no lugar de outra pessoa. Gostaria de te dizer que vai ficar tudo bem. Simplesmente, não sei.

— Agradeço por isso. Não preciso que me motive.

Ela colocou a mão no meu braço.

— Não posso te prometer que tudo vai acabar perfeitamente. Mas prometo que sempre pode me ligar se precisar conversar.

Quando ela tirou a mão, eu estava bastante consciente do quanto gostara do seu toque. Pigarreei.

— Não consigo acreditar no quanto este verão está passando rápido. Não estou pronto para ir embora.

— Nem eu.

— Quem sabe como será no próximo verão... se sequer estaremos aqui, dependendo de como minha mãe estará.

Noelle franziu o cenho.

— Não consigo imaginar não passar o verão com você de novo.

— Comprar esta casa foi meio que em um *timing* ruim — eu disse.

— Ou bom, dependendo do ponto de vista. Sua mãe teve seus momentos neste verão, mas parece estar aproveitando.

— É verdade. Essa parte faz tudo valer a pena mesmo.

Entre esses sentimentos confusos por Noelle e ficar triste por minha mãe, tive uma ideia que pareceu brilhante.

— Quer ficar bêbada?

— Isso foi aleatório. — Ela deu risada. — Está falando sério?

— Sim. Muito sério. Nunca ficamos bêbados juntos. Não podemos passar este verão sem uma noite bêbados.

— Estou perdendo alguma coisa? Ficamos meio bêbados na praia.

— É, mas nunca fizemos uma noite do cinema bêbados aqui.

— Parece divertido. Mas, ãh, alô? Não sei se conseguimos disfarçar ficando bêbados aqui enquanto nossos pais estão em casa.

Mexi as sobrancelhas.

— Claro que podemos.

— Como?

— Seremos discretos. — Dei uma piscadinha. — Tive uma ideia.

— Como assim? — Noelle olhou para o monte de ovos de Páscoa de plástico que eu tinha arrumado no gramado.

— Falei que eu pensaria em algo.

— O que tem dentro desses ovos desta vez?

Dei uma piscadinha.

— Por que não abre um e descobre?

Foi divertido assistir a ela abrir os ovos de Páscoa, cada um contendo uma minigarrafa de bebida. Como os ovos eram mais largos, cabiam as garrafas perfeitamente. Fui especialmente à loja de bebidas que eu sabia, por experiência, que aceitaria minha identidade falsa. Felizmente, não iria demorar para eu fazer vinte e um anos, então não precisaria arriscar acusações criminais para me embebedar por muito mais tempo.

Colocamos um filme, e com um ovo após o outro, o álcool subiu devagar. Felizmente, nossos pais não tinham saído para ver como estávamos, e me certifiquei de colocar toda garrafa vazia de volta dentro do ovo de que veio.

— Ainda bem que Holly e Henry não estão por aqui esta noite — eu disse, rindo.

— Bem pensado. — Noelle soluçou. — Não tinha contado com a possibilidade de eles virem.

Depois que o filme terminou, ficamos deitados no gramado, olhando para o céu noturno e aproveitando nosso estado agradavelmente chapado. Percebi que nossos pais já estavam dormindo, já que as luzes do segundo andar estavam apagadas. Então nossa conversa tomou um rumo interessante.

Mesmo na escuridão, dava para ver as bochechas de Noelle ficando mais vermelhas do que já as tinha visto. Ela continuava inquieta e parecia que estava prestes a explodir.

— O que foi? — perguntei finalmente.

Ela abriu e fechou a boca algumas vezes, depois balançou a cabeça, parecendo pensar melhor nisso.

— Noelle, o que está havendo? Você está estranha agora.

Ela soluçou de novo.

— Estou bêbada.

— Eu sei... Mas mesmo assim.

Então ela soltou:

— Você se sente atraído por mim?

Okkkk. Devo ter piscado umas cinquenta vezes sem falar nada. Sua pergunta tinha atordoado meu cérebro embriagado e me silenciado. Claro que eu sentia atração por ela. Mas admitir isso era uma queda livre. A única solução era enrolar.

— Por que está me perguntando isso?

— Passamos muito tempo juntos, e você nunca... tentou nada. Só estava me perguntando se é porque não me acha atraente.

Porra.

— Somos amigos. Por que eu tentaria alguma coisa mesmo se eu... *quisesse*?

— Não estou dizendo que devesse fazer isso. Só estou curiosa se me acha atraente.

Não sabia se estar bêbado agora era bom ou não. Por um lado, tornava a estranheza desta conversa mais fácil de suportar. Por outro, eu não tinha totalmente certeza do que iria sair da minha boca.

— Você sabe que está me encurralando, certo?

Seus olhos estavam enevoados.

— Por quê?

De alguma forma, consegui defender meu argumento.

— Se eu disser que não sinto atração, você vai me odiar. E se eu disser que *sinto*, as coisas vão ficar estranhas entre nós.

Ela assentiu.

— Tem razão. Eu não deveria ter falado nada. Acho que as coisas simplesmente saem quando se está bêbado.

— Bom, a *verdade* sai quando se está bêbado. — Pausei, minha curiosidade me vencendo. — Qual é o real motivo de ter me feito essa pergunta?

— Pensei que, se você sentisse atração por mim... talvez quisesse... transar comigo antes de o verão acabar.

Pareceu que a Terra começou a girar mais rápido. Eu era muito bom em lidar com a bebedeira, então desconfiei que fosse apenas a reação normal que eu esperaria ter, você sabe, quando Noelle sugerisse, aleatoriamente, que transássemos.

Jesus.

— Eu não estava esperando isso — eu disse.

— Sei que não estava. — Ela expirou. — Minha sugestão... Não é o que está pensando.

— Como devo pensar?

Noelle lambeu os lábios.

— Queria saber se você tiraria minha virgindade... para eu não ter que passar por isso com outro. Como você tem muita experiência, imaginei que talvez pudesse...

— Porra, não. — Me sentei. — Não vai acontecer.

Ela acenou com as mãos, desconsiderando.

— Deixe pra lá. Esqueça que falei qualquer coisa.

O único som que ouvimos por muitos segundos foi o de grilos.

Deveria ter deixado quieto, mas não consegui me conter.

— Sério, por que iria querer que eu fizesse isso?

Noelle se levantou, tirando a grama da calça.

— Só pensei que não seria uma grande coisa para você. Estaria me fazendo um favor.

— Quer que eu tire sua virgindade, e acha que não significaria *nada* para mim?

— Olhe. Obviamente, estou bêbada. Só falei o que estava pensando. Me arrependi. Podemos esquecer o assunto?

— Sim. Claro. — Me levantei e comecei a andar de um lado a outro, me sentindo enfurecido e excitado ao mesmo tempo. Direcionei minha energia para a arrumação dos ovos de Páscoa e do resto da bagunça que fizemos.

Não falamos nisso de novo pelo resto daquela noite, e nos retiramos cada um para seu quarto.

Na manhã seguinte, me forcei a me levantar e correr, mas vi que Noelle não estava esperando do lado de fora.

Pela primeira vez, ela tinha dormido demais — era isso ou ela estava me evitando de propósito, e por um bom motivo. Ela havia se exposto na noite anterior, e eu a havia recusado. Poderia ter lidado melhor com isso.

Hoje eu conseguia enxergar as coisas com mais clareza, e isso significava que eu parecia ainda mais babaca por minha reação abrupta ao seu pedido corajoso e vulnerável. Mesmo que ela estivesse bêbada, isso exigia bastante coragem. Lá no fundo, eu sabia que tinha ficado na defensiva porque eu gostava *mesmo* de Noelle como mais do que uma amiga. Era estranho o fato de ela ter presumido que significava tão pouco para mim que eu conseguiria simplesmente transar com ela e esquecer.

Mas acho que eu não havia dado motivo a ela para acreditar que eu tinha sentimentos verdadeiros, mesmo sentindo tanta coisa por Noelle que, às vezes, mal conseguia respirar perto dela. Havíamos desenvolvido uma conexão forte naquele verão. E, por mais que eu sentisse atração por ela, era bem mais do que isso. Sentir mais do que apenas atração física por alguém era novidade para mim. No entanto, meus sentimentos não poderiam ir a lugar nenhum porque eu nunca seria o tipo de cara de que ela precisava. Passar do limite com Noelle significaria perdê-la como amiga — algo que eu não estava pronto para arriscar.

Mesmo assim, não conseguia parar de pensar no que ela havia proposto. Eu tinha ido para a cama duro, e não consegui dormir de tanto tesão. Queria dar a ela o que tinha me pedido e mais. Só não queria a culpa que associaria a isso. Não queria voltar à faculdade com arrependimentos pairando acima da minha cabeça, e não queria fazer nada que arriscaria ser incapaz de encará-la no verão seguinte.

Conforme corria sozinho, meus pensamentos foram de sensíveis para qualquer coisa menos isso. Comecei a pensar em todas as coisas que poderia ensiná-la, todas as formas que poderia fazê-la gozar. Será que alguém já tinha sequer a feito gozar? O que havia de tão errado em ceder ao pedido de uma amiga por um pouquinho de educação sexual? Balancei a cabeça. *Está ficando maluco, Archie?*

Dados todos os pensamentos sujos na minha cabeça, foi infeliz ter me deparado com ela quando voltei para casa. Noelle estava me esperando na porta lateral da cozinha. Ela segurava uma caneca de café e parecia de ressaca, que eu sabia que ela estava.

Minha respiração estava ofegante conforme fiquei ali parado, pingando de suor.

— Onde você estava? — perguntei ao tirar meus fones de ouvido.

Seus olhos estavam vermelhos e meio inchados.

— Dormi demais. Desculpe.

— Entendo. Bebemos muito ontem à noite.

— Estou surpresa por você ter acordado na hora — ela disse.

— Bem... eu estava torcendo para conversar com você. — Olhando para a sala de jantar a fim de me certificar de que nossos pais não pudessem ouvir, baixei a voz. — As coisas ficaram estranhas ontem à noite.

Ela assentiu.

— Ficaram mesmo. E preciso me desculpar.

— Não. Você...

— Preciso, sim. — Ela olhou por cima do ombro. — Sei que acabou de chegar da corrida, mas podemos dar uma volta?

— Claro.

Ela abandonou sua caneca de café antes de sairmos. Fomos apenas longe o suficiente para não conseguirem nos ouvir da casa. Então paramos e olhamos um para o outro na marginal da rua.

Noelle olhou para seus pés e fechou o zíper do seu casaco até em cima.

— Estou com vergonha do que falei para você.

Coloquei a mão sob seu queixo e ergui seu rosto para encontrar meus olhos.

— Seja sincera comigo, Noelle. Foi o álcool falando? Ou foi uma coisa em que você também pensou quando não estava bêbada?

Ela hesitou.

— Tinha pensado nisso... mas nunca teria mencionado sem o líquido da coragem.

— Desculpe pelo jeito que agi. Me sinto muito protetor de você e, ironicamente, também sinto que estou no topo da lista de pessoas com quem você precisa tomar cuidado. Conhece meu histórico. Não confio em mim com você, mesmo quando não está *me pedindo* para transar.

Sua respiração acelerou.

— Acho... que só estou confusa. Obviamente, valorizo sua amizade e me importo muito com você. Mas nunca tive um amigo homem como você... alguém por quem... também sinto atração. — Ela balançou a cabeça. — Não quero que pense que eu estava tentando te explorar ao pedir para transar comigo.

Diminuindo a distância entre nós, eu disse:

— Não penso assim.

— Mas as frases têm o costume de se embolar — ela continuou. — Quando estamos juntos, às vezes te vejo me encarando, e não consigo dizer se está perdido em pensamento ou se é algo mais. Então pensei que talvez...

Engoli em seco. *Fui pego*.

Ela suspirou.

— Com frequência, penso em como seria... estar com você. Não faço a menor ideia se sente atração por mim. Sei que não tem relacionamentos, então não estava tentando insinuar nada mais do que apenas... — Noelle olhou para seus pés.

Ela estava sendo muito sincera. Eu também deveria ser.

— Noelle, eu te acho linda. De verdade. Minha reação ontem à noite não teve nada a ver com falta de atração. Seu rosto e seu corpo, definitivamente, estiveram na minha mente inúmeras vezes neste verão.

Nunca teria admitido isso antes de ontem à noite. Mas me sinto mais confortável em falar disso agora, já que você colocou todas as cartas na mesa. Porém, ainda acho que seria uma má ideia... se chegássemos lá.

Ela assentiu quase que freneticamente, tentando fechar seu casaco de novo, embora não tivesse mais para onde ir.

— Claro. Como falei, tinha pensado nisso, mas nunca teria sugerido se não estivesse bêbada.

— Mas não está bêbada neste momento. Seja sincera. E se eu tivesse dito sim ontem à noite? Ainda iria querer prosseguir com isso hoje, agora que está sóbria?

Seu rosto ficou vermelho conforme os segundos passaram sem resposta.

— Sim. Iria.

— Porra — murmurei. — Certo. Eu meio que estava esperando que você dissesse não.

— Por quê? Não vai mudar nada, de qualquer forma. Você falou que nunca vai acontecer. Então preciso tentar fazer com que as coisas não fiquem estranhas entre nós de novo. Provavelmente, vai demorar anos.

— Por que iria querer desperdiçar sua primeira vez comigo?

Ela olhou na direção do oceano.

— Porque confio em você... não necessariamente com meu coração ou como um namorado, mas como um amigo, confio em você. E sinto que eu poderia...

— O quê?

— *Aprender* com você... sem me sentir idiota por minha falta de experiência. Sinto que você me apoiaria, se é que faz sentido. Não me sentiria insegura transando com você como uma experiência educativa.

Soltei uma respiração trêmula.

— Quer que eu *ensine* você a transar?

— Não — ela murmurou. — Quero dizer... não se você não quiser.

Eu deveria ter colocado um fim nessa conversa. Mas, em vez disso, estava ouvindo. Estava excitado. Meu corpo estava ali pronto, mesmo que minha consciência não estivesse.

— Não estou dizendo que não quero fazer isso por você, Noelle. Mas se trata do que é realmente melhor para você. Se envolver *comigo*? Complicar nosso relacionamento? Não é uma boa ideia.

— Tem razão. É uma ideia *muito ruim*. Mas me pediu para ser sincera quanto ao que eu queria, e respondi. Às vezes, o que quero é uma má ideia.

Meus olhos desceram para seus lábios e, de repente, *eu* só queria devorá-los. Mas meu cérebro ainda tentava resistir.

— Ok. — Respirei fundo ao colocar as mãos na cintura. — Então está combinado. É uma má ideia. E vamos só esquecer isso. — Olhei nos seus olhos. — Está bem?

Noelle falou baixinho:

— Sim.

— Ok. — Forcei um sorriso.

Enquanto andávamos de volta para casa em silêncio, senti que essa conversa estava longe de terminar.

CAPÍTULO 11

Noelle

PASSADO

Depois da conversa com Archie naquela manhã, eu precisava falar com alguém, então ligara para minha amiga Ashley a fim de atualizá-la. Havia acabado de contar que tinha estragado minha relação com ele. Passando a mão no cabelo, andava de um lado a outro.

— Não consigo acreditar que falei tudo ontem à noite.

— Bem, você poderia ter falado para ele que não se lembrava de ter dito. Por que foi tão sincera no dia seguinte?

— Acho que ainda queria que ele pensasse nisso. — Cobri o rosto. — O que há de errado comigo?

— Está com tesão por ele, e não sabe o que fazer com isso.

— É, mas nossa amizade não deveria significar mais para mim do que querer transar com ele? Não quero que pense que eu estava tentando usá-lo. Só queria ter a experiência... com ele. Mesmo que não resultasse em nada. Mas, mesmo assim, eu não deveria ter falado nada.

— Bem, você falou. Não dá para voltar no tempo. Então assuma. Não o evite. Só tente fazer as coisas voltarem como eram sem fazer mais nada para deixar a situação estranha.

— É. Eu planejo tentar. O verão está quase na metade. Não quero desperdiçar esse tempo precioso. Ele significa muito mesmo para mim. Só estou com medo de ter arruinado tudo.

— Tive uma ideia — ela disse. — Talvez tente se concentrar em outra coisa por um tempo.

— Tipo o quê?

— Parece que você começou o verão saindo com pessoas diferentes... até ficar obcecada por Archie. Acho que precisa de um tempo. Vá flertar com outra pessoa.

Talvez ela tivesse razão. Precisava quebrar o ciclo.

Naquela noite, desci para a praia sozinha — sem procurar Archie primeiro. Tive que me obrigar a agir de uma forma que ia contra o que eu realmente queria, embora evitá-lo não fosse difícil depois da estranheza daquela manhã. *Era necessária uma pausa*, disse a mim mesma.

Apesar de não ter acontecido nada entre mim e James, fiz questão de ir diretamente até ele, me envolvendo na conversa. Tentei estar interessada em tudo que ele tinha para dizer. E, quando Archie apareceu mais tarde, não olhei sequer uma vez na sua direção.

É pelo bem de todos, disse a mim mesma.

Em certo momento, James perguntou se eu queria dar uma volta. Estávamos acabando de descer para a praia quando a voz de Archie veio por trás de nós.

— Noelle, preciso conversar com você um minuto.

Me virei e pigarreei.

— Eu ia dar uma volta com James.

— Entendi. Mas preciso conversar com você primeiro.

— Certo. — Dei de ombros e olhei para James. — Você se importa?

— Não. — James se virou para Archie e ergueu uma sobrancelha. — Está tudo bem?

— Está. Só preciso conversar sobre uma coisa com ela. Em particular — ele adicionou.

— Ok, cara. — James se virou para mim. — Estarei lá no restaurante quando vocês terminarem.

Eu sorri.

— Vou te encontrar.

Conforme Archie e eu descemos para a praia, ele ficou em silêncio. O som calmante das ondas aliviou um pouco da tensão no ar.

— O que houve? — perguntei.

— O que está fazendo? Você nem está a fim dele, e sabe disso.

Surpresa pelo tom dele, indaguei:

— Como sabe disso?

— Porque está a fim de *mim* agora. Está se jogando para ele para se vingar de mim porque te recusei.

— Bem confiante, não é?

Ele fechou os olhos.

— Certo, escute, não era desse jeito que eu queria abordar as coisas. Mesmo que seja verdade. — Archie suspirou. — Saiu de um jeito arrogante, e não foi minha intenção.

— Oh, sério? Porque tenho praticamente certeza de que você é um desgraçado arrogante quando quer ser — falei rápido.

Ele passou a mão pelo cabelo.

— Noelle...

Inclinei a cabeça.

— O que precisava conversar comigo?

— Tenho uma preposta para você...

— Uma *preposta*?

Ele balançou a cabeça e cerrou os dentes.

— Caralho. Estou nervoso, tá bom? Obviamente, quis dizer *proposta*.

Ele estava nervoso?

— Ah. — Dei risada. — Isso é, definitivamente, mais empolgante do que uma preposta.

Archie revirou os olhos.

— Estive pensando em nossa conversa desta manhã.

Me arrepiei.

— Certo...

— Você fez muita coisa por mim neste verão. Quero te recompensar, provavelmente, do único jeito que sei. Não sou bom em muita coisa. Mas, com certeza, sou bom para o que você precisa.

— É nesse nível que você quer colocar as coisas? Não quero ser uma foda por misericórdia, Archie. Nossa!

— Não seria. — Ele colocou a mão no meu ombro, fazendo meu mamilo enrijecer. — É uma via de mão dupla, Noelle. — Archie tirou a mão. — Escute, tenho ficado excitado pensando em te mostrar coisas. Não sei se tirar sua virgindade é uma boa ideia, mas adoraria, pelo menos... explorar coisas com você. Mesmo que não façamos sexo.

Minha pulsação acelerou conforme engoli em seco.

— O que isso significa?

— Significa vermos aonde as coisas vão dar, mas precisamos de algumas regras.

— Tipo...

— Qualquer coisa sexual que possa acontecer entre nós acaba após este verão. Sexo complica tudo. Não quero te perder como amiga só porque nós... experimentamos um pouco. Precisa acabar quando voltarmos à faculdade.

Assenti.

— Faz sentido.

Não faz sentindo. Mas vou aceitar.

— E... — Ele apontou na direção para onde James tinha ido. — Não se envolva com aquele cara nem ninguém mais enquanto estivermos experimentando.

— Está me fazendo parecer um projeto científico, Archie.

— Estou tentando ser mais digno do que chamar isso de se pegar.

— Certo. Entendido. — Lambi os lábios. — O que mais?

— Acho que preciso entender com o que estou lidando. Então tenho que te fazer umas perguntas.

Tentando não demonstrar empolgação, endireitei minha postura.

— Ok.

— Preciso que seja totalmente sincera comigo.

— Está bem.

— Acredito que já tenha beijado, mas o que mais você fez?

Vasculhei meu cérebro, apesar de não ter muita coisa para lembrar.

— Meu namorado do ensino médio colocava a mão em todo o meu corpo.

— Então já fizeram com o dedo em você.

— Sim.

— Ninguém nunca fez oral em você?

Um calafrio percorreu minha espinha.

— Não.

— Ok. — Ele respirou fundo de forma trêmula. — Já fez boquete?

— Nunca.

— Com a mão?

Tinha me esquecido disso.

— Sim.

— Então só essas coisas?

— Sim. Foi isso que fiz. Mas só. — Me preparando para sua resposta, perguntei: — É pior do que pensava?

Ele coçou o queixo.

— Eu não sabia o que esperar, mas, definitivamente, você é inexperiente.

— Assistir a pornô conta?

— Não muito. Não.

— Bem, sou bem-letrada em todos os tipos de pornô. Já assisti a muita coisa esquisita... tipo *bookookie*. Então nada me surpreende.

Ele gargalhou.

— Bukakke[1]?

— É. Que seja. Já vi.

— Assistir a algo e fazer são duas coisas diferentes, Noelle.

— Talvez.

— Olhe para mim e prometa uma coisa — ele disse. — Me prometa que, se fizermos isto, não vai mudar nossa amizade. Isso é um empecilho para mim.

---

1 Tipo de sexo grupal no qual uma pessoa recebe a ejaculação de diversos homens. (N.E.)

Não havia como passar desse limite e não mudar nossa amizade para sempre. Estávamos nos enganando se acreditávamos no contrário. Mas eu faria praticamente qualquer coisa para vivenciar isso com ele. Mesmo que precisasse mentir. Mesmo que eu soubesse que iria mudar as coisas. Só torcia para que não nos destruísse.

— Prometo.

Ele assentiu, hesitante, parecendo tão inseguro quanto eu em relação a isso.

— Certo. Acho que já conversamos o suficiente sobre o assunto esta noite.

— Qual é o próximo passo? — perguntei, tentando, de novo, não parecer animada demais.

— Ainda não pensei. Mas não quero apressar nada. Acho que vamos saber quando for o momento certo. Preciso ir devagar com você, porque estou sentindo que seus olhos estão maiores do que a boca. — Ele deu risada. — Pode pensar que quer certas coisas, mas não sabe realmente no que está se envolvendo. Não vou tentar nada a menos que eu tenha cem por cento de certeza de que você está pronta.

— Faz sentido — eu disse, mas ele estava enganado. Minha boca, definitivamente, estava pronta. Cada parte do meu corpo estava pronta para ele.

— Volte para James, se quiser. Mas não o deixe te tocar. — Ele se inclinou. — E *me* avise quando estiver pronta para ir para casa. Eu vou te acompanhar, não ele.

Suas palavras e o jeito como as disse me deram arrepio. Mesmo que fosse tudo só parte do "experimento" que viria, eu adorava o fato de ele estar com ciúme e possessivo. Me excitava bastante.

Voltei para o lugar ao lado de James. Ele não falou sobre dar uma volta de novo, o que foi bom. Conforme conversávamos, eu não conseguia parar de olhar para Archie: seu rosto lindo, suas mãos enormes, seus músculos fortes e grandes. Eu só conseguia pensar nele.

Mais tarde, quando Archie me levou para casa, não falamos sobre o que conversamos. Rezei para ele não cair em si e mudar de ideia.

Quando começássemos, eu não conseguiria manter meus sentimentos contidos. Mas, se eu falasse que não poderia me conter, ele nunca aceitaria. Então jurei atuar e fazê-lo acreditar. Precisava fingir que o que ele estava propondo era somente para a experiência, nada mais.

Ao subir para o quarto naquela noite, um misto de empolgação e nervosismo como eu nunca havia sentido me percorreu.

A manhã seguinte foi agitada como sempre. Me arrastei para fora da cama e encontrei Archie já me esperando do lado de fora às 6h10.

— Está atrasada — ele repreendeu.

— Desculpe.

Saímos para a rua, com uma tensão não dita no ar. Archie não estava fazendo contato visual, parecendo preocupado. Não me incomodei em perguntar no que ele estava pensando, porque eu sabia: provavelmente estava pensando melhor em tudo.

Quando voltamos, o carro dos pais dele não estava, o que era incomum para aquela hora da manhã.

— Seus pais foram a algum lugar?

— Quando levantei, vi todos saindo. Foram passear em Ogunquit.

Engoli em seco, percebendo que ficaríamos sozinhos em casa.

— Ah. É mesmo. Minha mãe comentou que talvez fossem. Não sabia que era hoje.

Fui até a cafeteira e procurei a cápsula que eu queria. A máquina fez barulho ao processar o café.

— Quer? — ofereci.

— Não. Não bebo café. Mas você sabe disso.

Minha pergunta foi idiota. Ele tinha mencionado inúmeras vezes que não bebia café. Eu até havia zombado dele por ser louco por não gostar. Mas não estava pensando – porque estávamos sozinhos, e era só *nisso* que eu conseguia pensar no momento.

— Ah, é. Verdade. — Pigarreei. — Bem, eu não conseguiria sobreviver sem café.

Enquanto esperava a máquina terminar, ele me surpreendeu com uma pergunta:

— Quer tomar banho?

— Pode ir primeiro. Vou beber isto.

Ele não se mexeu.

— Quis dizer... *comigo*. — Seus olhos permaneceram nos meus.

Me virei para ele, de repente, bem consciente do seu corpo grande, forte e masculino. Cada terminação nervosa do meu corpo zumbia. Só havia uma resposta.

— Sim. — Engoli em seco.

Ele se afastou.

— Vou subir. Por que não me encontra quando tiver terminado seu café?

Café? Quem conseguiria pensar em café em um momento daquele? Tentei permanecer calma.

— Ok.

Depois que ele saiu, olhei para fora pela janela e abri a boca em um grito silencioso. *Puta merda. Isso vai mesmo acontecer?* Eu nunca tinha tomado banho com ninguém na vida. E sabendo o que eu sabia agora — depois do vislumbre acidental dele no primeiro dia... Não seria um banho comum.

Respirei fundo. Estava nervosa, mas, mais do que qualquer coisa, estava excitada, com formigamento por todo o corpo, empolgada para o que aconteceria. Engoli um pouco do café antes de subir. A cada degrau, meu coração batia mais rápido.

Entrei no banheiro e encontrei Archie sem camisa e apoiado no balcão. Ele ainda estava de short, mas dava para ver sua ereção forçando o tecido. E agora meu coração começou a bater acelerado.

— Parece que está pronta para fugir, Noelle. — Ele deu risada.

— Parece?

— É. Relaxe. Não vai acontecer nada maluco. Será só um banho. — Seus olhos brilhantes desceram para os meus seios. — Talvez umas passadas de mão.

Uma respiração aliviada escapou de mim. Ele não fazia ideia do quanto eu precisava dessa segurança. Eu havia tomado uma decisão de transar com Archie naquele verão, se ele permitisse. Estava pronta, mas também precisava de uma ideia de quando poderia acontecer para poder me preparar mentalmente. Era bom saber que ele não estava apressando nada. Talvez eu não estivesse *tão* pronta para mergulhar de cabeça, apesar do quanto estava excitada.

Archie se esticou para o registro e abriu a água, depois voltou a se apoiar na pia. O banheiro se encheu de fumaça conforme ficamos ali olhando um para o outro. Então ele abaixou o short, seguido da sua cueca boxer.

Puta... Salivando, engoli ao encarar seu pau enorme. A cabeça brilhava com pré-gozo. Os músculos entre minhas pernas se contraíram. Ele estava excitado — excitado por mim. E isso *me* deixava excitada. Como se eu precisasse de um motivo além do seu corpo perfeito e seu rosto lindo. Uma mecha de cabelo caiu na sua testa enquanto ele ficava parado diante de mim, descaradamente nu.

Então ele desapareceu atrás da cortina.

Com o coração acelerado, fiquei ali por alguns instantes até ouvi-lo dizer:

— Vai entrar?

— Oh. — Balancei a cabeça. — Sim.

Tirei minha camiseta e o top. No espelho, pude ver um rastro de suor cobrindo meu peito. Grata por ter me depilado na noite anterior, tirei o short e olhei para minha região pubiana bem aparada, torcendo para que ele gostasse do que veria. Tecnicamente, ele já a tinha visto, mas rapidamente. Então eu não deveria estar tão nervosa, certo?

Por que estou tão nervosa, então?

Ele interrompeu meus pensamentos ao falar de detrás da cortina.

— Não precisa entrar, se não quiser.

— Eu quero — insisti. Arrastando a cortina para o lado, entrei no banho fumegante.

Archie parecia uma rocha esculpida em uma tempestade em que a água escorria por seu corpo bronzeado. Também gostei da visão próxima da tatuagem no seu braço, uma cara de animal com um desenho intrincado em volta.

Tracei com meu dedo por seu músculo.

— É um lobo?

— É. Nosso time de futebol no ensino médio era a Alcateia.

Meus olhos desceram por seu corpo antes de voltarem para encontrar seu olhar.

Ele tirou a água da testa.

— No que está pensando agora?

Que quero te lamber, mas não quero parecer boba.

— Estou nervosa, mas empolgada.

— Também estou meio nervoso, e não estou acostumado com isso. — Ele colocou minha mão no seu peito. Seu coração batia rapidamente.

— Uau — sussurrei.

— É. — Ele deu risada.

Isso mudou tudo. De alguma forma, foi a única coisa que conseguiu me acalmar.

No entanto, agora estava tão calma que não percebi que estava encarando seu pau gigante.

— Está vendo algo de que gosta, Noelle Simone Benedict?

— Parece que sim. — Sorri. — E você é enorme, aliás.

— Estou *duro*. Porque estou olhando para você. *Você* está fazendo isto comigo.

Oh. Nossa.

Conforme seu olhar desceu por meu corpo, me arrepiei, apesar de estar sob a água quente.

Archie pegou uma esponja e espirrou sabonete em gel nela. Começou a esfregar seu peito e continuou me olhando.

Adicionou mais sabonete.

— Posso te lavar?

Assenti.

Então, ele começou a esfregar, lentamente, a esponja no meu corpo, deslizando-a por meu pescoço e baixando-a. Quando circulou meus seios, inclinei a cabeça para trás. Ele nem estava realmente me tocando. Se isso era bom, não conseguia imaginar como seria quando suas mãos estivessem em mim.

Ele desceu a esponja por meu tronco. Quando chegou entre minhas pernas, congelei.

— Tudo bem? — ele sussurrou com força.

— Sim. Por favor, não pare.

Gentilmente, ele lavou entre minhas pernas e senti a excitação aumentando. Ele ficou naquele ponto por um tempo, olhando nos meus olhos enquanto mexia a esponja. Ele se ajoelhou e desceu a esponja por minhas pernas. Quando terminou, se levantou e pressionou seu corpo nu no meu.

— Tudo bem se eu te beijar?

— Por favor... — arfei, desejando exatamente isso.

Archie beijou meus lábios e respirou fundo na minha boca. Senti meu corpo ficar vivo de um jeito que nunca tinha ficado. Minhas pernas ficaram fracas conforme arqueei meu pescoço, e ele gemeu quando, enfim, enfiou a língua. Mexi minha língua mais rápido para capturar cada gostinho dele. Meu clitóris latejava enquanto passava as mãos no seu cabelo. Meus dedos desceram por suas costas, e não consegui deixar de apertar sua bunda dura.

— Caralho — ele murmurou. — Não me toque aí.

Pareceu um soco na barriga.

— Desculpe.

Ele parou de me beijar por um segundo.

— Não. Não foi ruim... exatamente o contrário. Foi bom demais. Estou tentando ir devagar. — Ele tomou minha boca de novo, faminto.

Conforme a água descia por nós, fechei os olhos, me permitindo me perder nesse instante. Estávamos em nosso próprio mundinho. Meu coração não tinha se acalmado nem por um segundo, e eu sabia que já estava longe demais de um dia se recuperar disso. Seu pau pressionou meu abdome enquanto continuamos a beijar vorazmente. Queria senti-lo na minha mão.

— Posso tocar você? — perguntei.

Ele me ignorou, em vez disso, ajoelhou-se. Seus olhos ficaram enevoados quando ele se esticou para segurar meus seios e massageá-los. Minha respiração se tornou mais pesada quando ele, devagar, enfiou três dedos em mim.

Archie continuou me encarando ao deslizá-los para dentro e para fora. Quando usou o polegar para massagear meu clitóris, joguei a cabeça para trás. Já tinham colocado o dedo em mim, mas ninguém nunca me levou a um orgasmo. Parecia que era exatamente isso que Archie estava tentando fazer.

— Quero que goze para mim assim, Noelle — ele disse, rouco. — Certo?

— Aham. — Suspirei.

A parte de trás da minha cabeça encostou na parede do box conforme imaginei que era seu pau entrando e saindo de mim. Demorou menos de um minuto. Me concentrei no som da sua respiração e no conhecimento de que ele estava excitado por isso enquanto sentia meu clímax chegando.

— Só quero você ultimamente — ele sussurrou, enterrando os dedos mais fundo.

Isso me desfez por completo. Minhas pernas tremeram quando uma sensação intensa me percorreu. Minha voz ecoou pelo banheiro quando gozei.

Alguns segundos depois, me recuperei e vi Archie apoiado no azulejo. Ele segurava seu pau e se acariciava rapidamente conforme me encarava, faminto. Meu olhar se fixou na pele macia do seu pau duro enquanto sua mão o massageava. Assistir a ele se masturbar era a coisa mais sexy que eu já tinha testemunhado. Bem, *era* a coisa mais sexy — até ele gozar. Nada superou a visão do seu gozo quente saindo. Um pouco me atingiu, chegando na minha barriga, o que foi uma surpresa agradável. Adorei a sensação.

Embora eu tivesse acabado de gozar, já estava muito excitada de novo.

— Desculpe por isso — ele disse ao passar a mão na minha barriga.

— Está brincando? Adorei cada parte disso.

— Você é perigosa, Noelle. — Ele abriu um sorriso malicioso. — Vamos lavar seu cabelo.

Meus mamilos se enrijeceram quando Archie me virou para encarar a parede. Apoiei as mãos no azulejo enquanto ele massageava, devagar, o xampu no meu cabelo. Foi o êxtase, principalmente a sensação do seu pau se esfregando na minha bunda. A cena toda era erótica pra caramba.

Archie enxaguou o xampu do meu cabelo e me virou para encará-lo. Observei-o ensaboar seu cabelo, percebendo que seu pau tinha ficado ereto de novo — ou talvez nunca tenha baixado.

Queria muito mais do que ele tinha me dado, mas também escolhera deixar que ele assumisse as rédeas. Não queria pressionar nem parecer tão desesperada quanto me sentia.

Ele fechou a água, abriu a cortina e se esticou para pegar uma toalha. Ele a entregou para mim, depois pegou uma para si.

Após termos nos secado, ele segurou minha bochecha e me beijou mais uma vez. Saboreei o gosto — pareceu que ele não me beijava há uma eternidade, embora fizesse apenas minutos.

— Vá se vestir — ele sussurrou nos meus lábios.

Archie desapareceu no seu quarto, me deixando parada no banheiro, longe de estar saciada. Eu estava morrendo de vontade de mais.

Se nosso banho era um sinal do quanto ele planejava levar as coisas lentamente, eu não sabia se sobreviveria à tortura.

CAPÍTULO 12

Archie

PASSADO

Nos dias que se seguiram ao banho gostoso-pra-cacete que eu tinha tomado com Noelle, havia mudado de ideia e não encostado a mão nela. As coisas tinham ficado mais intensas do que eu havia previsto sob a água naquele dia, então resolvera recuar. Noelle não havia falado nisso, mas eu a flagrara me encarando uma ou duas vezes, como se tentasse descobrir por que eu me tornara tão distante.

Estávamos no quarto dela trabalhando no meu treinamento idiota para não gaguejar quando ela finalmente resolveu perguntar.

— Por que não me tocou mais desde o banho?

Não queria dizer a verdade a ela – que não conseguia confiar em mim mesmo.

— Não sabia que havia um cronograma para encostar em você — eu disse, tentando parecer indiferente.

— Sério, Archie?

— Ok. Vou ser transparente. — Pausei. — O banho? Foi maravilhoso pra caralho. Foi por isso que precisei recuar. Não quero te perder como amiga, e sinto que vai acontecer isso, se levar as coisas longe demais. Ficar no controle foi mais difícil do que pensei. Tenho pouquíssimos amigos de verdade, Noelle. E considero você um deles.

Ela cruzou os braços e olhou para longe de mim.

— Está preocupado que eu vá nutrir sentimentos.

Na verdade, estou mais preocupado que seja eu a nutrir sentimentos neste momento. Mas continuei com a versão dela.

— É... — menti.

Sua boca se curvou para baixo.

— Bem, não vou. Não... vou. O banho não mudou nada para mim, se é com isso que está preocupado. Preciso que não me trate como se eu fosse frágil. Mas a questão é que, se você não quer continuar o que começamos, é melhor não continuarmos. — Ela expirou. — Eu só estava ansiosa para o que vinha em seguida.

Me matava o fato de ela pensar que eu não queria ir além com ela. Senti que eu estava enfraquecendo, curioso demais para parar.

— O que estava *esperando* que viesse?

— Não vou falar em voz alta.

— Por que não? Pensei que pudéssemos contar qualquer coisa um para o outro.

— Podemos. Mas não quando se trata do que quer que *isto* seja.

Após um momento tenso, fui até a mesa dela e peguei um daqueles ovos de Páscoa de plástico que pareciam estar por toda a casa. Peguei um post-it e o coloquei dentro antes de fechar o ovo.

Eu o entreguei a ela, sabendo que essa ideia me levaria direto para o inferno. Quando chegasse lá, explicaria que iria cumprir minha pena por corromper a filha perfeita dos amigos dos meus pais.

— O que é isto? — ela perguntou.

— Tirar sua virgindade não está em jogo agora. Quero deixar isso claro. Mas, se há qualquer outra coisa que você queira, escreva e coloque aqui dentro. Desse jeito, não vai precisar falar.

Ela arregalou os olhos.

— Agora?

— Não precisa fazer isso agora. Quando quiser.

Ela olhou para o ovo.

— Ok. — Ela o guardou na sua mesa.

Milagrosamente, conseguimos continuar trabalhando no meu discurso depois disso. Me levantei e li no caderno em que tinha completado um rascunho grotesco detalhando a ascensão do meu pai. Archer Remington tivera um início humilde em Nova Jersey, nascido filho de um sapateiro. Quando tinha uns cinco anos, ele se sentia invisível às vezes e sempre trabalhava duro para ser excelente... blá, blá, blá. Finalizei com uma mentira sobre como ele era um ótimo pai e como tem sido uma enorme inspiração para mim... *do que não fazer.*

Quando olhei para o fim, Noelle sorriu.

— Foi ótimo.

— Quer dizer que sei ler? Foi basicamente só o que fiz... não é a mesma coisa de fazer um discurso.

— Não, mas é um começo. O objetivo é que você se canse tanto desse discurso que o faça com a mão nas costas.

— Assim como faço com a mão na frente?

Ela enrugou o nariz.

— Não entendi.

— Foi uma piada de punheta.

— Oh. — Ela deu risada. — Certo. Bem... podemos terminar por hoje. A menos que pense em mais algum ponto em que *não tocou.* — Ela abriu um sorriso travesso.

Meus punhos se cerraram conforme me impedi de me esticar e beijá-la muito. Droga, eu precisava de uma pausa.

— Falo com você depois — eu disse ao me levantar da sua cama e sair praticamente voando do quarto.

Lá embaixo, encontrei minha mãe sentada sozinha na cozinha.

— Cadê todo mundo? — perguntei.

Ela se virou para mim e sorriu.

— Eles foram para o festival Summer Lights.

— Você não quis ir?

— Eu não estava a fim. — Ela se levantou e foi para a sala de estar. — Venha se sentar comigo.

Meu estômago embrulhou.

— O que houve?

— Tive um dia difícil. — Ela suspirou. — Me esqueci de muitas coisas que aconteceram ontem, e seu pai ficou frustrado comigo. Foi por isso que falei para ele sair.

Me estiquei para pegar sua mão.

— Não é sua culpa, mãe.

— Também já esqueci bastante coisa quando se trata de você neste verão e não percebi?

Eu não queria deprimi-la admitindo o quanto eu havia percebido.

— Não das coisas importantes.

Isso era verdade. A maior parte das suas escorregadas eram coisas pequenas, com exceção da vez em que ela não pareceu se lembrar de Noelle.

— Não tive muito tempo sozinha com você — ela disse. O peso na consciência aumentou. Era minha culpa.

— Eu sei. O papai sempre está por perto, então costumo te evitar por isso. Não é por sua causa. Sempre que precisar de mim, sabe que estou aqui.

— Quero falar umas coisas para você enquanto minha mente está boa, ok?

Minha garganta se apertou.

— Ok...

Ela se virou para me encarar.

— Há coisas que você precisa saber. E não sei se terei muitas outras oportunidades neste verão para contar o que está havendo. Porque, como falou, ele está sempre por perto.

— Fale comigo, mãe.

Ela soltou de repente:

— Seu pai está tendo um caso.

Quase partiu meu coração ter que confessar.

— Eu sei.

Ela ficou boquiaberta.

— Como?

Não poderia mentir para ela.

— Ele estava no banho um dia enquanto eu estava em casa no feriado de Natal. Entrei para usar o banheiro e vi uma mensagem aparecer no celular dele. Percebi que ele estava se preparando para sair e vê-la, embora ele tivesse te contado outra história. Então... eu o segui.

Os olhos da minha mãe se encheram de lágrimas.

— Você a viu?

Eu nunca havia desejado socar meu pai até aquele momento, quando vi lágrimas nos olhos da minha mãe. Me fez querer subir e reescrever todo aquele discurso, me concentrando somente no fato de que ele era um desgraçado mentiroso e traidor.

— Desculpe, mãe. Deveria ter te contado. Mas não sabia como. —

Lutei contra as lágrimas. Minha voz tremeu. — Não sei por que ele está fazendo isso.

— Tudo bem. Não é sua responsabilidade saber.

— É só que... você já está passando por tanta coisa. Não queria te machucar mais te contando que ele estava traindo.

— Por favor, não se sinta culpado — sussurrou. — Veja... Não sei por quanto mais tempo vou conseguir ter esses tipos de conversa com você. Então preciso que me escute.

Peguei a mão dela.

— Tem toda a minha atenção.

— Não precisa fazer nada para agradá-lo. Você é perfeito exatamente do jeito que é, e o que quer que decida fazer com sua vida será certo se te fizer feliz. Não deve nada a ele.

Franzi as sobrancelhas.

— Está dizendo que não acha que eu deveria estudar Direito?

— Estou dizendo que deve estudar Direito se for isso que *você* realmente quer, mas, do contrário, não é tarde demais para mudar de ideia.

— Ele vai infernizar minha vida, mãe. — Não adicionei que, se algo acontecesse com ela, ele seria tudo que eu teria. Era parte do meu medo de decepcioná-lo.

— Ele te infernizaria por um tempo. Mas não há vida mais infernal do que viver o sonho de outra pessoa, e não o seu. — Ela apertou minha mão. — Só saiba que vou ficar orgulhosa de você, independente do que decidir.

Coloquei minha mão sobre a dela.

— Isso significa muito. Obrigado.

— Talvez você devesse repreendê-lo pelo comportamento dele naquela cerimônia do prêmio.

Meus olhos se arregalaram. Adorei ela ter sugerido isso.

— Deveria?

— Não. — Ela sorriu. — Mas seria uma coisa e tanto, não seria?

Balancei a cabeça.

— Estou morrendo de medo desse discurso idiota. Se não fosse por Noelle, não sei o que aconteceria.

— Por quê? O que Noelle está fazendo?

Eu tinha contado à minha mãe sobre as minhas aulas idiotas com Noelle, mas ela não se lembrava.

— Ela está trabalhando no meu medo de falar em púbico e me ajudando a escrever a maldita coisa.

— Uau. Ela está virando uma boa amiga, hein?

— Está, sim.

Minha mãe inclinou a cabeça para o lado.

— Ou está virando algo mais?

Me sentia mal por não ser sincero quanto aos sentimentos complicados que tinha por Noelle. Mas o que iria dizer?

Tomamos banho juntos outro dia, e ficou complicado. Enfiei o dedo nela, depois ela me assistiu gozar?

— Não. Não está acontecendo nada. Ela é só uma amiga.

— Bem, não o culparia se gostasse dela.

Minha mãe e eu conversamos por mais alguns minutos e, então, ligamos um filme para assistirmos juntos. Por muitos motivos, esse momento foi importante para mim.

Logo depois que o filme terminou, os pais de Noelle e meu pai voltaram do festival de luzes. Resolvi subir.

Parecia que Noelle não tinha ido à praia naquela noite; dava para ver a luz debaixo da porta do seu quarto. Quando cheguei ao meu quarto, o ovo de Páscoa de plástico que eu tinha lhe entregado mais cedo estava em cima da minha mesa.

Meu coração acelerou quando o abri e vi o bilhetinho dobrado dentro.

Inspirei fundo e li.

Às 6h15 da manhã seguinte, Noelle estava me esperando quando saí da casa.

Ela apontou para seu relógio.

— Você está quinze minutos atrasado.

— Estou. Desculpe.

— Não saiu ontem à noite. Estou surpresa por ter perdido a hora.

Ficara acordado a noite toda pensando no bilhete dela, pensando se entrava ou não no seu quarto antes de amanhecer. Mas os quartos da casa eram bem próximos. Se eu tivesse ido ao quarto dela, havia uma boa chance de alguém ter ouvido. Provavelmente, isso me salvou.

Ela poderia estar esperando que eu falasse sobre o ovo, mas escolhi não falar.

— Pronta para ir? — perguntei.

Ela se alongou.

— Sim.

Pegamos a rua de cascalho, e nenhum de nós falou nada até pararmos para um intervalo em nosso ponto de sempre.

— Deixei uma coisa no seu quarto ontem à noite — Noelle disse.

Meus olhos se lançaram aos dela.

— Eu sei.

— Você não falou nada... então não sabia se tinha visto.

— Eu vi — respondi.

Eu estava sendo otário. Mas conversar sobre isso não iria nos levar a nenhum lugar, principalmente já que ainda me sentia culpado quando pensava nas várias formas em que poderia *educar* Noelle.

Quando voltamos para casa, nossos pais estavam tomando café da manhã. Quase subi correndo como sempre, mas, depois da noite anterior, decidi que devia à minha mãe dar mais do meu tempo a ela, mesmo que significasse passar mais tempo com meu pai também.

Então peguei uma tigela de cereal e me sentei. Minha presença à mesa não passou despercebida.

— É muito bom ter você conosco para o café da manhã. — Minha mãe sorriu.

— Já era hora de você nos agraciar com sua presença pela manhã — meu pai adicionou.

Noelle pegou seu café e se sentou na cadeira à minha frente.

Meu pai passava manteiga em um pão.

— Rodney falou que você tem feito um trabalho muito bom. Soube que ele está levando você para umas reuniões com cliente e para conduzir pesquisas.

— Está ligando para ele para descobrir como estou indo?

— Nós conversamos por mensagem. Estava curioso para saber se ele via potencial em você.

— Ele não critica cada movimento meu e compartilha o conhecimento, em vez de, constantemente, me desafiar ou me colocar para falhar.

Meu pai ficou quieto. A mesa inteira ficou.

Noelle mudou de assunto.

— Ashley virá na próxima semana.

— Oh, é mesmo — sua mãe disse.

— É sua amiga lá da cidade? — perguntei.

— Sim. — Ela olhou para mim. — Ela ficará por uma semana.

Droga. Uma semana? Provavelmente era bom. Manteria um espaço entre mim e Noelle.

— Que legal — minha mãe falou. — Vamos preparar o quarto extra para ela.

Ao longo do restante do café da manhã, olhei, várias vezes, rapidamente para Noelle do outro lado da mesa. Ela fazia uma coisa em que lambia os lábios depois de dar um gole no café e, toda vez, meu pau dava sinal. O brilho de suor no decote saindo do seu top também me excitava. *Tudo* nela me excitava ultimamente, e ficara pior do que nunca desde que ela me deixou o ovo.

Depois do café, nossos pais anunciaram que iriam à feira dali a meia hora. Tentei agir normalmente quanto a isso, mas o alerta soou na minha cabeça. Noelle e eu ficaríamos sozinhos de novo. Eu não confiava em mim mesmo, não com o maldito tesão que sentia naquela manhã.

Não ajudou o fato de que, conforme nossos pais se preparavam para ir, Noelle se demorou na cozinha. Desconfiei que ela estivesse esperando um direcionamento meu assim que a barra estivesse limpa.

Meu coração acelerou quando ouvi o carro do meu pai ligar. Acelerou ainda mais quando ouvi o som do motor desaparecer no fim da rua. Eu sabia o que estava prestes a fazer.

— Suba e entre no banho — eu a instruí. — Já vou te encontrar.

— Tão mandão... — ela zombou.

— Pensei que fosse isso que quisesse.

— É.

Os olhos de Noelle brilharam quando ela se levantou e subiu a escada. Demorei alguns minutos para me recuperar na cozinha e a seguir, me incentivando a não deixar meu nível atual de desejo me pressionar para uma decisão de que me arrependeria.

Assim que subi, encontrei o banheiro cheio de fumaça. Tirei os tênis e as meias. Meu pau estava duro pra caramba conforme baixei o short e o chutei para o lado antes de abrir a cortina do box.

Noelle estava encharcada, seu corpo lindo e nu coberto de sabão enquanto ela ensaboava seus seios e olhava para mim com um sorriso convidativo.

Vou muito para o inferno. Queria dizer tantas coisas para ela naquele momento. Não sabia por onde começar. Mas sabia que precisava começar com o desejo dela.

— De todas as coisas que poderia ter escolhido...

Ela mordeu o lábio e sorriu.

— Ajoelhe-se — pedi.

Ela fez o que falei e olhou para cima, para mim.

Meu pau balançou de empolgação.

— Você nunca fez isso mesmo?

— Nunca.

— Vá devagar. Não há arte nisso. Ficaria surpresa em como os caras são fáceis quando se trata da cabeça.

Quando vi, ela tinha envolvido sua mão pequena em torno de mim e me tomado inteiro na boca, provavelmente o mais profundo que dava.

Que porra... Não estava esperando isso logo de cara.

Conforme ela mexia sua boca pelo meu pau, decidi não a guiar. Ela não precisava. O fato era que eu tinha mentido. Nem todos os boquetes eram iguais. Alguns não eram tão bons quanto outros. Mas este? Era fenomenal. Ela tinha o dom. Mas eu guardaria isso para mim. Não a queria extremamente confiante e compartilhando seu talento com mais ninguém. Era tudo meu.

Passando os dedos no cabelo dela, não consegui evitar e empurrei meu pau mais fundo na sua garganta. Adorei o gemido que ela soltou quando fiz isso. Quase gozei, mas consegui me impedir.

Um instante depois, ela olhou para mim. Foi tão sexy que não consegui mais conter nada. Deixei fluir, gozando na sua garganta e lhe dando tudo até a última gota.

Exatamente como ela havia me pedido no bilhete.

CAPÍTULO 13

Noelle

PASSADO

Com Ashley ali, quase não tinha tempo para passar com Archie, e ele também me dera um espaço que não pedi. Queria que ele tivesse escolhido ficar mais conosco. Meu tornozelo também estava doendo, então ele e eu não estávamos sequer correndo juntos. Agora que agosto estava chegando, o calendário estava diminuindo os dias até eu não conseguir mais vê-lo.

Havia contado a Ashley tudo sobre o que acontecera até então entre mim e Archie. Ela era minha única confidente de verdade, e confiava que ela não contaria nada. Embora tivesse, definitivamente, percebido que ela olhava entre mim e Archie durante o jantar.

Certa manhã, depois de Archie sair para o estágio, Ashley o tornou o tema da nossa conversa.

— Então você está basicamente fingindo ficar calma e tentando não deixar transparecer que gosta dele para que ele continue se pegando com você?

— Basicamente isso.

— É um bom jeito de se magoar, Noelle.

— Eu sei, mas demonstrar meus sentimentos verdadeiros vai afastá-lo, e não quero perder a oportunidade de ter esta experiência. Gosto dele como amigo e entendo que não queira nada mais comigo no momento. Nós dois temos muita coisa acontecendo, e moramos em costas diferentes. Não daria certo, mesmo se ele fosse do tipo que namora.

— Certo... — Ela suspirou. — Entendi.

— Está me julgando? — *Agora estou parecendo Archie.*

— Não, juro. Só não quero te ver magoada. Não entendo como esta situação pode acabar de outro jeito.

Por mais que corresse esse risco, eu estava com tesão demais para interromper o que estava acontecendo. Tínhamos pouquíssimo tempo restante em Whaite's Island, e eu precisava de mais. Desde nosso último encontro no chuveiro, eu havia repassado aquele boquete muitas vezes na minha mente — o jeito que ele pareceu se desfazer quando o chupei, o sabor salgado do seu gozo. Não conseguia acreditar que tinha engolido tudo. Mas esse foi o objetivo do meu pedido, que eu devia estar louca ao escrevê-lo no papel. No entanto, a natureza gráfica da submissão do meu ovo de Páscoa foi necessária para provar que eu estava falando sério sobre nosso experimento. Queria tentar *tudo* com ele, e este verão poderia ser minha única chance.

Mais tarde naquela noite, levei Ashley à fogueira. Era a primeira vez que eu ia à praia depois de um tempo, e havia motivo para isso. *Bree.*

Archie e eu nunca conversamos sobre o que acontecera entre eles desde que nosso acordo começou. Entretanto, presumi que não estivesse acontecendo nada, já que ele me pedira para não ficar com mais ninguém. Ela não estava pendurada nele naquela noite como costumava fazer, ainda assim, ficava bem perto, e isso me deixava inquieta.

Mais tipo possessiva.

A forma que eu lidava com essa situação era precisamente o motivo que eu nunca poderia ser namorada de Archie. Meu ciúme de outras mulheres se jogando para ele me mataria.

Ashley e eu conversamos praticamente apenas com James. Na verdade, Ashley e James pareciam estar se dando especialmente bem. Ambos iriam estudar Medicina e gostavam do mesmo tipo alternativo de música. Archie se aproximava e participava da nossa conversa algumas vezes, mas eu não conseguia interpretá-lo naquela noite. Naquela semana inteira, eu não fazia ideia do que estava pensando porque mal falara com ele.

Então começou todo o inferno — pelo menos na minha cabeça.

Bree sussurrou alguma coisa no ouvido de Archie, e ele a seguiu para a praia. Estavam indo para as pedras, onde agora eu sabia que as pessoas iam para dar uns amassos — ou pior.

Ashley me viu olhando para eles. Ela me olhou de forma solidária, porém não falou nada sobre isso, já que James estava bem ali.

Meu sangue ferveu por muitos minutos até o ciúme finalmente me tomar. Eu precisava saber.

— Ash, preciso sair um pouco. Me espera aqui?

Provavelmente, ela sabia exatamente por que eu estava saindo, então não questionou — não que eu tenha ficado muito tempo ali para ela dizer qualquer coisa antes de eu sair. Enquanto andava pela areia, só conseguia pensar se as coisas sexuais que Archie e eu tínhamos feito eram apenas preliminares para ele ficar com Bree naquela noite. Ele não queria fazer sexo de verdade comigo, porém fizera com ela inúmeras vezes. Eu detestava esse ciúme horrível e corrosivo me percorrendo.

Eu não tinha direito de cobrar de Archie, contudo, ele exigira que eu não ficasse com mais ninguém enquanto estivéssemos testando as coisas. Com certeza, esperava a mesma coisa dele, mesmo que não tivesse dito isso especificamente.

Para minha surpresa, antes de chegar às pedras, vi Archie e Bree voltando na minha direção.

— Aonde vai, Noelle? — ele perguntou quando se aproximaram.

Coloquei as mãos na cintura.

— Estava... indo te procurar.

— Por quê?

Bree balançou a cabeça, parecendo irritada, e saiu, deixando Archie e eu sozinhos.

Me virei para observá-la se afastando antes de encará-lo de novo.

— O que houve com ela?

— Por que estava me procurando? — ele repetiu. — Pensou que eu tivesse levado Bree para as pedras, não pensou?

Soltei uma respiração longa conforme minha pressão arterial começou a voltar ao normal.

— Sim.

— Falei para você que não iria ficar com ninguém além de você.

— Na verdade, não falou. Falou para *eu* não ficar com James, se bem me lembro. Mas não me prometeu nada.

— Bem, deveria estar implícito. — Ele estreitou os olhos. — Você não confia em mim.

— Por que deveria? Você não é meu namorado.

— Não, mas sou seu amigo, e não faria nada para te magoar. — Ele olhou na direção da água. — Bree queria saber por que eu a estava evitando. Não tinha conversado oficialmente com ela sobre não sairmos mais. Finalmente falei diretamente que não transaria mais com ela.

— Oh. — Engoli em seco. — Bem... faz sentido agora ela não parecer feliz.

Ele passou uma mão no cabelo.

— Ela ficou mais chateada do que eu previa. Talvez estivesse nutrindo algum sentimento que eu não sabia. Enfim, está feito. — Ele se esticou e segurou minha bochecha. — Não quis te chatear. Mas é meio fofo você ter ficado com ciúme.

— Entre não correr juntos e Ashley aqui, sinto que não te vi esta semana. Então isso aconteceu. Aí fiquei meio irritada.

— Sempre pode vir me ver. Não estou me escondendo de você. Só estava tentando te dar espaço para ficar com sua amiga. — Ele se inclinou. — Na verdade, estou com muita saudade de você.

Arrepios tomaram minha pele. Queria que ele me beijasse.

Ele olhou por cima do meu ombro.

— *Cadê* sua amiga agora?

— Falei para ela que já voltaria. Eu a deixei com o grupo.

— Envie mensagem e veja se não tem problema você ficar fora por meia hora.

Assenti e enviei mensagem para Ashley, avisando-a de que estava tudo bem e que eu ficaria fora por um tempo. Ela me enviou uma carinha piscando, o que me disse que tinha entendido com quem eu estava. Perguntei se não tinha problema ela ficar sem mim, e ela respondeu que James estava lhe fazendo companhia. Me perguntei se ela gostou dele e torci para algo surgir entre eles, principalmente já que toda a esperança tinha acabado para mim e James.

Archie segurou minha mão e me levou para a praia e para as pedras. Ele nos situou no esconderijo perfeito e passou o dedo delicadamente pelo meu braço.

— Adorei como foi aberta quanto ao que queria naquele bilhete.

— Com certeza, você entregou o que pedi.

— Acredite em mim, foi *você* que entregou. Foi o melhor boquete que já recebi. Não sei se foi porque eu sabia que era sua primeira vez ou se você simplesmente foi muito boa, mas não consigo parar de pensar nisso.

— Ele estreitou os olhos. — Tem certeza de que nunca tinha feito? — Ele balançou a cabeça antes de eu responder. — Esqueça. Não quero saber.

Dei risada.

— Definitivamente, foi minha primeira vez.

Ele se recostou um pouco sentado, e apoiei a cabeça no seu peito.

— Se eu tivesse um ovo agora... que não tenho... o que escreveria nele?

Olhei para ele.

— Quero roçar em você enquanto me beija.

— Só isso? Ou está se contendo?

— Talvez um pouco — admiti. — Mas você me falou que não posso pedir certa coisa.

— Bem, mesmo se pudesse, não transaríamos aqui. — Ele deu risada. — Posso te falar o que quero agora?

— Me diga, por favor. — Eu sorri.

— Quero que sente no meu rosto, e quero te comer até você gritar... te fazer oral tão bem como você me fez. — Ele gemeu. — Mas também não podemos fazer isso aqui.

— Pensei que fosse para isso que servisse este esconderijo.

— É, mas quero você totalmente nua. Também é arriscado aqui. Aparecem pessoas o tempo todo. Então vamos ter que esperar até termos a casa para nós. — Ele expirou.

— Quando sua amiga vai embora?

— Em dois dias.

— Ok... vamos dar um jeito. Enquanto isso, venha aqui. — Archie me ergueu sobre ele.

Através do meu short, senti o calor do seu pau inchado latejando debaixo de mim. Girando meus quadris, me apertei nele, meu clitóris roçando na protuberância do seu jeans. Adorei o quanto ele estava quente entre minhas pernas, como se estivesse se aquecendo o tempo inteiro enquanto conversávamos.

Quando ele pegou minha boca com a dele, respirei fundo. Parecia que não nos beijávamos há uma eternidade. Faminta por mais, mexi meus quadris mais rápido, querendo sentir cada centímetro dele. Archie segurou minha bunda a fim de guiar meus movimentos. Ele se empurrou com mais força contra mim, e senti que poderia gozar a qualquer segundo. Essa era a coisa mais intensa que eu já havia experimentado até então. Fazer oral nele tinha sido ótimo porque eu sabia que estava lhe dando prazer. Mas isso? A pressão no meu clitóris, sentindo que estava tão perto de ele estar dentro de mim? Era a tortura mais gostosa.

Comecei a baixar e pressionar mais contra ele, me preparando para gozar. Os olhos deles arderam na escuridão, sua respiração se tornando superficial.

— Goze no meu pau — ele disse, rouco. — Dá para ver que está pronta.

Eu só precisava dessas palavras. Os músculos entre minhas pernas se contraíram, e minha visão embaçou conforme joguei a cabeça para trás. Foi o clímax mais intenso que já tivera.

Também esperava que ele gozasse, mas não havia gozado. Em vez disso, ele estava ofegante, parecendo em conflito.

— Por que não gozou? — perguntei.

— Não queria te sujar.

— É bem engraçado considerando que agora sua calça está ensopada de *mim*.

— Só não queria arriscar.

— Deixe-me fazer oral em você.

Seus olhos estavam brilhando, cheios de desejo.

— Tem certeza?

— Sim.

— Caralho... — Ele respirou. — Agora estou fraco demais para recusar.

Ele abriu o zíper da calça e tirou seu pau magnífico e duro. Estava molhado na cabeça grande e redonda. Minha boca aguou conforme o coloquei até a garganta. Eu o soltei imediatamente, provocando-o.

— Caramba — ele gemeu. — Você faz o melhor oral.

Conforme subia e descia, eu saboreava a experiência. Da primeira vez, eu estivera meio nervosa. E a água do banho tinha lavado um pouco do seu gosto e tornado as coisas meio escorregadias. Agora dava para sentir todo o seu gosto, sentir cada parte da fricção da sua pele sedosa na minha língua. Adorei ainda mais esse boquete do que o anterior. Também adorei a forma como ele segurou meu cabelo e me guiou por ele. Da primeira vez, pareceu que quis me deixar explorar no meu próprio ritmo. Mas agora? Estava me mostrando exatamente como *ele* queria.

— Vou gozar. — Sua voz estremeceu. — Dentro ou fora?

— Dentro — murmurei o melhor que pude.

Ele soltou um gemido e o líquido quente encheu minha boca. Não diminuí a velocidade dos movimentos — exatamente o contrário. Eu o tomei mais rápido e mais fundo a cada jato do gozo salgado.

Eu queria mais. Muito mais. Meu clitóris estava latejando, pronto para roçar nele de novo. Me sentia uma demônia louca por sexo. Provavelmente, era bom ele ter escolhido levar as coisas devagar, porque eu o teria deixado tirar minha virgindade naquele momento se ele estivesse disposto. Mesmo assim, também reconhecia que ele não parecia ansioso para assumir a responsabilidade de tirá-la. Em certo nível, eu sabia que era porque Archie realmente gostava de mim. Essa era uma das únicas coisas das quais tinha certeza ultimamente.

Ele se guardou de volta.

— Foi bom pra caralho, Noelle. Obrigado.

— *Eu* que agradeço. — Sorri.

— Parece que você gosta de fazer isso.

— Gosto.

Ele sorriu.

— Eu poderia ficar aqui a noite toda, mas é melhor não deixar sua amiga sozinha por mais tempo.

— É. — Suspirei. — É melhor voltarmos.

Comecei a levantar, mas ele me puxou para baixo de novo, me dando um último beijo incrível.

Estou tão ferrada.

Eu estava me apaixonando.

Sabia disso. E estava disposta a sofrer a queda.

Era só o que resultaria disso. Arriscaria me magoar só para ter a experiência de estar com ele.

Quando voltamos ao grupo de amigos de Archie, Bree não estava em nenhum lugar. Exatamente do jeito que eu gostava.

Ashley abriu um sorriso sábio.

— Tudo bem?

— Está tudo ótimo.

O cabelo de Archie estava todo bagunçado. Não conseguia imaginar como eu estava no momento.

— Imaginei, considerando quanto tempo ficaram fora. — Ela deu uma piscadinha.

Minha expressão deve ter me entregado.

— Desculpe por ter te deixado. Você me odeia?

Conforme nos afastamos do resto do grupo, ela baixou a voz.

— Claro que não. Você tem me dado atenção exclusiva esse tempo todo. Sabia que estava doida para ficar com ele. Não me importo mesmo, sabe, se sair um pouco enquanto estou aqui. — Ela olhou na direção de James, que estava conversando com uns caras. — Enfim, estou curtindo a companhia de James. Ele perguntou se eu queria sair amanhã de manhã. Teria problema se eu fosse? Sei que você e ele...

— Não há nada entre mim e ele, Ash. Te falei... só nos beijamos. E, por mais que eu tenha gostado, continuei pensando em Archie. Então estou bem tranquila por você beijar James... ou fazer mais coisa. Precisa se divertir enquanto estiver aqui.

— Legal. Obrigada. — Ela sorriu.

Sorri de volta. Talvez trazer Ashley para o grupo fosse meu jeito de recompensar James pelo curto período que o prendera enquanto estava obcecada por Archie Remington.

Mas, *oh*! Ashley iria sair com James *amanhã de manhã*. Isso significava que eu estaria livre para ficar com Archie, mesmo que, provavelmente, não tivéssemos a casa para nós.

Após Ashley dar boa-noite para James, nos preparamos para voltar para casa.

— Ash e eu vamos para casa — eu disse a Archie.

— Vou acompanhar vocês.

— Não precisa...

— Não, eu estava esperando para ir junto. Estou pronto para ir.

Um arrepio me percorreu, mas me alertei para não me deixar levar pelos gestos gentis de Archie. No fim, ele iria me destruir.

CAPÍTULO 14

Noelle

PRESENTE

Era nossa última noite na casa de praia antes de Archie e eu voarmos de volta para nossas respectivas cidades na manhã seguinte. Não somente era nossa última noite ali naquele fim de semana, como, provavelmente, era nossa última noite ali *para sempre*. A casa seria vendida antes de conseguirmos voltar. Uma nuvem de tristeza pairava acima de mim.

Havíamos levado nosso jantar para o quintal, já que a noite estava perfeita para sentar do lado de fora. O momento deveria ser relaxante, mas a tensão no ar permaneceu depois da revelação de Archie mais cedo, e ele ainda parecia mentalmente exausto do ataque de pânico. Eu ainda estava em choque com a notícia que ele dera — de que seria pai.

Não fazia ideia de que, em todo esse tempo, Archie acreditava que poderia não conseguir ter filhos. Então, por esse lado, foi uma boa notícia. Estava tentando ficar feliz por ele, mas tinha impressão de que *ele* não estava completamente feliz. Apesar do nosso histórico complicado, primeiro e mais importante, Archie era meu amigo. Então, por mais que eu precisasse de conforto no momento, sabia que era meu trabalho confortá-*lo*.

— Vai ficar tudo bem, Archie — disse a ele.

— Jure para mim que nunca vou te perder, Noelle.

Meu coração quase se partiu. Era um pedido perfeitamente justo de alguém que eu tinha certeza de que me amava *como amiga* e não fazia ideia do quanto eu estava devastada no momento. Não queria perder o que tivemos nesses muitos anos, mas sabia que as coisas nunca mais seriam iguais.

Ainda assim, agi como se seu medo fosse injustificado.

— Por que pensaria isso?

— Porque minha vida está prestes a mudar totalmente. Não quero que sinta que não haverá um lugar para você nela.

Era exatamente assim que me sentia – como se tudo estivesse prestes a mudar, me deixando para trás. Normalmente, eu poderia correr para Archie quando precisava dele. Como isso iria funcionar com uma esposa e um bebê no cenário? Nem pensar que Mariah aceitaria que eu enviasse e-mail para seu marido constantemente ou que aparecesse sem avisar.

Continuei pensando no quanto eu chegara perto de contar a Archie como realmente me sentia por ele. Eu havia pensado em trazer isso à tona naquela noite, nossa última na casa de praia – até sua confissão, claro. E se eu tivesse desabafado meus sentimentos antes que ele tivesse uma oportunidade de me dizer que teria um filho? Teria fodido muito com as coisas. Pelo menos, agora, só tinha me fodido, mantendo meus sentimentos românticos dentro de mim até a eternidade. Ele não sabia o que eu quase fizera, e isso era uma bênção.

— Muita coisa *vai* mudar — eu disse finalmente, me sentindo vazia por dentro. — Não vamos mais ter esta casa em comum. E você ficará bem ocupado e sem dormir no futuro próximo. — Dei risada. — Mas estarei sempre aqui se precisar de mim, independente do que e de onde eu estiver.

— Falando nisso... Você se vê viajando tanto assim para sempre? — ele perguntou.

Coloquei meu prato no gramado e dei de ombros.

— Até ter um motivo para parar. Se houver uma família para mim no futuro, talvez eu arranje um trabalho diferente no meu ramo. Mas, até lá, não vejo razão para me acomodar.

Archie balançou a cabeça.

— É estranho como os papéis se inverteram, hein? No passado, eu costumava dizer que nunca me acomodaria. Agora olhe para nós.

— É — murmurei. *Olhe para nós.*

Eu poderia ter admitido o quando tinha inveja de Mariah e o quanto *queria* encontrar a pessoa certa para me acomodar. Mas nem sempre a vida te trazia o que você queria. Assim como tinha trazido algo para Archie para o qual ele não se sentia preparado.

— Quanto tempo!

Hã? Me virei e vi dois adolescentes vindo na nossa direção. Demorei um segundo para perceber que eram Holly e Henry, os gêmeos da Disney, crescidos.

Me levantei e abri os braços para abraçar nossos antigos vizinhos.

— Oh, meu Deus, olhe para vocês. Mal os reconheci! Não acredito que se lembraram da gente.

— Bem, Dawn, a corretora, é amiga da nossa mãe — Holly disse. — Ela nos contou que vocês estavam aqui e perguntou se lembrávamos de vocês. Foi isso que nos fez lembrar.

Archie se levantou e cumprimentou Henry.

— Nunca pensei que você fosse crescer o bastante para me dar uma surra.

— Não assistem mais a filmes no gramado? — Holly sorriu.

Conversamos um pouco com eles. Eles nos contaram histórias de umas festas selvagens que os locatários tinham dado ali ao longo dos anos. Parece que nossa antiga casa tinha se transformado praticamente na casa de festa para alunos de faculdade e afins.

— O que vão fazer esta noite? — perguntei.

— Estávamos saindo para ir à praia encontrar uns amigos.

Archie e eu compartilhamos um sorriso de entendimento.

— Acho que ainda é isso que tem para fazer por aqui à noite, hein? — falei, cheia de nostalgia.

Holly assentiu.

— Vocês deveriam vir!

Balancei a cabeça.

— Não sei se combinamos mais com isso.

Archie olhou para mim com um brilho no olho.

— Não sei. Pode ser divertido. Quer ir pelos velhos tempos?

Parecia meio maluco, mas poderia ser exatamente do que precisávamos depois desse dia tenso. Dei de ombros.

— Por que não?

Descemos com Holly e Henry até a praia e nos juntamos ao bando de adolescentes e alunos de faculdade se reunindo em nosso antigo lugar. Ainda estávamos na casa dos vinte, mas Archie e eu parecíamos velhos comparados a eles.

Diferente dos adolescentes que precisavam disfarçar o álcool em garrafas de Gatorade, Archie e eu compramos, legalmente, cervejas no restaurante e as levamos para um ponto da praia.

Encarei o perfil dele enquanto ele olhava na direção do oceano, novamente notando como Archie estava ainda mais lindo de morrer aos vinte e oito do que estivera sete anos antes. Detestava que meu corpo nunca parava de reagir a ele, principalmente quando ele estava fisicamente perto assim.

Ele bebeu sua cerveja e olhou em volta.

— Acho que não percebi o quanto precisava voltar a este lugar, me conectar com aquele sentimento de liberdade que eu tinha antes de tudo mudar. — Balançou a cabeça. — Mesmo que não seja mais real, é bom nadar nessa memória, sabe?

— É — sussurrei. Só que eu não estava nadando. Estava *me afogando*. Me afogando na nostalgia daquele verão. Me afogando na dor de como terminara.

Sufocando.

Misturar álcool com nostalgia nem sempre é a escolha mais sábia.

Quando Archie e eu voltamos para casa, não sabíamos o que fazer. Nenhum de nós estava cansado o suficiente para dormir. Porém, o álcool das cervejas da praia e do vinho que ele abrira quando voltamos para casa estava subindo rápido para minha cabeça. Não dava mais para confiar nas minhas palavras.

Archie pegou o bolo de chocolate que ele tinha feito mais cedo e o colocou no balcão. Nós dois começamos a comê-lo — com as mãos mesmo. Estava uma bagunça e, provavelmente, eu tinha chocolate em todo o rosto. *Então é assim que termina, hein? Acho que poderia ser pior.*

— Me diverti muito esta noite — ele disse com a boca cheia. — E você?

— Foi incrível. Me lembrou dos velhos tempos. — Lambi o chocolate do canto da boca.

Os olhos de Archie caíram para os meus lábios.

— Sete anos atrás às vezes parecem ter sido ontem e, outras vezes, uma eternidade atrás, não é?

Quando senti meus olhos começando a se encher de lágrimas, sabia que essa era minha deixa. Não queria sair do lado de Archie, mas precisava que aquele fim de semana acabasse antes de desmoronar diante dele.

— Enfim, é melhor irmos dormir — falei. — Nós dois vamos voar cedo amanhã.

Desci do banquinho e me apressei até a pia a fim de lavar as mãos. Não pretendia fazer contato visual com ele de novo porque não queria que visse meus olhos. Mas ele estava meio bêbado também, então não sabia o quanto estaria perceptivo.

Aí senti sua presença próxima.

— Tenho tantos arrependimentos — ele declarou detrás de mim.

Me virei para encará-lo e engoli em seco.

— Arrependimentos de quê?

Ele tinha bolo de chocolate no rosto, mas, de alguma forma, nunca estivera tão gostoso.

— De tudo — ele sussurrou. — Com você. — Ele pausou. — Do que fizemos e do que *não* fizemos. Do jeito que aquele verão terminou. De tudo.

— Por que está tocando nesse assunto agora?

— Acho que porque estou bêbado. Não sei. — Ele puxou o cabelo. — Você está tão linda. — Seus olhos estavam enevoados quando ele murmurou: — Dói te olhar.

Minhas lágrimas estavam prontas para cair. Eu não poderia deixar isso acontecer.

— Guarde essa merda para você — murmurei.

— Nunca conversamos sobre isso, Noelle. Conversamos sobre tudo, exceto o elefante gigante na sala... as coisas que fizemos naquele verão, o que quase aconteceu antes de...

— Pare. — Funguei. — Só está falando disso porque está bêbado. Este não é um jeito saudável de conversar.

— Talvez. — Archie se apoiou na ilha e colocou a cabeça nas mãos. Ficou quieto por um bom tempo.

— Você ficou com Shane por tipo... uma eternidade. Pensei que fosse se casar com aquele cara. E pensei que você estivesse feliz. Nunca pensei que terminaria. — Ele olhou para o chão. — Fiquei esperando e...

Esperando? Ele estava esperando que as coisas terminassem entre mim e Shane?

— Desculpe... — Ele balançou a cabeça. — Tem razão. Preciso parar.

Nada de bom poderia sair de duas pessoas bêbadas com um monte de bagagem não conversada tentando resolver as coisas. Eu poderia ter desabafado todos os meus sentimentos. Poderia ter escolhido complicar sua vida já complicada – transformá-la em uma novela. Mas o amava demais. *Eu o amava*. Então não faria isso.

— Boa noite, Archie. Durma um pouco.

Eu o deixei em pé na cozinha perto de um bolo de chocolate que parecia ter sido comido por animais selvagens.

Então fui para o meu quarto e chorei até dormir.

Depois de um café da manhã em silêncio e juntos na manhã seguinte, Archie e eu esperávamos nossas respectivas caronas aparecerem. Iríamos voar de aeroportos diferentes – ele de Portland e eu de um aeroporto menor e mais próximo, já que meu voo era só uma ponte para Nova York.

No lado de fora, da rua, nós dois demos uma última olhada na linda casa.

Enfim, Archie quebrou o gelo.

— Desculpe se falei algo estranho ou se passei do limite ontem à noite. Bebi demais. Tudo está confuso esta manhã. Só me lembro de me sentir nostálgico e emotivo. Sinto muito se me deixei levar.

Meu estômago se revirou.

— Você não fez nada de errado.

Ele assentiu conforme seus olhos se demoraram em mim.

— Estará lá, certo?

— Onde?

— No casamento. Você estará lá?

Oh. A pergunta pareceu um soco no meu coração. Respirei fundo.

— Claro. Não perderia.

— Isso significa o mundo para mim.

Você significa o mundo para mim, Archie. De verdade. Sei que será um pai maravilhoso. E não vou atrapalhar isso.

Um carro estacionou, e eu recebi uma mensagem. Um sentimento pesado me tomou.

— Esse é o meu carro.

Não queria deixá-lo. Queria ficar naquela casa para sempre, sem me importar com o mundo e ir à praia toda noite, depois voltar para casa e transar loucamente com Archie. Nesse mundo perfeito, não existiria Mariah, nem bebê. Nada além de Archie, eu e a ilha. Nosso lugar feliz. Queria voltar para aquele dia cheio de esperança antes de tudo mudar.

Tirei os pensamentos iludidos da cabeça. Deus, eu estava enlouquecendo. Ergui a mão.

— Bem... tchau.

Os olhos de Archie estavam vermelhos e meio inchados, combinando um pouco com seu rosto lindo. Não me lembrava da última vez que ele parecera tão triste.

— Ah. Quase esqueci... — Ele se abaixou para pegar algo na mochila. — Desenhei você ontem à noite.

Meu coração se encheu de alegria amarga quando olhei o desenho. Meu cabelo estava uma bagunça, e eu tinha manchas no rosto. A legenda era *Bêbada de Chocolate, AR.*

— Puta merda. Era assim que eu estava?

— Sim. — Ele deu risada.

— Não sabia que ainda desenhava.

— Normalmente, não desenho. — Ele abriu um sorriso triste. — Enfim, é um retrato do *grand finale* do nosso fim de semana. Queria me lembrar. — Ele se esticou para pegá-lo de volta. — Mas vou ficar com este, ok?

Quando ele o pegou, também me puxou para ele. Meu coração acelerou contra seu peito, e eu sabia que, provavelmente, ele conseguia senti-lo. Se houvesse um instante em que estragaria minha fachada, era esse.

— Boa viagem de volta — ele sussurrou no meu ouvido, provocando arrepios pelo meu corpo.

— Para você também.

Ele pegou minha mão e a levou à boca, dando um beijo suave nos nós dos dedos. Era a coisa mais íntima que ele poderia ter feito no momento mais inoportuno.

Me obrigando a me afastar, entrei no Uber.

Mesmo no seu pior, Archie estava dolorosamente lindo ali parado com as mãos nos bolsos, me observando ir embora.

Quando o carro começou a se mover, soprei um beijo e acenei. Eu sabia que o veria de novo em breve – no casamento –, mas, de muitas formas, isso era uma despedida. Minha cabeça sabia disso. Só meu coração que ainda não tinha entendido.

CAPÍTULO 15

Archie

PASSADO

Fazia uma semana e meia que a amiga de Noelle, Ashley, tinha voltado para Nova York. Nossos pais não tinham saído de casa por um longo tempo recentemente, e eu estava por um triz de reservar um quarto em algum lugar só para ficar sozinho com ela. O verão acabaria em umas duas semanas, e eu estava obcecado pela ideia de realizar minha fantasia de fazer oral em Noelle. Desde quando isso se tratava do que *eu* queria?

Naquela noite, acordei sentindo algo se mexer ao meu lado na cama. Me assustei por um segundo... até perceber que era Noelle.

— O que está fazendo? — perguntei, sonolento.

— Sei ser silenciosa — ela sussurrou. — Pensei em correr o risco.

— Estou feliz por isso. — Me levantei com cuidado. — Espere. Vou trancar a porta.

A parte boa de ter o banheiro entre nós era que serviria como rota de fuga se alguém precisasse desaparecer rapidamente. *Por que não pensei nisso antes?*

Quando voltei para a cama, pairei acima dela e zombei:

— Há um motivo específico para ter vindo aqui?

Ela mordeu o lábio inferior.

— Eu estava ficando meio louca.

— Eu também. — Suspirei. — Eles estão sempre aqui.

— Não consegui mais esperar — ela disse.

— O que, exatamente, estava esperando? — perguntei, erguendo uma sobrancelha.

— Realizar a fantasia sobre a qual me falou na praia.

Praticamente tremendo com o quanto queria prová-la, desci a calcinha de Noelle e, sem delongas, me abaixei até meu rosto pousar bem entre suas pernas.

Lambi os lábios.

— Abra as pernas para mim.

Quando ela obedeceu, aguardei um instante para apreciar a bela visão, pouco visível na escuridão. Ainda bem que tinha a luz da lua entrando pela janela. Minha boca aguou de vontade, e senti suas pernas se arrepiando.

— Está com frio?

— Não. Só excitada.

Minha língua doía com o desejo de prová-la, mas, primeiro, eu a queria completamente nua.

— Tire a camiseta — pedi.

Eu a observei tirá-la. Sem saber por onde começar, fui direto para o ouro, baixando o rosto no seu monte lindo e pressionando a boca na sua abertura. Meu pau estava pronto para explodir. Ela já estava molhada.

— Caramba, Noelle — falei na sua pele. — Você está muito pronta.

Seus dedos percorreram meu cabelo conforme ela se contorcia debaixo de mim. Comecei a massagear seu clitóris com a língua. Depois recuei e circulei o polegar nele antes de inserir gentilmente a língua, entrando e saindo em certo momento com a velocidade progressiva.

Suas pernas estavam inquietas ao meu redor. Precisava diminuir o ritmo para ela poder saborear isso — para *eu* poder saborear. Recuei, massageando seu clitóris excitado antes de baixar minha boca de novo, desta vez chupando e lambendo ainda mais vorazmente. Após muitos segundos devorando-a, eu sabia que precisava de mais, então parei e sussurrei:

— Vamos trocar de lugar. Quero que sente no meu rosto.

Ela arregalou os olhos ao sorrir e sair de debaixo de mim. Me deitei de costas enquanto ela se posicionou diretamente na minha boca.

Segurando sua bunda, eu a puxei para baixo, em mim e mergulhei no seu clitóris inchado conforme gemi nela. Sua respiração ficou difícil, e eu sabia que estava atingindo seu ponto certo ainda melhor nessa posição.

Quando as pernas de Noelle começaram a tremer, imaginei que ela deveria estar perto. Pressionei mais a boca nela e falei contra sua pele.

— Goze na minha boca — incentivei.

Senti um spray de algo atingir meu rosto e quase dei risada alta. Pouquíssimos segundos depois, senti a pressão da sua libertação. Esticando o braço, cobri sua boca quando ela arfou na palma da minha mão enquanto gozava. Em certo momento, seus movimentos diminuíram, e ela se moveu para o meu lado e se deitou de frente para mim.

Pronto para explodir, coloquei uma mecha do seu cabelo atrás da orelha.

— Já volto — eu disse, indo até o banheiro.

Não confiava em colocar meu pau em qualquer lugar perto dela no momento, então bati uma rapidinho para aliviar enquanto me olhava no espelho, excitado pela visão da excitação dela por todo o meu rosto.

— Você acabou de se masturbar lá? — ela perguntou quando voltei.

— Sim.

— Por quê? Eu poderia ter ajudado.

— Eu sei, mas não confio em mim mesmo esta noite. Aliás, você precisa adicionar um talento ao seu repertório de Miss América Escolar.

— Qual?

— *Squirting*.

Ela cobriu a boca.

— Ai, meu Deus. Eu fiz isso?

— Tenho quase certeza de que foi isso que senti. Foi incrível pra caralho.

— Não sei se isso se qualifica como talento...

— Para os meus padrões, sim. — Envolvi o braço nela, puxando-a para perto e a beijando.

— Preciso voltar para o meu quarto? — ela perguntou.

— Não se ficar quieta.

Ficamos deitados um pouco em silêncio, Noelle deslizando os dedos pelo meu peito.

— Se pudesse fazer qualquer coisa na sua vida, o que seria, Archie?

Passei os dentes no meu lábio.

— Provavelmente, seria chef...

Ela arregalou os olhos.

— Sério? Pensei que fosse falar artista.

— Isso está em segundo lugar, mas amo cozinhar mais do que qualquer coisa.

— Nunca mencionou isso.

— Me acalma, e amo a ideia de criar algo que dê prazer às pessoas.

— Você é bom em dar prazer.

— É? Obrigado. — Suspirei. — Enfim, nunca cozinho perto do meu pai porque ele gosta de me repreender. Mas, quando estou sozinho, faço um estrago grande na cozinha.

Noelle deu tapinhas no meu peito.

— Precisa fazer alguma coisa para mim antes de irmos embora.

— Se um dia tiver a cozinha só para mim, eu faço. — Gentilmente, apertei sua bunda. — E você? Qual é seu trabalho dos sonhos?

Ela deu de ombros.

— Só quero viajar e contar histórias.

— Bem, está no caminho certo. Não tenho dúvida disso.

— Espero que sim. Estou empolgada para ver para onde a vida vai me levar — ela disse.

— Você é bastante otimista. Eu adoraria pegar um pouco de você. — Então minha mente foi para o cerne do pensamento de pegá-la. Principalmente já que eu ainda conseguia sentir seu gosto nos lábios.

Ela passou os dedos pelo meu cabelo.

— Muita coisa na vida se trata de como você a enxerga, Archie. Se teme alguma coisa, essa energia negativa vai impactar a experiência. Se tentar enxergar o melhor dela, sempre procurar a parte boa das coisas, vai ter uma experiência muito mais positiva.

— É meio assim que enxergo este verão — eu disse. — Primeiro, estava com medo, mas depois você me deu um motivo para ansiar por todo dia.

— Own... — Ela segurou minha bochecha e se inclinou para um beijo. Noelle falou nos meus lábios: — Acho que é a minha vez de te fazer gozar de novo.

Isso seria muito legal mesmo, mas o som de alguém se levantando para usar o banheiro colocou um ponto final rapidinho nisso. Congelei e sussurrei:

— Por mais que deteste falar isso, acho que é melhor você voltar para seu quarto antes de sermos pegos.

— Tem razão. — Ela franziu o cenho. — Mas não quero.

— Também não quero que vá. Talvez tenhamos a casa amanhã e posso cozinhar para você. Ouvi meu pai falar algo sobre alugar um barco de novo. Contanto que minha mãe vá com eles, ficaremos sozinhos.

Seus olhos brilharam.

— Ah, espero que sim.

Puxei-a para um último beijo e percebi um sentimento desconhecido no meu peito. Apesar dos meus melhores esforços para negar isso, Noelle estava se tornando mais para mim do que eu estava pronto para admitir.

No dia seguinte, nosso desejo foi realizado. Nossos pais alugaram um barco para o dia todo, e saíram cedo pela manhã, deixando Noelle e eu sozinhos. Essa poderia ser nossa última oportunidade de aproveitarmos isso, então avisei que estava doente no meu estágio.

Tinha ido com uma das bicicletas da garagem ao mercado e feito compras para fazer almoço para mim e Noelle. Agora ela estava apoiada no balcão, me observando picar o alho, e provavelmente foi um dos momentos mais legais de todo o verão.

Mais cedo, quando perguntei a ela o que queria que eu fizesse, ela dissera "penne alla vodca". Quando perguntei por quê, ela respondeu que não fazia ideia, principalmente porque nunca tinha comido. Isso me fez rir, então, com certeza, eu precisava descobrir um jeito de fazê-lo. Garanti que, quando conseguisse, meu penne se tornaria sua refeição preferida.

E, seguindo cuidadosamente uma receita da internet, eu tinha conseguido.

O aroma do alho e do molho de tomate preencheu o ar. Depois de empratar o penne, coloquei o molho vermelho cremoso em cada prato.

— O visual e o cheiro estão maravilhosos. — Ela uniu as mãos. — Estou ansiosa para devorar.

Eu estava ansioso para devorá-*la*.

Levamos nossa comida para o lado de fora e comemos no sol. Aproveitando que nossos pais não estavam, também bebemos vinho.

— Que horas você falou que eles vão voltar? — Noelle perguntou.

— Meu pai mencionou que só voltariam depois de anoitecer. — Dei um gole no meu cabernet. — Ainda não é tempo suficiente para mim.

Depois de comermos, coloquei Jimmy Buffett para tocar no meu celular. Pareceu combinar com o clima. Conforme tocava *Margaritaville*, Noelle fez uma declaração.

— Quero transar com você.

Quase cuspi meu vinho. Agora toda vez que ouvisse *Margaritaville* pelo resto da minha vida, eu sabia que pensaria no que ela acabara de dizer.

— Foi bem aleatório, mas me sinto pronta, Archie.

Seu tom era confiante. Noelle parecia pronta *mesmo*. Eu só não sabia se *eu* estava. No sentido físico, sim. Mas não em outro sentido.

— Há um problema, Noelle...

— Qual?

— Não é só você. Eu também quero. Um pouco demais. É por isso que acho que talvez não devêssemos. Complicaria as coisas.

Seu rosto ficou cheio de frustração.

— Por que acha que sou tão frágil? Vou ficar bem. E *quero* que você queira. Foi isso que eu quis o tempo todo.

Segurei a mão dela.

— Quis você desde o início. Isso nunca se tratou de não te querer. Quero você pra caralho. Só... não quero acabar te magoando. Essa tem sido minha hesitação o tempo todo.

Ela assentiu.

— Entendo se preferir não fazer. Não quero que pense que só quero sexo de você. Não é. Estou curtindo cada momento que passamos juntos neste verão e não vou me esquecer de nada.

— Eu também não — eu disse.

Aquele dia tinha sido perfeito. Se houvesse um momento para nós fazermos de tudo, era aquele. Senti que eu estava enfraquecendo rápido.

— Vamos subir e ver aonde chegamos — falei finalmente, sabendo muito bem aonde seria.

Desliguei o Jimmy Buffett, deixamos nossos pratos e subimos. Não era hora de lavar a louça. Noelle pegou minha mão e me seguiu pela escada. Entramos no seu quarto, e me demorei tirando as roupas dela enquanto ela me despia.

Nos deitamos juntos, completamente nus, e só beijamos. *Devagar*. Foi o beijo mais sensual que já tinha dado. Queria saborear isso, mas, a cada segundo que passava, eu tinha mais certeza de que não iríamos conseguir parar dessa vez.

Começamos a beijar com mais intensidade conforme deslizei meu pau rígido contra seu abdome. Adorei a sensação da sua pele nua contra a minha.

— Nossa. Preciso estar dentro de você. — Olhei nos seus olhos. — Você quer mesmo isto?

— Quero — ela murmurou.

Enterrando meu rosto no seu pescoço, sussurrei na sua pele:

— Certo.

Sem interromper o beijo, estiquei o braço para minha calça onde eu havia, convenientemente, guardado uma camisinha de manhã — só no caso de precisar. Eu estava prestes a abri-la quando meu celular tocou.

Ignorando-o, rasguei o plástico da camisinha e me protegi enquanto Noelle observava cada movimento meu. Nos deitamos ao mesmo tempo na cama. Pairei acima dela, que me olhava com admiração nos seus lindos olhos verdes. *Isto vai acontecer mesmo.*

Enfim, o celular parou de tocar, só para começar de novo imediatamente.

— Quem será que é? — murmurei, finalmente olhando para o número que ligou.

Minha mãe.

Tive uma sensação estranha — principalmente porque ela tinha ligado duas vezes seguidas. Então atendi.

— Mãe? O que foi?

Suas palavras estavam todas misturadas. Ouvi algumas partes.

Hospital.

Seu pai.

Infarto.

O quarto começou a girar.

Não conseguiram salvá-lo.

Morreu.

Morreu.

Morreu.

Morto.

Olhei para a expressão preocupada de Noelle.

Meu pai está morto.

Quando desliguei, senti que tinha sido transportado para outro lugar. Desapareceu cada traço de alegria que eu estivera sentindo há apenas segundos.

— Meu pai teve um infarto. — Atordoado e confuso, forcei as palavras a saírem. — Ele... morreu.

Noelle se levantou rápido, cobrindo a boca com uma mão trêmula.

E, simples assim, o verão acabou.

Minha vida, como eu conhecia, acabou.

CAPÍTULO 16

Noelle

PRESENTE

Meu hotel em Sonoma, Califórnia, não era o mais próximo do local do casamento. Mas foi de propósito. Eu não estava interessada em encontrar ninguém do evento. O hotel que eu tinha escolhido era a quilômetros dali, localizado em uma vinícola linda. Era o esconderijo perfeito para mim naquele fim de semana de outubro.

Aquela era a noite anterior ao casamento de Archie, e eu havia resolvido afogar as mágoas sozinha no lounge do hotel com um jogo de palavras no meu celular e algumas taças de vinho. Ou, pelo menos, esse era meu plano original. Aí fiz uma amiga.

Seu nome era Veronique. Ela estava ali no hotel em Sonoma desestressando após um diagnóstico de câncer de mama. O marido dela tinha proposto passear com as crianças para ela poder ter um fim de semana longe, a fim de espairecer e pensar nas opções de tratamento. Sua situação, com certeza, colocou meus problemas em perspectiva. Claro que eu estava ali para assistir ao homem que eu amava se casar com outra pessoa, mas isso não se comparava ao câncer.

Quando ela descobriu minha situação, implorou para eu lhe contar a história toda e ajudá-la a esquecer seus problemas. Contar tudo para uma desconhecida imparcial acabou sendo bem terapêutico para mim também.

Contei a ela a história toda do primeiro e único verão que Archie e eu passamos juntos, e eu estava no momento em que tudo chegou a um fim abrupto — o instante em que soubemos que Archer Remington havia morrido.

Veronique se inclinou.

— Então o que aconteceu depois disso?

— Foi surreal. Archie e eu entramos no carro dos meus pais e encontramos todo mundo no hospital, onde o pai dele estava. — Balancei a cabeça. — Archer era um homem tão poderoso. Era difícil acreditar que ele tinha morrido. — Desviei o olhar. — A pior parte foi saber o que isso faria com Archie.

— A culpa?

Assenti.

— No meu coração, eu sabia que era o início de uma estrada bem difícil para ele. Archie e o pai nunca tinham se dado bem. Mas, no fundo, ele amava o pai, apesar de toda a briga. Eu só queria poder ajudá-lo. Me lembro de oferecer voltar para a Califórnia com ele e sua mãe por um tempo, mas ele não aceitou. Insistiu que eu não poderia perder aula. Meus pais e eu voamos para a Califórnia com eles e ficamos para o velório e o funeral.

Fechei os olhos.

— A parte triste? Sabe aquele discurso que ele tinha escrito sobre o pai? Tornou-se o discurso fúnebre. Quando ele discursou diante de todas aquelas pessoas, praticamente leu o tempo inteiro, olhando para cima apenas algumas vezes. E quando ele olhava? Só olhava para mim. Ninguém mais. — Senti uma lágrima rolar pela minha bochecha.

— Uau. — Ela suspirou. — E, depois disso, você teve que ir embora...

— É. — A emoção estava presa na minha garganta. — Precisava começar as aulas. Já tinha perdido meu primeiro dia na universidade para estar lá no funeral. Aquelas primeiras semanas de faculdade foram um borrão. Archie estava na minha mente em quase todo instante de todo santo dia.

Veronique passou a mão pela haste da taça.

— Ele voltou a estudar depois disso?

— Não. Tirou mais de um ano para cuidar da mãe. Ela tinha insistido para ele voltar para seu último ano, mas ele se recusou. Ele tinha passado de se preparando para estudar Direito para não saber o que o futuro reservava. Em certo momento, transferiu para uma faculdade mais perto de casa para fazer o último ano.

— Você o visitou?

— Sim, no verão depois do primeiro ano.

— Aconteceu alguma coisa entre vocês dois?

Agora estávamos chegando a um ponto sensível. Dei um gole no meu vinho.

— Nós trocamos e-mail o tempo todo, mas nunca falamos desse assunto. Então, durante minha viagem para lá, um ano depois que o pai dele morreu, Archie pediu desculpa por tudo que tinha acontecido... ou que *não* tinha acontecido... entre nós. Ele queria se certificar de que eu soubesse que ele só poderia ser um amigo para mim. Falou que eu não deveria esperá-lo por nenhum motivo.

— Você estava... esperando? — ela perguntou.

Expirei.

— Sim. Acho que estava. Estava mantendo a esperança. E fiquei de coração partido por ele ter fechado essa porta para nós. Se não tivesse me falado para seguir em frente, eu poderia ter esperado para sempre.

— Acha que ele não estava mesmo interessado ou que foi apenas... a vida na época?

Olhei para as chamas dançando na lareira em um canto do bar.

— Acho que ele estava sobrecarregado. Pensar em me dever alguma coisa ou ter que se preocupar que eu quisesse continuar de onde paramos era pressão demais. Quando ele esclareceu tudo, ficamos mais próximos do que nunca... sem a pressão adicional de um relacionamento romântico.

Veronique inclinou a cabeça para o lado, a luz do fogo refletindo nos seus olhos cor de mel.

— Na verdade... acho esquisito isso.

Assenti.

— Estranho, não é? Depois disso, Archie me mandou ainda mais e-mails, me mantendo atualizada de tudo. Foi uma época surreal para ele. Ele tinha responsabilidades que nunca previra. E eu estava feliz por estar lá para ele. — Respirei. — Após minha visita no verão quando Archie me colocou permanentemente na categoria de amiga, conheci Shane... meu primeiro namorado, acho que se pode dizer isso. Ficamos juntos por muitos anos, mas terminamos recentemente, no início deste ano.

— Entendi. — Veronique assentiu devagar. — E nessa época... Archie estava com essa mulher com quem vai se casar.

— Exatamente.

— Acha que Archie teria mudado de ideia se você não estivesse com Shane todos esses anos?

Meu coração parecia pesado.

— Quando Archie e eu estivemos pela última vez na casa em Whaite's Island, em agosto passado para prepará-la para venda, tive a impressão de que alguns antigos sentimentos ainda estavam lá. Ficamos bêbados uma noite, e ele fez alusão a ter me esperado terminar com Shane. Isso me confundiu. Me fez pensar se ele tinha me afastado para o meu próprio bem e não porque não tinha sentimentos por mim. — Olhando para a lareira de novo, adicionei: — Enfim, tudo é em vão agora, não é? Considerando o motivo de eu estar aqui em Sonoma.

— Quando é o casamento?

— Amanhã. A uns vinte minutos daqui.

— Uau. — Ela balançou a cabeça e deu risada. — Te admiro por ir.

— Preciso ir. Por ele. Jurei sempre estar disponível para ele. — Ergui as mãos. — Então, aqui estou.

— Por favor, me diga que tem um vestido matador.

Consegui dar risada.

— Ah, você sabe.

— O que está esperando para o futuro... depois deste fim de semana?

Soltei uma respiração.

— Estou esperando conseguir, finalmente, seguir em frente, que amanhã me acorde para o fato de que Archie e eu terminamos. Quase *preciso* ver esse casamento acontecer para acreditar.

Veronique suspirou.

— Espero que não se importe de eu falar... Está parecendo uma novela da vida real.

Dei risada.

— Bem, fico feliz de poder te distrair um pouco.

— Distraiu. Não sei como te agradecer por compartilhar sua história comigo. — Ela se inclinou. — Olhe, estou me sentindo meio cansada, então vou subir para o meu quarto. Mas, se tiver tempo antes de voltar para Nova York, eu adoraria tomar café ou algo assim com você antes de ir embora. Estarei aqui até segunda-feira. Acho que não consigo ir para casa sem saber sobre esse casamento.

A ideia de poder vê-la de novo me deixou feliz.

— Com certeza, podemos comer um brunch no domingo de manhã. Seria maravilhoso. Sinto que conhecer você esta noite foi um presente, Veronique. Contar a história me ajudou muito a clarear a mente.

— O prazer foi todo meu. — Ela deu tapinhas no meu braço. — Cuide do seu coração amanhã.

Pouco depois de Veronique ir para o quarto dela, voltei para o meu para ter um momento deprê. Além daquela adorável desconhecida no bar, não havia mais ninguém com quem eu sentisse confortável de compartilhar esses sentimentos. Queria poder conversar com Archie naquela noite. Mas, como isso não seria apropriado, abri alguns dos meus e-mails antigos. Eu havia colocado alguns como favoritos ao longo dos anos, então conseguia encontrá-los com facilidade.

Noelle,

Este é um pesadelo do qual não consigo acordar. Faz três semanas, mas parecem três anos. A saúde mental da minha mãe não é bom. Há um monte de documentação e coisas que precisamos encontrar. Meu pai não tinha tanto dinheiro guardado como pensávamos. Enfim, não quero te sobrecarregar com toda essa merda.

Quero que saiba o quanto significou para mim você vir para a Califórnia e perder o início da faculdade para estar aqui. Espero que tenha um ano incrível... Não deixe o jeito terrível que este verão terminou estragar isso. Também espero que não se importe se eu te escrever de vez em quando. Sinto que você é a única que entende o que estou passando. É coisa demais para contar para outra pessoa no momento e ter que repetir. Espero não estar te deprimindo. Porque seria horrível.

Chega de falar sobre mim. Como está indo aí? Me conte tudo sobre a universidade.

Beijos,

Archie

Desci para minha resposta.

Archie,

Por favor, nunca sinta que precisa se conter comigo. Não posso estar aí pessoalmente, então fico muito feliz de saber que pode contar comigo para desabafar.

Também parece tudo surreal para mim. Preciso ser sincera, estou com dificuldade de me concentrar desde que as aulas começaram. Estive pensando muito em você, lembrando das partes boas do verão. Meu coração ainda está em Whaite's Island. Na verdade, é mentira. Meu coração está com você. Tenho certeza de que as coisas vão ficar mais fáceis assim que passar um tempo.

A universidade está bem até agora. Não é um campus de verdade. É, basicamente, como morar na cidade. Então não é muito diferente do que em casa. Mas não ligo para isso. Sou uma garota urbana de nascença.

Me escreva de volta logo. Quando precisar de mim. De dia ou à noite. Ok?

Beijos,

Noelle

O e-mail seguinte que eu tinha salvado era de, aproximadamente, um ano depois que o pai dele morreu.

Oi, Noelle,

Queria te avisar que não vou voltar para Ford para terminar meu último ano. Vou transferir para uma universidade estadual mais próxima de casa em Irvine, e vou começar na primavera. Vou ficar viajando. É o melhor. Não posso abandonar minha mãe. A memória dela está piorando a cada dia. Ela precisa de mim aqui, mesmo que não fale isso. É isso. Sei que me arrependeria para sempre se a deixasse.

Comecei a fazer terapia. Precisava ter começado há um bom tempo. Ironicamente, nunca conseguia fazer quando meu pai estava vivo porque, se ele descobrisse, teria me acusado de ser fraco. Oh, que ironia... Agora preciso fazer por causa dele. Não só por causa da sua morte, mas por causa dos sentimentos confusos de alívio e liberdade que às vezes sinto agora. Eu o amava, porém não era simples. Acho que nunca consegui admitir isso para ninguém além de você. Sei que entende o que quero dizer e não vai me julgar.

Então... tem algo para me contar? Estava vendo suas fotos do Facebook outro dia. Não precisa contar se não quiser, mas estou curioso. Quem é aquele cara?

Até mais.

Beijos,

Archie

Li o que respondi para ele.

Oi, Archie,

Uau. Não voltar para Ford foi uma grande decisão. Estou orgulhosa por você tomá-la, embora saiba que deva ter sido difícil. Você é o melhor filho para sua mãe. Ela ficará muito feliz em te ter por perto, mesmo que tente te convencer de que não precisa de você lá.

Fico muito feliz por estar fazendo terapia. Mal não pode fazer. E entendo perfeitamente o que quer dizer sobre a parte do alívio do seu pai não estar por perto. É totalmente possível amar alguém e ficar aliviado por certas partes da pessoa não estarem mais presente. Seu relacionamento com seu pai era complicado. Só porque alguém não está aqui não apaga a dor que causou. Sinto que, onde quer que seu pai esteja agora, ele enxerga tudo diferente. Enxerga os erros dele. Enxerga você por quem é — não quem ele queria que você fosse. Ele gosta que esteja cuidando da sua mãe. Está orgulhoso de você. Assim como eu.

Certo... então acho que vou precisar explicar a última coisa que você comentou. O nome dele é Shane. Estamos saindo há pouco mais de um mês. Acho que se pode dizer que ele é meu namorado. Ele me trata muito bem, e nos divertimos juntos. Eu ia te contar. Mas acho que aquelas fotos em que ele me marcou contaram.

E você? Sei que não tem muito tempo, mas está saindo com alguém?

Beijos,

Noelle

Me lembro como se fosse ontem de adicionar essa última parte, da coragem que precisei para fazer a pergunta para a qual não queria realmente a resposta. Estava feliz com Shane na época, mas as coisas ainda eram novidade; e continuava muito apaixonada por Archie. Tinha me sentido vulnerável demais quando escrevi aquele e-mail.

E ele demorou uma semana inteira para responder. Tinha sido uma espera terrivelmente longa.

Noelle,

Obrigado pelas palavras gentis sobre o meu pai. Na verdade, você me fez chorar. Isso é bem estranho, considerando que não chorei esse tempo todo. Mas pensar nele enxergando as coisas diferentes agora é reconfortante, uma perspectiva diferente. É por isso que te amo. Você me faz enxergar as coisas sob uma luz diferente.

Certo. Uau. Namorado. Bem... fico feliz por ele te tratar bem. Não esqueça que, se um dia ele não tratar, não ligo para o que esteja acontecendo por aqui, vou arranjar alguém para ficar com minha mãe e entrarei no próximo avião para Boston para acabar com a raça dele. Estou falando sério. Rs. Ele sabe sobre mim? Sobre nossa amizade? (Espero que nada "mais".)

É engraçado você perguntar se estou saindo com alguém. Não estava até algumas semanas atrás. As coisas são bem diferentes para mim agora que estou passando mais tempo com minha mãe e não sou mais o "homem do campus" na Ford. Mas fui a um bar com meu amigo Marcus do ensino médio uma noite e conheci uma garota. O nome dela é Fallon. Ela é legal, e saímos umas duas vezes. Ainda é recente.

Me escreva de novo logo, ok?

Beijos,

Archie

Esse e-mail tinha sido *demais*. Eu havia analisado a frase *É por isso que te amo* infinitamente. Archie nunca tinha usado a palavra *amor* para mim. E ele nunca usara desde então. Não foi ao amor romântico que ele se referiu quando escreveu aquelas palavras, e talvez só quis dizer de uma forma casual — tipo quando as pessoas falam "*impossível não amá-la*".

Me lembrei da minha angústia em saber que ele estava saindo com alguém. Ele acabara saindo com Fallon por mais de um ano. Apesar de eu estar supostamente feliz com meu novo namorado na época, o ciúme tinha me atingido como uma tonelada de tijolos. Ela conseguiu continuar de onde ele e eu paramos.

De onde paramos.

Era sempre uma sensação estranha, como se um botão de pause tivesse sido pressionado naquele verão com Archie. Uma parte do meu coração ainda estava presa naquele momento antes de recebermos a ligação sobre o pai dele. De certa forma, talvez meu coração sempre ficasse preso naquele quarto em Whaite's Island.

O e-mail seguinte que eu tinha salvado era o mais difícil de reler. Minha resposta a ele pode ter sido o maior erro da minha vida.

Noelle,

Tomei uma decisão hoje. Vou estudar Gastronomia. É o que sempre quis, então foda-se. Nada na minha vida foi de acordo com o plano, então qual é o problema se eu falhar nisto? Pelo menos vou curtir o processo. Então, é isso. Vou te manter atualizada.

Shane ainda está se comportando? Não preciso pegar um avião logo, não é? Isso me lembrou... Nossa, sinto sua falta. Acha que conseguiria vir para cá me visitar? Não tem problema se não puder. Só pensei em perguntar. Adoraria te ver. É ruim não poder deixar minha mãe por muito tempo para fazer uma viagem para o leste. Iria se pudesse. Por favor, saiba disso.

Falando em mãe, ela não está bem. Sua memória só piora cada vez mais. Pelo menos, estou tendo ajuda. As enfermeiras que atendem em casa são incríveis. Não conseguiria sozinho. E não conseguiria fazer nada disso sem poder desabafar com você.

Além disso... Fallon e eu terminamos. Essa coisa toda durou muito mais do que deveria. Ela queria mais de mim do que eu poderia dar no momento. Não há muito mais nisso.

Em breve, volto a escrever.

Beijos,

Archie

Minha mão tremeu um pouco conforme mexi o cursor para baixo até minha resposta, ainda brava comigo mesma por estar tão absorta naquele verão.

Archie,

Puta merda! Gastronomia. Isso é uma grande coisa. Estou muito feliz por ter decidido correr o risco. É o que sempre quis fazer e eu, claro, mal posso esperar para colher os benefícios disso! Estou muito orgulhosa de você.

Sinto muito por sua mãe não estar bem. Você está fazendo o melhor que pode, e espero que saiba disso. Vou continuar rezando por ela.

Certo... uau para Fallon. Fazia um ano que vocês estavam juntos, certo? Não estou dizendo isso para ser engraçada, mas esse foi o relacionamento mais longo que você já teve, não é? Enfim, sinto muito por saber que resolveu terminar. Mas você sabe do que precisa no momento, e não faz sentido desperdiçar o tempo de alguém se não pode dar à pessoa o que ela precisa.

E também sinto sua falta. Queria poder ir aí. Mas acabei de descobrir que consegui um estágio na ABC News. É período integral, e não vou poder viajar por um tempo. Sinto muitíssimo. Talvez possa conseguir algo no outono ou no inverno. Vamos conseguir.

Entro em contato em breve!

Beijos,

Noelle

Encarei esse e-mail, me perguntando o que poderia ter acontecido se eu não estivesse com Shane, se não tivesse entrado naquele estágio e tivesse ido passar aquele verão com Archie. Nunca saberia.

Continuei para uns dos e-mails mais recentes. Havia um do início desse ano em que contara a ele sobre meu término com Shane. Archie já tinha se envolvido com Mariah na época, mas eu ainda não a havia conhecido.

Oi, Archie,

Boas notícias — assim espero. Fui designada para fazer uma história na Califórnia. Estava torcendo para podermos nos encontrar, pelo menos para jantar, enquanto eu estiver aí. Parece que não te vejo há uma eternidade. Vou te mandar e-mail com as datas assim que eu as tiver.

Como sua mãe está? Ainda está conseguindo a ajuda que precisa enquanto trabalha no restaurante?

E... está pronto para isto? Shane e eu terminamos. É uma longa história. Vou te contar mais sobre ela quando te vir.

Beijos,

Noelle

Desci para a resposta dele.

Noelle,

Puta merda. Não estava esperando a novidade sobre você e Shane. Pensei que você fosse ficar com ele para sempre. Foram quantos, tipo, cinco anos? O que aconteceu? Acho que isso pode precisar de uma ligação. E você SABE o quanto detesto falar ao telefone.

Mas... vai vir para cá? Que maravilha!! Só me avise quando,

e vou tirar o tempo certinho de folga. Acho que, finalmente, vai conseguir conhecer Mariah. Ela está curiosa sobre você. Tenho certeza de que você pode ler nas entrelinhas. Mas será bom, para ela, te conhecer.

Obrigado por perguntar sobre minha mãe. As coisas têm sido iguais há um tempo. Mas considero estável uma coisa boa, e ainda tenho ajuda.

Se quiser conversar, estou aqui. Estou curioso sobre o que aconteceu. Estou ansioso para te ver.

Beijos,

Archie

Esse foi o último e-mail que eu salvara.

A viagem à Califórnia acabou sendo difícil, particularmente por conhecer Mariah, que era linda, inteligente e todas as coisas que eu esperara que ela não fosse. Sim, essa viagem foi dolorosa. Mas não tão dolorosa como seria no dia seguinte.

CAPÍTULO 17

Noelle

PRESENTE

Eu nunca havia contado tanto na minha vida. Quem diria que essa simples contagem poderia ser um mecanismo para lidar com isso? Contei por quase a cerimônia inteira, parando em cem e recomeçando do início.

De alguma forma, consegui chegar à festa de Archie e Mariah sem *sentir* realmente nada. Uma coisa eu tinha a meu favor: eu estava linda, estava mesmo. Havia escolhido um minivestido Oscar de la Renta de renda pink florido para o evento. Era coberto por margaridas bordadas que faziam o vestido parecer em 3D. Era a última tendência tudo-é-simplesmente-elegante.

Fui designada a uma mesa de amigos aleatórios do restaurante de Archie. Parecia o lugar certo para mim, uma pessoa que não tinha mais papel claro na vida dele. Mesmo que estivesse doendo por dentro, me certifiquei de manter um sorriso permanente no rosto para ninguém conseguir me enxergar de verdade.

Com exceção de acenar para mim quando ele me vira na igreja, Archie e eu não tínhamos conversado. Eles não fizeram uma fila para cumprimento após a cerimônia. Em vez disso, o casal feliz foi retirado para tirar fotos até reaparecerem na festa.

Consegui passar pelo jantar, jogando conversa fora com as pessoas da minha mesa. Também sobrevivi à primeira dança de Archie e Mariah. O instante em que desmoronei, no entanto, foi quando Archie e a mãe dele dançaram. Eu não tinha certeza se Nora sabia o que estava acontecendo. Esse foi o único momento em que julguei que minhas lágrimas valiam a pena.

Um pouquinho depois do jantar, fui para o banheiro fazer uma pausa, mas, quando entrei, Mariah estava tentando se espremer para fora de uma baia, impedida pelo tamanho enorme do seu vestido.

Se eu pudesse ter recuado sem ela me notar, eu o teria feito. No entanto, ela me viu de imediato. *Colocar sorriso falso.*

— Oi, Mariah.

— Oi, Noelle. — Ela olhou para minha roupa. — Adorei seu vestido! É tão... florido.

Olhei para mim mesma.

— Obrigada.

— Está se divertindo?

Se querer vomitar a cada meia hora e a contagem obsessiva significarem se divertir, claro.

— O casamento estava... perfeito. De verdade. E você está absolutamente linda.

— Obrigada por vir.

— Eu não perderia.

Enfim, ela se libertou e foi até o espelho. Passou a mão no cabelo castanho antes de limpar um pouco de máscara de cílios borrada no olho.

— Sei que você é muito importante para Archie.

— Bem... ele também é importante para mim — disse a ela, resistindo ao desejo de fugir.

— Tenho uma confissão. — Ela se virou para me olhar. — Quando Archie e eu nos conhecemos, me senti um pouco ameaçada por você.

Me tire daqui. Meu coração acelerou.

— Ah... Que bobagem.

— Quero dizer, acho que é natural ter ciúme da melhor amiga do seu namorado. — Ela sorriu. — Principalmente quando ela é tão bonita quanto você.

— Own, bom... — Olhei para meus saltos pink.

— Não me sinto mais assim — ela esclareceu. — Agora sou muito mais confiante sobre tudo.

Claro que é, você o prendeu, então...

Aff. Eu não conseguia impedir meus pensamentos.

— Que bom. — Eu sorri.

Assinta e sorria.

Assinta e sorria.

— Espero que também possamos ser amigas — ela disse.

Assinta e sorria.

— Eu adoraria.

Um...dois...três...

Ela olhou em volta para garantir que não tivesse ninguém ouvindo.

— Ele me falou que te contou do... — Ela baixou a voz. — Nosso bebê.

Engoli em seco.

— Sim.

Quatro...cinco...seis...

— Acabamos de descobrir que é menina.

Uau. Me obriguei a não cair.

— Sério...

— Sim. Falei para ele não dizer nada para ninguém ainda. Mas estou tão empolgada.

— É... maravilhoso. — Meu peito se contraiu. — Muito maravilhoso.

— Bem, é melhor eu voltar lá para fora. Espero que esteja gostando. — Ela saiu antes que eu pudesse lhe contar outra mentira.

Um pouco depois, saí do banheiro à procura de ar. Archie teria uma menininha. Ele *já* era pai. O *meu* Archie. Um misto de alegria e dor me tomou conforme lágrimas se acumularam nos meus olhos. Enfim, tinha chegado ao fundo do poço.

Tinha acabado de sair na varanda quando ouvi a voz dele detrás de mim.

— Noelle?

Me virei e fiz meu máximo para abrir outro sorriso falso.

— Oi.

— Estava te procurando — ele disse.

— Desculpe. Eu precisava de um ar. Minhas alergias estão atacadas.

— Precisa de alguma coisa? Tenho certeza de que alguém aqui tem algo que você possa tomar.

— Não — funguei. — Tenho... umas coisas no hotel.

— Não tive um segundo para falar com você.

— Bem, você está requisitado hoje. — Ele estava tão lindo com seu smoking branco que tive que desviar o olhar por um instante.

— O que achou de tudo? Não tive nada a ver com o planejamento, mas...

— Estava tudo perfeito. De verdade. E estou muito honrada por estar aqui.

— Você estar aqui significa tudo para mim. — Sua expressão ficou séria. — Mas queria que fosse sincera comigo.

— Do que está falando?

— Você não tem alergias, Noelle. Te conheço há muito tempo, e você nunca mencionou nenhuma alergia.

Merda.

— Você me pegou. — Sequei os cantos dos olhos, sentindo vergonha. — Só fiquei meio emotiva, só isso. — Olhei para o céu escurecendo. — Encontrei Mariah no banheiro, e ela me contou que vocês terão uma menina.

— Oh... certo. — Ele coçou o queixo. — Ela contou, é? Ela me falou que eu não poderia contar a ninguém, e acabou contando para você. Interessante. Meio que desejava que ela não tivesse feito isso. Eu mesmo queria contar.

— Não importa. A novidade é maravilhosa mesmo assim. — Dei um tapinha no seu braço. — Parabéns, papai. Não acredito que vai ter uma filha.

Ele balançou a cabeça.

— Eu sei. Finalmente, o universo encontrou um jeito de me devolver toda a merda que fiz quando era mais jovem. Quero dizer, como vou lidar com uma menina?

— Preciso dizer que é meio engraçado. — Dei risada. — Mas você vai conseguir.

Nossos olhos se fixaram por um instante.

— Tem certeza de que está bem? — ele perguntou.

— Estou bem, Archie. Casamentos têm um jeito de deixar as pessoas emotivas. Descobrir que vai ter uma filha... Também foi poderoso. Não no mau sentido. Só me faz perceber que a vida está continuando, sabe? — Olhei para a entrada. — É melhor você voltar para sua festa.

— Quero que saiba de uma coisa primeiro, Noelle. — Archie deu alguns passos para a frente. — Olhar para os convidados na igreja hoje... o lado da noiva versus o lado do noivo... foi bem patético, não foi? Havia tanta gente do lado dela. Não tenho família grande. Não tenho muitas pessoas com quem contar. Minha mãe se foi mentalmente e meu pai se foi fisicamente. Você tem sido minha família por muito tempo. Sei que temos um histórico complicado. Não me esqueci disso, mesmo que não fale sobre ele. Você poderia ter me afastado depois da forma como lidei com tudo quando éramos mais jovens. Eu estava muito envolvido na minha própria cabeça depois que meu pai morreu. — Ele olhou para baixo e mexeu na sua aliança de ouro branco. — Enfim... Nem sei como falar. Só quero que saiba que ter *você* do meu lado da igreja hoje significou muito. E realmente espero nunca te perder.

Engoli em seco e mal consegui falar:

— Não vai.

Archie me puxou para um abraço. Comecei a contar de novo.

Um...dois...três...quatro...

Porque estar nos braços dele agora era praticamente insuportável.

Ele finalmente me soltou.

— Aquele desgraçado do Shane é um idiota do caralho por não fazer tudo que podia para ficar com você.

— Sério — incentivei, me sentindo pronta para desmoronar. — Você precisa voltar lá para dentro. — *Antes de eu morrer de chorar na sua frente.*

— Certo, mas me prometa que vai se despedir de mim antes de ir. Não vá sem falar tchau.

— Claro.

Após ele, finalmente, ir, escolhi ficar lá fora por mais alguns minutos. Respirei lenta e regularmente até me sentir mais no controle.

Na volta para o salão, vi o livro de convidados de cetim branco que eu não havia assinado. Estava meio tonta, então poderia não ser uma boa ideia escrever algo que faria, para sempre, parte das lembranças de casamento do casal. *Quase transei com seu marido uma vez. Parabéns!* Dei uma risada com ronco. Mas essa era minha oportunidade de escrever naquele maldito livro porque eu não ficaria ali por muito mais tempo. Peguei a caneta branca de pena.

Archie e Mariah, não sei como dizer a honra que foi ter sido incluída no seu dia especial. Eu não teria perdido por nada. Mariah, espero te conhecer melhor ao longo dos anos. Sei que sabe que se casou com um homem incrível. Mas não tenho certeza de que ELE sempre sabe como ele é incrível.

Antes de conhecer Archie, pensei que ele fosse arrogante. Fiz suposições sobre ele de longe por causa da aparência dele e do jeito que agia. Quando o conheci, percebi que era uma pessoa sensível, vulnerável e carinhosa. Ele lidou com tudo que a vida deu para ele como um campeão, sempre colocando os outros em primeiro lugar.

É um filho e um amigo incrível, e sei que vai ser um marido e um pai ainda mais incrível.

Queria escrever: *Espero que saiba o quanto você é sortuda, Mariah,* mas fui com calma:

Desejo a vocês dois muitos anos de saúde e felicidade.

Com todo o meu amor.

Noelle Benedict

Voltei ao salão, onde Archie e Mariah estavam dançando no meio de um monte de gente. Fui até Nora Remington e lhe dei um abraço, conversando com sua cuidadora por alguns minutos antes de retornar à minha mesa. Me sentei e roubei olhares para Archie na pista de dança.

Estava brava com minha incapacidade de me sentir feliz por ele. Por mais que eu quisesse estar alegre, não conseguia. Ainda havia muitas perguntas não respondidas — tipo se as coisas poderiam ter sido diferentes se Mariah não tivesse engravidado. Ele teria ficado com ela? Se casado com ela? Ele estava verdadeiramente feliz? O que teria acontecido se eu não tivesse ficado por tanto tempo com Shane? Archie e eu teríamos ficado juntos? Nada disso importava, mas ainda me assombrava conforme eu ficava no meu próprio mundo enquanto todo mundo estava imerso dançando *Cupid Shuffle*.

Depois de meia hora, resolvi me retirar do evento. Tinha sido um longo dia, e eu estava ansiosa para voltar ao meu quarto de hotel, onde não precisava fingir ser feliz. Também queria ir dormir em uma hora decente para me sentir renovada no dia seguinte quando encontrasse Veronique no bar do hotel para o brunch. Era meu dever contar o próximo episódio da minha novela.

Apesar de Nora não fazer mais ideia de quem eu era, parei de novo para dar um último abraço nela. Ela parecia feliz ao olhar para os convidados dançando.

Detestava ter que interromper Archie, que estava no meio de uma conversa com um cara em uma das mesas. Então fiquei parada pacientemente ao lado, esperando que ele me visse. Quando me viu, ergueu o dedo e pediu licença.

Ele arregalou os olhos ao se aproximar.

— Já vai embora?

— Sim.

Ele franziu o cenho.

— Merda. Certo. Quando é seu voo?

— Amanhã à tarde.

— Vai voltar para a cidade ou para uma locação?

— Ficarei em Nova York por uns dois dias antes de voar para o Colorado para um novo trabalho.

Ele balançou a cabeça.

— Você está sempre viajando. É loucura.

— Eu sei, mas é bom para mim. Não tenho nenhum motivo para ficar em um lugar. — Dei um tapinha no braço dele. — Diferente de você agora.

— Acho que é verdade. Mas você vai se acomodar quando estiver pronta.

Dei de ombros.

— Ou nunca...

Ele pareceu compreensivelmente confuso. Eu sempre dissera que queria me acomodar e ter filhos. Provavelmente, estava apenas sendo birrenta ao negar isso.

— O que te fizer feliz, Noelle.

Da última vez que fui feliz, você estava em cima de mim.

— Vou te acompanhar — ele adicionou.

— Ok...

A cada passo que eu dava, jurava ser mais forte para seguir em frente. Quando superasse as emoções daquela noite, seria mais fácil aceitar tudo.

Ficamos encarando um ao outro no vestíbulo do lado de fora do salão.

— Talvez isto não seja mais apropriado para um homem casado admitir, e espero que não entenda errado. — Ele pausou. — Mas você está linda de morrer nesse vestido. Sei que já falei uma vez esta noite, mas Shane é um idiota do caralho.

Você não está ajudando, Archie. Me estiquei para abraçá-lo. Não porque eu estivesse extremamente ansiosa para fazê-lo, mas porque precisava de um momento em que ele não estivesse olhando para meu rosto para que eu pudesse conter as lágrimas que queriam cair de novo.

O dia foi difícil pra caramba. Muito mais do que eu tinha imaginado. Respirando fundo, consegui me recompor ao me afastar para olhar para ele.

— Volte lá para dentro e aproveite o resto da sua noite.

Ele me ignorou, ficando parado no lugar.

— Me mande e-mail em breve, ok?

— Vou mandar.

— Adoro saber das histórias malucas em que está trabalhando.

Forcei uma risada.

— Essa próxima é única. É sobre uma mulher que jura ter sido abduzida por um extraterrestre do lado de fora da sua casa em Boulder.

— Caramba. Estou ansioso para assistir. Assisto a todas, você sabe.

— Quando sair no ano que vem, você estará na função fralda.

— Merda. É loucura pensar...

Me afastei.

— Se cuide, Archie.

— Boa viagem para casa.

— Obrigada — eu disse, andando de costas.

Ele me soprou um beijo, e eu poderia ter jurado que o senti penetrar na minha pele.

Adeus, Archie. Poderíamos ser sempre amigos, mas eu precisava me despedir da esperança que tinha — não havia percebido o quanto estava presa nisso até aquela noite. Uma parte de mim sempre pensara que acabaríamos juntos; essa esperança precisava morrer agora.

Conforme saí andando, acreditei, com cada centímetro da minha alma, que Archie e eu nunca mais encontraríamos nosso caminho de volta um para o outro. Pensei que *essa* parte da nossa história tivesse terminado, que o botão eterno de *pause* do dia em que o pai dele morreu permaneceria ali para sempre.

Mas eu estava enganada.

PARTE DOIS

CINCO ANOS DEPOIS

CAPÍTULO 18

Archie

Eu tinha, mais ou menos, uma hora até precisar estar no restaurante. Entre minha agenda ocupada de trabalho e precisar dar à minha filha de quatro anos e meio a atenção que ela merecia, não havia muitos momentos em que eu poderia simplesmente sentar no computador com uma xícara de café e me atualizar das coisas. Mas, no momento, Clancy estava ocupada assistindo a um filme infantil no outro quarto, me permitindo um tempo para mim.

Abri minha rede social, e a primeira coisa no meu *feed* era um álbum de fotos que incluía inúmeras fotos de Noelle. Seus olhos brilhantes e seu sorriso lindo tiravam meu fôlego. Noelle tinha o tipo de sorriso que iluminava todo o seu rosto, o tipo de sorriso que era contagioso quando era genuíno. Ela havia dado sua cota de sorrisos falsos ao longo dos anos, e eu sempre conseguia ver que estava forçando quando seu sorriso não alcançava os olhos. No meu casamento, por exemplo.

Estar lá tinha sido difícil para ela, embora nunca fosse admitir isso para mim. As coisas praticamente nunca mais foram as mesmas entre nós depois daquele dia. Noelle demorava para responder minhas mensagens e, gradativamente, se distanciou. Ainda mantínhamos contato, claro, e continuamos trocando e-mails; só não era como antes.

Ela tinha vindo conhecer Clancy quando minha filha tinha um ano, mais ou menos. Essa visita havia coincidido com um trabalho que a havia trazido para Oeste de novo. A última vez que eu vira Noelle foi no funeral da minha mãe um ano antes. Fiquei emocionado por ela ter abandonado um trabalho em Chicago para estar lá, mesmo depois de eu ter insistido que não era necessário.

Me concentrei em uma das fotos de Noelle em particular. Nela, ela gesticulava com as mãos, conversando com alguém e totalmente alheia à foto sendo tirada. Fotos de Noelle nas redes sociais eram raridade. Era uma droga, porque eu sentia falta de ver o rosto dela. Nas suas páginas, ela só compartilhava fotos de lugares ou de comida, e raramente se mostrava. Ela era reservada assim — sempre a que estava atrás da câmera documentando a vida de todo mundo. O único motivo pelo qual eu tive esse acesso foi porque um colega de trabalho havia decidido marcá-la em um monte de fotos que pareciam ser de alguma festa de empresa. Noelle, provavelmente, nem sabia delas, já que haviam postado um minuto atrás. Dei risada. Ela odiaria que eu xeretasse no seu mundo sem ela saber.

Cliquei no álbum para ver as outras fotos e, de repente, parei em uma imagem de Noelle sentada com um cara com os braços em volta dela. Ela estava sorrindo — que alcançava seus olhos. Meu coração parou de bater.

Deve ser ele.

Ela tinha me contado nos dois últimos e-mail que estivera saindo com um cara mais velho com filhos, mas essa foi a primeira vez que o vi.

O nome dele era Jason, e ele era um executivo da televisão que trabalhava para uma rede concorrente. Em outra foto, ela estava sentada no colo dele, parecendo meio bêbada. Ou talvez só estivesse feliz. Dei zoom no rosto dele por um instante. Tinha umas rugas leves em volta dos olhos, porém era um cara bonito. Cabelo grisalho e um pouco de barba. Ela tinha me contado que ele estava perto dos cinquenta — mais de quinze anos mais velho do que ela. Ela também mencionara que seus dois filhos estavam na faculdade. Fiquei surpreso por ela ter ficado com alguém que já tinha se casado e tido filhos. Um dos motivos pelos quais ela terminara com Shane foi porque ele falou que não queria filhos. Esse cara já tinha filhos crescidos. Ele queria mais ou não queria? Eram perguntas que eu deveria ter feito a ela, mas não me sentia confortável em me intrometer muito ultimamente.

Voltei o zoom e olhei para o sorriso dela de novo. Pressioná-la significaria ter que retribuir com minha vida pessoal atual, o que eu não estava preparado para fazer. Queria me certificar de não parecer um fracasso quando finalmente contasse a ela.

Mas uma coisa era certa: eu sentira falta do rosto de Noelle. E ver seu sorriso assim me deixou feliz, mesmo que me doesse. Dei zoom no rosto *dele* de novo.

— O que está fazendo, papai?

Me encolhi quando Clancy me assustou. O filme dela devia ter terminado. Fechei meu notebook antes de me virar para ela.

— Nada importante.

— Você estava olhando para um velho — ela comentou.

Eu amava minha filha. Ela não fazia ideia do quanto senti prazer nesse comentário.

— Era só um amigo de uma amiga. — Dei risada.

— Oh. — Ela enrugou o nariz. — Você tem amigos?

Joguei a cabeça para trás, rindo.

— Claro que tenho amigos. O que está tentando dizer, menininha?

— Pensei que o tio Max fosse seu único amigo.

Max, meu sócio, era praticamente um membro da família. Ele e sua esposa, Sharon, moravam na mesma rua que a gente.

— Não. Tenho outros amigos além do tio Max.

Como minha filha só me via ir trabalhar quando não estava cuidando dela, não era milagre ela ter presumido que eu não tinha vida social.

— Quem é seu *melhor* amigo? — ela perguntou.

Em certo ponto, a resposta verdadeira teria sido Noelle. Mas eu não tinha certeza de como estávamos ultimamente. E Clancy não tinha noção de quem ela era, já que a última vez que elas se encontraram, ela era apenas um bebê. Eu nunca havia falado de Noelle para Clancy, porque sabia que iria irritar Mariah. Até hoje, ela ainda tinha complexo quanto à minha amiga. Esperava que, um dia, Clancy pudesse reencontrá-la.

— *Você* é minha melhor amiga. — Fiz cócegas nela.

— Podemos ir tomar sorvete, melhor amigo? — Clancy mostrou seus dentinhos.

Que manipuladora.

— Tentando me convencer, hein? — Olhei para o relógio. Ainda tinha um tempinho até ter que ir ao restaurante preparar tudo para o jantar.

Ela saltitou.

— Por favor!

— Claro. — Suspirei. — Acho que podemos fazer isso.

Eu tinha o costume de mimar minha filha ultimamente. Acho que estava tentando compensar o fato de tê-la decepcionado na única parte que mais importava. Ela só não sabia disso ainda.

Quando Mariah entrou no quarto, nossa filha se virou para ela.

— Mamãe, o papai falou que podemos ir tomar sorvete.

— Compensando de novo, não é? — Mariah murmurou.

— Ela e eu não fomos esta semana. Tenho um tempinho antes do trabalho, então por que não?

— Bem, está meio perto da hora de ela jantar, então é por isso. — Mariah revirou os olhos. — Às vezes, com você, parece que tenho outro filho.

— Se não quer mesmo que eu a leve, não levo.

— Não, tudo bem. — Ela se virou para Clancy. — Por que não vai pegar uma jaqueta? Está frio lá fora.

— Certo! — ela disse, saindo correndo do quarto.

Sem minha filha ali, o silêncio era ensurdecedor.

— Quando vamos contar a ela? — Mariah perguntou.

Coloquei a cabeça nas mãos.

— Não tenho coragem. Sabe disso. Se fosse por mim... nunca.

— Você só vai continuar levando-a para tomar sorvete e torcer para que o problema desapareça? Não vai ficar mais fácil se esperarmos.

— Concordo. Mas... Ela é jovem demais para entender que não é culpa dela. — Passei as mãos pelo cabelo. — Talvez devêssemos adiar só mais um pouco.

Ela balançou a cabeça.

— Preciso seguir minha vida, Archie. Esta situação está me sufocando.

Baixei minha voz.

— Se trata de Andy?

— Não. Ele não me pressionou nem um pouco. — Mariah cruzou os braços. — Mas não estou feliz. Acho que você e eu precisamos do nosso espaço. Não podemos ter isso antes de contarmos a ela.

Encarando o teto, respirei fundo. Mariah tinha razão, mas eu não estava pronto para as mudanças drásticas que viriam ao dar esse passo. Pensar em viver separado da minha filha me matava. Quando contássemos a Clancy que iríamos nos divorciar, o passo seguinte, para mim, seria sair de casa. Eu não estava com pressa de fazer isso. Mas precisava respeitar os desejos de Mariah. Ela tinha todo direito à sua independência, principalmente porque eu fui o principal motivo do nosso casamento ter desmoronado.

— Certo — aceitei. — Quando você quer fazer isso?

— Este fim de semana.

Meu peito se apertou conforme ela se virou e saiu.

Quando Clancy e eu chegamos à sorveteria, me sentei à sua frente, observando-a devorar seu cone de mirtilo com granulados coloridos. Ela não sabia o que estava prestes a atingi-la.

Minha doce filha seria pega de surpresa por seus pais em apenas alguns dias.

CAPÍTULO 19

Noelle

Jason fazia massagem no meu pé enquanto eu lhe contava sobre minha consulta médica mais cedo naquele dia.

— Então... falei com meu ginecologista esta tarde, e ele falou que, se quero a melhor chance de engravidar, deveria seguir em frente logo. Apesar de eu ser relativamente jovem, fica mais difícil com a idade.

Uns dois anos antes, eu tinha sido diagnosticada com endometriose. Me disseram que poderia complicar minha capacidade de engravidar e, quanto mais cedo eu fizesse isso, melhor. Sempre quisera ter filho com uns trinta anos. Bem, agora eu *tinha* trinta. Havia chegado à conclusão de que precisaria assumir as rédeas do assunto.

— Quero ter certeza de que você realmente concorda com isso antes de eu me comprometer — disse a ele.

— Isso mudaria alguma coisa? — ele perguntou.

— Não. Mas me faria sentir melhor saber que você me apoia.

— Apoio. — Jason apertou meu pé. — Já te falei isso.

Ele e eu tivéramos muitas conversas sérias sobre meu desejo de ter um filho só meu. Não queria mais sentir a necessidade de ser casada para fazer isso acontecer. Jason tinha dois filhos crescidos e zero interesse em recomeçar, e também fizera vasectomia anos antes. Era reversível, porém ele deixara claro que não estava interessado em ter outro filho — nem criar outra pessoa. Eu precisava respeitar isso.

Para ser sincera, talvez isso funcionasse melhor para mim, já que tirava a pressão da preocupação de como nosso relacionamento poderia impactar em qualquer coisa. Ter um filho era algo que eu queria fazer por mim. No fundo, acho que doía um pouco o fato de ele ter se descartado como potencial pai. Teria sido legal ter essa opção, mesmo que, provavelmente, não fosse a melhor. Dito isso, eu sabia no que estava me envolvendo quando comecei a sair com Jason. Ele sempre fora transparente comigo, o que eu gostava.

Quando expressara interesse em procurar um doador anônimo, pensara que Jason iria sair correndo. Precisava de muita confiança para um cara aceitar que sua namorada tivesse um filho de outro homem — mesmo que fosse anônimo. No entanto, Jason era muito seguro. Ele exalava confiança, que era um dos motivos pelos quais era tão bem-sucedido, e uma das coisas que eu achava tão atraente nele. Felizmente, desde que contara o que eu queria fazer, ele apoiara totalmente minha decisão.

— Também falei com o pessoal do Cryobank hoje — continuei. — Tenho que preencher uma papelada, mas paguei a taxa inicial, então eles me deram acesso às opções da base de dados.

— O que vai escolher? — ele perguntou.

Inclinei a cabeça para o lado.

— Como assim?

— Altura, etnia, histórico educacional... esse tipo de coisa.

— Ainda não sei. Aparência não me importa tanto, contanto que o bebê seja saudável. No entanto, o número de opções que me dão é enorme. Até mostram as fotos da infância de alguns doadores. Tipo, como se escolhe?

— Acho que é por instinto. — Ele massageou meu calcanhar.

Suspirei.

— É, talvez.

Conforme ele continuava massageando meus pés, olhei para o celular e vi que tinha recebido um e-mail. Era de Archie. Meu coração apertou. Não nos falávamos com tanta frequência ultimamente. Não tinha lhe contado sobre meus planos de fazer inseminação artificial. Quando abri o e-mail, meu estômago embrulhou. Precisava ler em particular.

Me endireitando de repente, puxei meus pés de volta.

— Está tudo bem, querida? — Jason indagou.

— Hum? — Pisquei.

— Está tudo certo? Parece que alguma coisa te deixou chateada.

— Está. Tudo bem. Só preciso... ir ao banheiro. Já volto.

Percorri o corredor pequeno do meu apartamento. Fechando a porta do banheiro, abri o e-mail de novo.

Oi, Noelle,

Desculpe não ter mantido contato. Está acontecendo muita coisa, e é hora de te atualizar. Não há jeito fácil de dizer. Mariah e eu estamos nos divorciando.

Sei que isso deve ser uma surpresa, já que não te contei que estávamos tendo problemas. Mas a verdade é que tem sido difícil há bastante tempo. Eu só não queria admitir.

Nem sei por onde começar. Contamos a Clancy esta noite, e me sinto um fracasso.

Você e eu não falamos ao telefone há anos, mas isso pode ser demais para escrever. Se tiver tempo de conversar esta noite ou amanhã à noite, me avise.

Espero que esteja tudo bem com você. Vi uma foto sua no Facebook recentemente, e você parecia bem feliz. Foi bom ver seu rosto.

Espero conversar com você em breve.

Beijos,

Archie

Quando voltei à sala, meu namorado perguntou:

— Você está bem?

Provavelmente, o choque estava estampado na minha cara, então precisava ser sincera.

— Recebi um e-mail do meu amigo, Archie. Falei para você sobre ele.

— O chef da Califórnia?

Assenti.

— Parece... que ele está se divorciando. Eu não fazia ideia. Ele precisou contar para a filha esta noite. Quer falar ao telefone para me dar os detalhes. Archie nunca quer falar ao telefone, então sei que ele deve estar chateado. Perguntou se eu tinha tempo para ligar para ele.

— Quer privacidade? — Jason ofereceu.

— Não. Fique. Só queria que você soubesse por que preciso ficar um pouco no celular.

Jason pegou suas chaves da mesa de centro.

— Vou embora. É melhor. Está tarde, e falei para Jay que iria passar lá para dar uma olhada no carro dele antes de amanhã. Está dando trabalho a ele.

Os filhos de Jason, Jay e Alexandra, moravam a trinta minutos em Nova Jersey, onde Jason também tinha uma casa. Com frequência, ele ia e voltava entre meu apartamento na cidade e o subúrbio.

— Tem certeza?

— Sim. Ligue para seu amigo. — Jason me abraçou e deu um beijo firme nos meus lábios. — Vou te trazer café da manhã amanhã.

Quando ele saiu, peguei o celular e liguei para Archie, meu coração acelerando mais a cada segundo.

A voz dele soou tensa quando ele atendeu no terceiro toque.

— Oi, Noelle.

— Oi.

— Pensei que não fosse falar com você tão rápido. É uma surpresa agradável.

— Agora é uma boa hora?

— Perfeita, na verdade. Clancy já está na cama, e estou sozinho.

— Foi um e-mail e tanto o que me enviou.

— Eu sei. Desculpe não ter mencionado nada antes. Senti que devia à minha filha a certeza de que ela seria a primeira a saber.

— Entendo. — Assenti. — Como ela reagiu?

— Bem... ela chorou. E me sinto um monstro.

Deitei no sofá.

— O que houve, Archie?

— O que houve? — Ele expirou demoradamente no telefone. — Essa é uma pergunta boa pra caralho. Provavelmente pode ser resumido assim... — Ele pausou. — Me casei com alguém por quem não estava apaixonado, mas porque sentia que era a coisa responsável a fazer. Quando percebi que não conseguiria me fazer me apaixonar por ela só porque ela tivera uma filha minha, nós já estávamos casados. Me recusei a desistir, sem querer decepcionar minha filha, ainda assim, falhando o tempo todo como marido e afastando minha esposa através da falta de carinho e intimidade. Então, por mais que, tecnicamente, não tenha sido eu a terminar o casamento, praticamente a obriguei a ir para os braços de outro homem, que deu a ela *exatamente* o que precisava. Mariah insistia em um divórcio para que ela pudesse ficar com o dito homem porque eu continuava por perto por causa da minha filha, enquanto minha esposa e eu permanecíamos miseráveis.

Jesus. Eu não fazia a menor ideia. Nunca amei Mariah, mas meu coração se partiu por ela e por Archie. Minha voz tremeu.

— Me sinto uma amiga horrível por não saber nada disso.

— Por favor. Escondi de você de propósito, porque estava com vergonha.

— Sinto muitíssimo, Archie.

— Agora mesmo, minha esposa está na casa do namorado enquanto eu estou em casa com nossa filha dormindo.

Oh, cara.

— Deus... Estou... — Balancei a cabeça. — Uau.

— Como vim parar aqui, Noelle?

Inspirei fundo e expirei.

— Você tomou a decisão que sentiu que era melhor para sua filha, e tentou.

— Será que tentei? Nem conseguia fingir depois de um tempo. Claramente, não tentei *tanto.*

— Archie, você é humano. Todos nós cometemos erros.

— Esse foi um bem grande. — Ele suspirou. — Sempre soube que não fui feito para casamento. Deveria ter previsto, e agora minha filha precisa pagar por meu mau julgamento. Poderia ter sido melhor se ela não tivesse tido os pais juntos desde o início.

— Você é perfeitamente capaz de ser um bom pai para ela, mesmo que não esteja casado com a mãe dela. As pessoas fazem isso dar certo o tempo todo. Na verdade, provavelmente, você será um pai melhor sem a pressão adicional de um casamento em que não estava feliz.

Alguns segundos se passaram.

— Como sempre, você é muito sábia, minha amiga. Obrigado por estar disponível quando preciso, mesmo que eu não tenha sido um amigo melhor ultimamente.

— Também estive distante — disse a ele. — Pensei que estivesse fazendo a coisa certa ao te dar espaço.

— Nunca quis espaço de você.

Suas palavras me fizeram pausar. Antes de eu poder analisá-las demais, ele falou de novo.

— Você sempre foi o tipo de amizade que continuamos de onde paramos, independente de quanto tempo passou.

Não exatamente. Nunca conseguimos continuar daquele momento em que eu parecia estar presa quando se tratava de Archie.

— Onde você vai morar? — perguntei.

— Vou começar a procurar um lugar esta semana. Clancy vai morar aqui com Mariah, e vamos fazer um acordo amigável para ela poder ficar comigo um pouco do tempo. Essa é a coisa boa sobre isso. Mariah e eu estamos de acordo. — Ele suspirou. — Mas acho que vou demorar para ficar bem depois de ver minha filha chorar esta noite.

A dor se agarrou ao meu coração.

— Ainda faz terapia? — indaguei.

— Não. Parei há anos.

— Talvez fosse uma boa ideia voltar. Há muitos sentimentos para entender.

— Acho que tem razão. — Ele suspirou. — Deus. É tão bom ouvir sua voz. Senti falta do efeito calmante que ela causa em mim.

Fechei os olhos, brava com meu coração bobo por acelerar com tanta facilidade quando ele me elogiou. Velhos hábitos eram difíceis de deixar, não importava quantas vezes eu tivesse tentado impedi-los ao longo dos anos. Por mais que gostasse de Archie, ele havia fechado a porta de um relacionamento romântico comigo anos antes. Ele havia tomado decisão após decisão que criou mais distância entre nós. Enfim, eu estava em um bom lugar após o trauma de ver o homem que eu queria se casar com outra. Mal sabia ele que eu mesma havia feito terapia ao longo dos anos – em parte para superá-*lo*. Precisava continuar mantendo meus sentimentos na linha para meu próprio bem-estar.

— Vi aquelas fotos de você e de Jason em que seu colega de trabalho te marcou — ele disse.

— Ah... Estava pensando no que você se referia no seu e-mail porque sabia que eu não tinha postado nada.

Archie pigarreou.

— Parece que as coisas estão indo bem com ele, não é?

— É. — Tirei uns fiapos da minha calça. — Estamos juntos há nove meses. É um relacionamento legal e discreto. Sem expectativas. Só respeito mútuo. Nos divertimos bastante juntos.

Após um instante, ele falou:

— Que bom. Estou feliz que você esteja feliz.

Havia muita coisa que eu não contara a Archie – especificamente, meus planos de ter um filho sozinha. Mas não era a hora apropriada para jogar essa bomba. Aquela noite se tratava de Archie, não de mim. Eu enviaria uma mensagem a ele sobre minhas novidades quando ele estivesse com a cabeça melhor.

— Vai passar, Archie. Sei que vai. Sua filha ficará melhor a longo prazo, tendo dois pais que estão mais felizes separados do que quando estavam juntos.

Ele suspirou.

— Espero que sim.

Passamos uma hora no telefone conversando. Dentre outras coisas, ele me contou que estava no processo de preparar a casa da mãe dele para vender. Estava, no momento, deixando uma amiga dela ficar lá.

— Não sei como agradecer por arranjar tempo para mim esta noite — ele disse.

— Falei para você que sempre estaria disponível. É assim que funciona com a gente.

— Espero que saiba que eu faria igual com você. Sinto que sempre esteve no controle, então nunca pude provar isso. Minha vida tem dado umas voltas malucas, mas, no meio de tudo, sempre estou pensando em você, Noelle. Mesmo que eu nem sempre entre em contato.

Era tão bom conversar, mesmo que as circunstâncias não fossem exatamente alegres. Eu não havia percebido o quando sentia falta de Archie até aquela noite.

Mas, assim que tive esse pensamento, uma voz de alerta soou na minha cabeça.

Tome cuidado, Noelle. Você chegou tão longe. Não estrague tudo.

CAPÍTULO 20

Archie

Após um período bem difícil, finalmente, as coisas pareciam positivas na minha vida.

Uns dois meses depois de dar a notícia do divórcio para Clancy, eu havia me acostumado a um novo normal, e comprei uma casinha no fim da rua em que minha filha ainda morava com Mariah. Ainda não estava completamente mobiliada, porém era um processo. O único quarto que consegui completar foi o da minha filha, já que tentei melhorar a situação, deixando-a escolher as cores e gastando uma nota com toda a mobília e decoração novas — qualquer coisa para suavizar o golpe de ela ter que viver duas vidas separadas graças ao meus erros.

Já que eu trabalhava no restaurante aos fins de semana, ficava com minha filha na minha casa em duas noites na semana e a visitava a cada oportunidade que tinha quando não estava trabalhando nas manhãs de sábado e domingo. Às vezes, tomávamos café da manhã ou almoçávamos juntos nesses dias antes de eu ter que trabalhar.

Havia pedido a Mariah para não deixar Andy morar com ela por, no mínimo, um ano. Felizmente, ela não havia discordado. Eu tinha sorte de minha futura-ex-esposa ser uma pessoa bem razoável. Acho que também deveria me sentir sortudo por ela ter encontrado alguém com quem compartilhar a vida. Esse divórcio teria sido inevitável independente se ela tivesse conhecido Andy ou não. Pelo menos ela não ficava mais magoada, então eu não precisava me sentir ainda *mais* culpado por não amá-la do jeito que ela merecia.

Então, alguns dias atrás, havia recebido um e-mail, me tirando do eixo — basicamente virando meu mundo de cabeça para baixo. O engraçado era que eu estivera pensando em Noelle mais do que o normal mesmo antes do e-mail. Agora que minha vida parecia estar estável de novo, finalmente, tive tempo para pensar em todas as coisas que estivera com saudade. Estava pensando em, enfim, ir visitá-la, o que tinha passado muito do tempo. Tinha até procurado voos para Nova York.

Mas, desde que li sua mensagem, eu ficara em um estado quase paralisado, incapaz de formar uma resposta. Normalmente, quando eu estava em um dilema desse, escreveria para Noelle e pediria seu conselho. Mas agora como eu faria isso quando o assunto do meu dilema era a própria Noelle?

Em uma tarde de domingo, faltando uma hora pra ir trabalhar, finalmente tive coragem e peguei o celular para ligar para ela. Mais tempo sem responder poderia fazê-la pensar que eu a estava julgando ou algo assim, o que não era o caso.

Ela atendeu após uns dois toques.

— Oi, Archie.

— Ei.

Houve uma breve pausa.

— Imagino que tenha recebido meu e-mail.

— Recebi. — Engoli em seco. — Preciso ser sincero. Eu o abri há uns dias. mas não sabia como responder.

Ela deu risada, nervosa.

— Isso não é muito encorajador.

— Não, não, só fiquei meio surpreso. Você nunca nem deu sinal disso. Eu não fazia ideia de que era uma coisa que estava pensando em fazer.

— Eu sei. Guardei para mim.

— Sempre imaginei você se casando e tendo filhos do jeito tradicional. Mas não há nada de errado em fazer as coisa da forma não convencional, se for isso que realmente quer.

— Bem, a vida nem sempre possibilita que conquiste seus sonhos do jeito que imaginou.

— Entendo... completamente. Em especial com o que me contou sobre a endometriose. Obviamente, eu também não tinha ideia de que você estava passando por isso. — Hesitei. — Noelle, por favor, saiba que respeito qualquer decisão que tomar. Só me pergunto... se você pensou bem nisso. Trinta ainda é bem jovem.

Seu tom ficou meio na defensiva.

— Só porque te contei apenas agora não significa que não esteja refletindo sobre isso há um bom tempo. Acredite em mim, não tomei esta decisão rapidamente.

Meu peito se apertou conforme puxei meu cabelo, mas, caramba, ela tinha razão.

— O cara com quem você está saindo está tranquilo?

— Nosso relacionamento não é o que você chamaria de tradicional. Mas funciona para nós. E ele *está* tranquilo com isso, mas essa escolha é minha, não dele.

— Lógico — concordei, embora não entendesse realmente.

Claro que Jason já tinha filho, contudo, se ele gostava de Noelle, por que iria querer que ela usasse o esperma de um desconhecido para ter um bebê em vez de oferecer o dele? Isso me fez não confiar no cara, mesmo que ele tivesse seus motivos. Me mostrava que ele não planejava ficar com ela para sempre. Me fez querer estrangulá-lo. Mas eu não poderia dizer isso a ela. E a ideia de ela ter um filho *dele* também não me deixava confortável. Então, nem sabia pelo que eu estava torcendo.

— Você sabe que sempre vou te apoiar, Noelle — eu disse a ela. — Só me sinto protetor quando se trata de você. É só isso. Não é julgamento, só proteção.

— Bom, você tem uma filha para proteger agora. Não precisa me proteger.

Ai. Fechei os olhos.

— Você não precisa de mim, mas sempre vou *querer* te proteger. Nada nunca vai mudar isso. — Puxando meu cabelo, andei de um lado a outro. — Quando é para isso acontecer?

— Bem, eu não... — Ela hesitou.

Meu corpo enrijeceu.

— Você não o quê?

— Não consegui escolher um doador. Não sei por que essa decisão é tão difícil para mim. É que parece tão... importante.

Talvez seja difícil porque não serei eu. Respirei fundo.

— Tenho um favor para pedir.

— Qual?

— Não tome nenhuma decisão até eu ir aí. Estou planejando uma visita em breve... nas próximas semanas, se você puder. Talvez possa ver as escolhas com você e te ajudar a decidir.

— Espere... Você vai vir para cá?

— Eu gostaria. — Dei risada. — É uma boa ou má notícia?

Ela deu risada.

— É uma notícia muito boa. Nunca pensei que você conseguiria.

— Estou querendo te visitar há um tempo. Preciso sair da jaula. A última viagem que fiz foi minha maldita lua de mel. Em todos esses anos, foi você que veio me visitar por causa das muitas merdas acontecendo na minha vida. Já é hora de eu retornar o favor. — Suspirei. — Não precisa sair da cidade para trabalhar, certo?

— Ultimamente, tenho feito mais produção dentro de casa. Não tenho ido a campo nem trabalhado há um tempo. Então estarei aqui.

— Ok. — Continuei andando de um lado a outro. — Estou falando sério. Vou procurar voos hoje à noite, e te mando e-mail com as datas. Me envie seu endereço de novo. Vou reservar um hotel perto de você.

— Não precisa fazer isso — ela insistiu. — Pode ficar aqui.

— Pelo que me falou, seu apartamento é pequeno, e não sei se seu namorado iria gostar de eu ficar aí. Não quero causar problema, sabe?

— Como preferir. Só saiba que é bem-vindo.

— Obrigado.

Depois que terminamos a ligação, procurei voos e comprei minha passagem.

Na quinta seguinte, minha filha assistia, ansiosa, conforme eu colocava roupas na mala. O voo era cedo para Nova York na manhã seguinte. Eu deixaria Clancy na Mariah depois que jantássemos juntos naquela noite.

Ela se sentou na cama.

— Papai, quando vai voltar?

— Na segunda. Vou ficar fora só por uns dias. Não conseguiria ficar mais tempo do que isso sem ver você.

— Por que vai para Nova York mesmo?

— Visitar uma velha amiga, alguém que é muito importante para mim. Você a encontrou uma vez, mas era pequena demais para lembrar.

Seus olhos estavam arregalados.

— Qual é o nome dela?

— O nome dela é Noelle.

— Qual é o sobrenome dela?

— Benedict.

— Como os ovos Benedict? Que você pede na lanchonete?

— Sim. — Dei risada. — Exatamente isso.

— De onde você a conhece?

— Lembra que estávamos assistindo àquele filme uma vez e apontei para a casa grande perto da água e falei que parecia com a que a vovó Nora e meu pai tinham na ilha no Maine?

Ela assentiu.

— Sim.

— Noelle também estava lá. E nos tornamos muito bons amigos em um verão. Apesar de nossas vidas terem nos levado a direções diferentes, permanecemos amigos. E faz muito tempo que não a vejo.

— Está com saudade dela?

Dei risada.

— Estou.

Olhando para baixo no rosto doce da minha filha, um sentimento pesado se instalou no meu peito. Pensei no que Noelle perderia se nunca tivesse um filho. Minha filha significava mais para mim do que qualquer coisa no mundo. Apesar de não ter sido planejada, não conseguiria imaginar a vida sem ela agora. Noelle merecia a experiência de como eu tinha sido presenteado. Eu não deveria ter questionado a decisão dela de fazer acontecer, principalmente já que não conseguia me identificar com sua sensação de que seu tempo estava acabando e de que não poderia ter algo pelo qual sonhara. Ter um filho não era algo que eu sabia que queria até acontecer comigo.

Nos últimos dias, eu havia tentado me aprofundar no que *realmente* estava me incomodando quanto à escolha de Noelle por usar um doador de esperma. Eu tinha pedido direcionamento de cima — o que raramente fazia — de como lidar com esse sentimento de urgência dentro de mim. Mas ainda estava esperando essa clareza bastante necessária.

Minha filha interrompeu meus pensamentos.

— Noelle é bonita?

— É muito bonita.

— Bonita igual a mamãe?

Eu sorri.

— Sim. Exatamente como a mamãe. — *Só que mais bonita*. Baguncei o cabelo dela. — Mas sabe de uma coisa?

— Do quê?

— É mais importante ser linda por dentro do que por fora. Sabe disso, certo?

Ela assentiu.

Noelle, definitivamente, também era.

Os últimos anos tinham sido um grande borrão desde que meu pai morrera. Entre o choque disso, da doença da minha mãe, da mudança de carreira, da gravidez surpresa, de se casar e tornar-se pai, eu não tinha entendido realmente o que havia perdido quando se tratava de Noelle Benedict. Havia bloqueado as perguntas sobre o que poderia ter acontecido entre nós se as coisas fossem *diferentes*. Quase toda decisão que eu tomara até agora foi porque senti que não tinha escolha. Minha vida havia sido governada por obrigação, não por meus próprios desejos e necessidades. Se fosse uma questão do que *eu* queria, teria escolhido Noelle há muito tempo.

Assim que percebi isso, a coisa mais estranha aconteceu. Olhei para o chão do meu quarto e mal conseguia acreditar no que estava vendo. Me arrepiei.

— Papai, o que aconteceu? — Clancy perguntou.

No chão, estava um dos ovos de Páscoa de plástico como os que Noelle e eu brincávamos durante nosso verão juntos. Mas nem estava próximo da Páscoa.

Me abaixei e peguei o ovo.

— O que é isto, Clancy?

— Meu ovo de Páscoa! Você encontrou! Eu estava procurando em todo lugar. — Ela estendeu a mão.

— Estava? — Semicerrei os olhos. — Onde conseguiu?

— Eu o encontrei no chão lá fora. Iria colocar moedas nele.

Meu coração acelerou conforme olhei para o ovo roxo. Tudo pareceu mais claro.

Será que fiquei louco?

Isto é loucura, certo?

Mas é realmente loucura se parece certo?

Eu tinha acabado de receber o sinal que tinha pedido.

CAPÍTULO 21

Noelle

Estava parada no aeroporto aguardando-o, sem saber por que estava tão nervosa. Tinha me preparado para ver Archie tantas vezes no passado, mas nunca tinha sido assim.

Quando, enfim, consegui avistá-lo, meu coração bateu mais rápido. O rosto lindo dele se curvou em um sorriso no instante em que me viu. Ergui a mão em um aceno e saltitei empolgada.

— Uau — ele disse ao soltar a mochila. Abriu bem os braços e me abraçou, meu corpo se derretendo no dele conforme me embriaguei instantaneamente com seu cheiro. — É tão bom estar aqui — ele disse. Quando me soltou, sorriu. — Olhe para você. Deus, senti sua falta.

Meu coração queria explodir. De alguma forma, eu sabia que pareceria que não tinha passado o tempo, que eu ainda teria a mesma reação a Archie que sempre tive. Estava certa. E estava ferrada.

— Estou tão feliz que você está aqui — falei. — O que quer fazer primeiro?

Ele ergueu sua mochila e a jogou no ombro.

— Me mostre tudo... onde você mora, onde gosta de comer. Sinceramente, não importa o que vamos fazer. Só quero ficar com você e deixar fluir. — Ele suspirou, passando a mão por aquele cabelo lindo com mechas loiras. — Eu precisava dessa pausa.

— Pode deixar. — Eu sorri. — Você despachou mala?

— Não. Não queria desperdiçar tempo. Coloquei tudo na minha mala de mão.

Dei risada.

— Impressionante. — Apontei para ele na direção da saída.

— Então... vou conhecer Jason enquanto estiver aqui? — ele perguntou conforme andávamos.

Felizmente, não. Teria sido desconfortável. Mas o *timing* estava ao meu favor.

— Ele, ãh, teve que sair da cidade este fim de semana. Prometeu à filha uma viagem para procurar universidades no oeste, então, ironicamente, ele está indo para onde você saiu enquanto conversamos.

— Ah. Certo. Pensei que fosse conhecê-lo. Sem problema.

— Da próxima vez.

— Bem, não vou reclamar de ter você só para mim. — Ele deu uma piscadinha.

Paramos no hotel de Archie primeiro para ele poder fazer check-in e deixar a bagagem. Depois ofereci a ele a experiência tradicional de Nova York. Andamos pelo Central Park e comemos pizza em Little Italy. Eu havia sugerido um show da Broadway, mas ele falou que preferiria ficar conversando comigo a assistir a uma apresentação. Então, depois de andar pela cidade, jantamos tarde em Chinatown e praticamente fechamos o restaurante conforme nos lembrávamos do nosso verão juntos e refletíamos sobre a última década. A forma como ele sorria quando falava de Clancy fazia meus ovários quererem explodir. Nunca sonhei que Archie Remington seria pai, que dirá um bom. Ele não tivera o melhor exemplo em casa, mas parecia que havia aprendido com os erros do pai. Encorajava a filha a ser o que ela quisesse.

Desviamos do assunto dos meus planos de inseminação a maior parte da noite até Archie trazer o tema à tona, assim que estávamos prestes a dizer boa-noite.

— Precisamos conversar mais sobre *você* amanhã — ele comentou quando estávamos em pé do lado de fora do meu prédio.

— O que exatamente? — perguntei, sabendo muito bem a que ele estava se referindo.

— Operação rechear o peru.

Dei risada.

— É um pouco mais tecnológico do que isso.

— Eu queria manter as coisas leves esta noite, mas, sério, vamos falar disso amanhã.

— Ok... — Forcei um sorriso.

Tendo passado tempo com Archie de novo, ansiava por verificar as opções de doador juntos. Com a ajuda dele, realmente poderia conseguir tomar uma decisão e seguir com isso.

O hotel de Archie era apenas a algumas quadras do meu apartamento, então ele disse que andaria até lá.

— Não estou a fim de te deixar agora — ele confessou ao se demorar. — Este fim de semana vai voar tão rápido.

Uma mecha do seu cabelo caiu na testa do jeito que sempre fez meu coração flutuar. Quase perguntei se ele queria subir e ficar mais, mas aí pensei melhor — principalmente agora que percebi que cada parte da minha atração por ele ainda estava ali. Não tinha cem por cento de certeza de que poderia confiar em mim mesma. Tinha sentido coisas antigas naquela noite e precisava tomar cuidado a fim de não permitir que a nostalgia prejudicasse meu julgamento.

— Tem alguma ideia do que quer fazer amanhã? — perguntei.

— De novo, não importa, contanto que estejamos juntos. — Ele sorriu. — Hoje foi bastante divertido.

— Estava pensando em irmos a uma lanchonete tomar café da manhã e explorar um pouco mais a cidade.

— É um plano legal. — Ele olhou nos meus olhos, sua expressão ficando séria. — Depois é melhor voltarmos para sua casa e conversarmos... depois que eu fizer o jantar para você.

— Não precisa cozinhar para mim.

— Preciso. Pelo menos enquanto eu estiver aqui. Há um mercado gourmet que encontrei on-line. Não é muito longe daqui. Vamos ter que ir lá.

Após Archie e eu nos separarmos, tive dificuldade de relaxar na cama naquela noite. Só queria que chegasse o dia seguinte para que eu pudesse vê-lo de novo.

De manhã, depois de um café com waffles e bacon em um dos meus lugares impregnados de gordura preferidos, Archie e eu andamos pela cidade, tomamos café à tarde e fomos ao mercado gourmet do qual ele me falou.

Archie tinha insistido em fazer para mim o que eu quisesse. Escolhi bolinho de siri e abobrinha frita. Não sabia de onde tinha tirado esse combo, mas parecia bom, e Archie certamente entregou. O bolinho de siri com molho tártaro caseiro estava de morrer, e a abobrinha estava crocante na medida perfeita.

Depois do jantar, levamos nossas taças de vinho para o sofá. Ele se sentou ao meu lado e, pela primeira vez no dia inteiro, senti uma mudança no clima.

Archie colocou seu vinho na mesinha e esfregou as mãos na calça.

— Sinto que te passei a impressão de que estava criticando sua decisão quando me contou sobre seus planos de filho...

— Pareceu mesmo que você pensou que era uma má ideia.

Ele assentiu.

— Não sei como é estar no seu lugar. Mas *sei* como é ser pai. É uma responsabilidade enorme, mas uma alegria... uma experiência que eu nunca iria querer que você perdesse, se é uma coisa que quer. Então, claro que, se não há outras opções, você deveria, com certeza, aproveitar o que a ciência tem disponível. — Ele hesitou. — Mas se *há* uma opção de ter um parceiro nisto, você merece. Merece que alguém te apoie. Por mais que meu relacionamento com Mariah ainda esteja melhorando, criar um filho é bem mais fácil porque temos um ao outro.

Balancei a cabeça. Fiquei confusa. Isso era bom na teoria, porém nem sempre realista.

— Já expliquei que não é uma opção com Jason. — Suspirei. — E, sim, ok, por mais que, secretamente, eu esperasse que ele pudesse mudar de ideia e resolvesse querer fazer parte disto, respeito a decisão dele.

Archie focou nos meus olhos.

— Você se vê com ele para sempre?

Senti que ele estava me encurralando um pouco.

— Não sei. Mas essa é a beleza disso. Não preciso saber para tomar essa decisão.

Archie somente me encarou, sua boca se abrindo e fechando como se decidisse falar alguma coisa. O suor se formava na minha testa. Me preocupei de ele estar prestes a conversar comigo sobre isto.

Pigarreei.

— Você... quer que eu entre no site? Falou que me ajudaria a procurar os doadores, que me daria sua opinião.

Archie ignorou minha sugestão.

— Posso te perguntar uma coisa?

— Sim…

Ele olhou para o sofá, depois de volta para mim.

— Eu te magoei?

— Como assim?

— Nunca te perguntei isso. E quero saber se qualquer coisa que já fiz… ou que *não* fiz… magoou você.

Engoli em seco. Como poderia responder com sinceridade?

— Houve, sim, momentos em que me senti magoada por você. Embora ache que nunca foi sua intenção me magoar.

Ele piscou rapidamente.

— Quando?

Sentindo minha garganta fechar, não queria admitir. Mas também não queria mentir. Archie não fazia ideia do quanto eu trabalhara duro para superá-lo.

— Quando fui te visitar no verão depois que seu pai morreu, e você me disse que não deveríamos continuar de onde paramos na ilha. Naquela época, eu nutria sentimentos fortes por você, embora nunca os tenha admitido. E não te contei na época porque você estava passando por muita coisa.

Seu olhar foi incendiário.

— Acha que eu não sabia que você tinha esses sentimentos por mim? Claro que sabia. — Ele pausou. — Mas sabe por que te afastei, Noelle?

Balancei a cabeça.

— Nem pensar que eu ia te puxar para baixo comigo. Foi uma época tensa. Precisava estar lá para minha mãe. Sabia que estava preso naquela situação por muito tempo. Não tinha um monte de escolhas. Mas *poderia* escolher não *te* segurar. Então essa foi a decisão que tomei… não por causa da minha falta de sentimentos, mas porque gostava demais de você para te arrastar para baixo. — Ele fechou os olhos por um instante. — Nunca quis te magoar.

Parecia que o cômodo estava rodando.

Quando não falei nada, ele continuou.

— O tempo nunca esteve do nosso lado. Sei que é tarde demais para eu mudar o passado. Mesmo que você não estivesse com alguém no momento, ainda não acho que eu seria o homem certo para você. E nunca te faria uma promessa que não pudesse cumprir.

Minha cabeça girou.

— Não sei exatamente onde você quer chegar...

— Sempre foi difícil, para mim, entender onde nos encaixamos na vida um do outro. Você é minha amiga, mas é muito mais. — Ele pegou sua taça e deu um gole grande, como se realmente precisasse disso para continuar. — Quero só o melhor para você. E você deveria estar criando uma vida com alguém que se importa com você. Que te respeita. Alguém que sabe o quanto é maravilhosa. E alguém que vai te sustentar e sustentar seu filho, Deus nos livre, se acontecer qualquer coisa com você. Você e eu não temos famílias grandes...

Agora eu estava *bastante* confusa.

— O que está dizendo, Archie?

— Estou dizendo que só porque consegue fazer isto sozinha não significa que deveria *precisar* fazer. Acho que não deveria ter um filho com um total desconhecido. — O ambiente ficou em silêncio. — Acho que deveria ter um filho comigo.

O quê? Fiquei boquiaberta. O choque foi tão profundo que mal conseguia formar uma frase.

— Com você...

— Sim. — Seus olhos queimavam nos meus. — E, antes de achar

que enlouqueci, estive pensando nisso quase desde o instante em que me contou seus planos. Sei o que estou fazendo, Noelle. Nunca fui ótimo em qualquer coisa além de, bem... talvez cozinhar e desenhar, antes da minha filha surgir. Posso ter sido um filho de merda, de acordo com meu pai, e um marido de merda, de acordo com Mariah, mas acho que sou um pai bom pra caramba. Não me importaria de ter outro filho. Mais ainda, adoraria ter um com você, compartilhar essa experiência com você. — Ele pausou. — Eu poderia ficar tão envolvido, ou não envolvido, quanto você quisesse.

Balancei a cabeça.

— Desculpe. É que estou... confusa. Nem entendi como acha que isso poderia funcionar logisticamente. Há muitos motivos para não dar certo.

— Na verdade, não consigo pensar em nenhum. — Ele balançou a cabeça. — Nem um único.

A paixão nos olhos dele era palpável. Ele parecia tão confiante e determinado. *Será que está louco?*

— Como sequer isso... aconteceria? — perguntei. — Quais são suas expectativas?

— Eu daria uma amostra de esperma. Sabe, exatamente como seu doador faria. — O rosto de Archie corou conforme ergueu as mãos com a palma para a frente. — Preciso esclarecer... Não estava insinuando que fizéssemos do jeito antigo. Acho que seu namorado não iria tão longe.

— Mas você mora na Califórnia...

— Moro.

Só olhava para ele, sem conseguir processar.

— Minha proposta é esta. — Archie endireitou sua postura. — Você falou que a maior parte do seu trabalho é on-line ultimamente... escrever e editar digitalmente.

— Aham — confirmei, encarando a parede.

— Você poderia fazê-lo de qualquer lugar? Será que permitiriam?

Ainda atordoada, murmurei:

— Provavelmente. Não sei. Talvez.

— E se você ficasse na Califórnia por um tempo? Apenas temporariamente. Poderíamos encontrar um médico de fertilidade lá, tentar fazer acontecer. E, então, o que quer que queira depois disso seria tranquilo. Poderia voltar para Nova York ou...

— Você faz parecer uma transação de negócios. — Enfim, olhei para ele de novo.

— Pode ser como você quiser que seja.

Me levantei e andei de um lado a outro por um minuto. Ele não tinha pensado direito.

— Digamos que isso aconteça. — Me virei para ele. — Engravido do seu filho. Você não iria querer morar longe do seu filho. Conheço você. Isso significaria ter que se realocar. Não sei se estou preparada para isso. Sem contar que tenho um namorado aqui. — Continuei andando. — Então não daria certo, Archie. Agradeço mesmo, mas...

Archie se levantou e colocou as mãos nos meus ombros para me impedir de me mexer. Um calafrio percorreu minha espinha.

— Olhe para mim — ele disse ao erguer meu queixo a fim de encontrar seus olhos. — Você tem minha palavra, Noelle, de que nunca vou te pressionar para viver em qualquer lugar que não queira. Poderíamos assinar quaisquer contratos que você precisar. Se resolvesse mudar de volta para Nova York, seria tranquilo. Lidarei com isso. Você seria a cuidadora principal. Seria *seu* filho. Mas pelo menos ele ou ela conheceria o pai, mesmo que eu morasse longe.

De novo, percebi a intensidade nos olhos dele. Archie estava falando sério mesmo. Ah, meu Deus. *Ele está falando sério.* Isso me assustava pra caramba. Dei um passo para trás.

— Parece bem complicado, por mais que esteja tentando simplificar. Não consigo imaginar por que você iria querer fazer isto.

— Não consegue imaginar por que eu iria querer ter um filho com você? Noelle, você é uma parte tão importante da minha vida. Por que *não* iria querer fazer isso por você?

As emoções esmurrando meu peito estavam demais. Eu o amava e o odiava por jogar essa em mim. Balancei a cabeça.

— Sinto muito, Archie. Eu... não posso aceitar isso. Você acabou de sair de um divórcio, pelo amor de Deus. Nem está terminado ainda. Mesmo que fosse minha única opção na Terra, eu não poderia fazer isso com você. Não é justo. Por favor, não se sinta ofendido por minha reação. Agradeço sua proposta. Mas... não posso.

Acima de tudo, ter um filho desse homem desenterraria sentimentos antigos que eu havia trabalhado tão duro para superar.

— Certo. — Archie olhou para seus pés. — A proposta ainda está de pé, se mudar de ideia. Mas entendo sua hesitação, e respeito sua decisão. — Ele assentiu. — Não vou ficar chateado, ok?

Dei dois passos na direção dele.

— Nunca vou me esquecer de você ter desejado fazer isso por mim.

Uma expressão de melancolia passou por seu rosto antes de ele esfregá-lo com a mão. Ou ele se arrependera de propor ou estava decepcionado por minha resposta.

Isso estava mexendo comigo por dentro. No fundo da minha alma, o que eu mais queria era ter um filho de Archie Remington. Mas queria *tudo* com Archie. Aquela parte irracional da minha alma não queria que ele me engravidasse porque sentia pena de mim. Queria que ele me amasse. E carregar o filho dele me mataria se não fosse esse o caso. Porque só me faria amá-lo *mais*.

Duas semanas depois de Archie voltar para a Califórnia, eu ainda estava consumida por pensamentos na proposta dele. Havia recusado a oferta diante dele, mas estava bem viva na minha mente, me assombrando e torturando.

Em uma tarde chuvosa de quarta-feira, era para eu estar editando umas imagens de cobertura para um artigo sobre noivas por correspondência, porém não conseguia me concentrar.

Estava arrependida pela forma como a viagem dele a Nova York terminara. O tom para o resto da estadia de Archie havia mudado depois daquela noite de sábado. Após ter dito que ele não queria desperdiçar o tempo precioso comigo, no dia seguinte, ele havia sugerido irmos a um show da Broadway, afinal. Acho que nós dois precisávamos de uma distração da tensão no ar.

Quando eu o abraçara para me despedir no aeroporto naquela manhã de segunda-feira, o arrependimento quase me paralisou. Tinha faltado capacidade para articular meus sentimentos, mas eu tivera sido tomada por ansiedade por ele e não queria que fosse embora.

Desde então, permaneci em conflito, verificando cada opção de doador na base de dados de novo. Nenhum parecia certo. Estava começando a pensar que, talvez, isso não fosse acontecer para mim. Não conseguia criar coragem. Ficava esperando... um sentimento de conforto. De amor. De empolgação. Aquele sentimento *certo*.

Por mais chocante que tivesse sido a proposta de Archie, além da logística, eu não tinha realmente imaginado como poderia ser aceitá-la. Não me permitiria visualizar isso nem sequer por um segundo porque tinha medo de que isso me faria querer o suficiente para considerá-la.

Ainda assim, por algum motivo naquela tarde chuvosa de quarta-feira, sentada à minha mesa e encarando a rua lotada da cidade, com gotas de chuva escorrendo pela janela, fechei os olhos e me deixei visualizar como seria ter um filho com Archie.

Só desta vez.

Me vi grávida, massageando minha barriga.

Vi Archie massageando também.

Vi Archie segurando minha mão durante o parto.

Vi como imaginava que nosso bebê seria, com os olhos amendoados de Archie e o cabelo bronzeado pelo sol.

Eu poderia não ter confiado a Archie meu coração, mas confiava *nele* — como humano, como pai, como amigo. Como alguém que nunca me abandonaria.

Aceitar a proposta de Archie era assustador. No entanto, quando imergi nela, era o único cenário que parecia *certo* até então.

Depois disso, eu não conseguia imaginar mais nada.

— Preciso conversar uma coisa com você — disse ao meu namorado algumas noites depois no jantar. Meu coração martelava, e minhas mãos estavam suando; eu não conseguia mais me conter.

Jason deixou seu garfo de lado.

— Você está bem?

— Tem uma coisa que está me incomodando. É hora de te contar.

Sua testa se franziu.

— Fale comigo.

Nos minutos seguintes, confessei tudo — desde a proposta de Archie até minhas dúvidas quanto a usar um doador anônimo.

Pela primeira vez, provavelmente, na vida, meu namorado tranquilo e confiante fez uma expressão de verdadeira preocupação. Apesar de saber sobre a visita, ele não tinha previsto isso mais do que eu quando Archie jogou a bomba.

— Vou ser sincero com você, Noelle. Isso seria mais difícil de suportar do que você usar o esperma de um doador.

— Eu sei. Consigo entender absolutamente por que se sente assim.

Jason mordeu o lábio inferior, parecendo refletir.

— Ao mesmo tempo, não posso, em sã consciência, impedi-la se for isso que realmente quer. Gosto muito de você. E adoraria continuar para ver aonde as coisas chegam conosco. Não tenho o direito de te impedir de fazer algo que eu mesmo não posso dar.

Deixei as palavras assentarem. Bem, não era que ele *não podia*. Era que ele não queria. Ele não queria ficar amarrado. Era exatamente por isso que eu não poderia deixar que ele fosse o fator decisivo nisto. Eu precisava fazer o que era melhor para *mim*, mesmo que lhe devesse uma explicação primeiro.

— Então você aceitaria isso, se eu resolvesse aceitar a proposta de Archie? — Meu corpo se enrijeceu quando me preparei para sua resposta.

Ele se esticou para pegar minha mão.

— Aceitaria. — Ele hesitou. — Contanto que possa me prometer que não há mais nada nisso com esse cara.

— Não há. — Engoli em seco.

Era mentira, claro. Porque, apesar das boas intenções de Archie, no meu coração, sempre haveria algo *mais* quando se tratava dele, mesmo que fosse só da minha parte.

Naquela noite depois que Jason foi embora, peguei o telefone, liguei para Archie e nunca mais olhei para trás.

CAPÍTULO 22

Archie

Mesmo quando abri a porta para deixar Noelle entrar na casa da minha mãe, não parecia muito real.

— Aqui está, seu novo lar por um tempo — anunciei.

Noelle tinha chegado na Califórnia na noite anterior. Depois de a pegar no aeroporto, eu a tinha levado para meu apartamento e feito um jantar tardio para ela. Havíamos ficado acordados conversando — revisando a programação de consultas, dentre outras coisas. Eu insistira que ela ficasse com meu quarto enquanto eu dormia no de Clancy.

Então, esta manhã era a primeira vez que ela estava vendo a casa em que ficaria enquanto estivesse ali.

Tinha funcionado bem o fato de eu ainda não ter vendido a casa da minha mãe. No momento, era um lixão para todas as coisas velhas dela. Infelizmente, Noelle não moraria sozinha. Eu estava deixando a amiga da minha mãe, Roz, ficar ali sem pagar, exceto as coisas que utilizasse. Roz me ajudara bastante com a mamãe ao longo dos anos. Quando seu locador tinha, recentemente, vendido a casa que ela estivera alugando, eu havia lhe dito que ela poderia morar ali até eu vender a casa. Mas estava feliz por ela não estar no momento para eu poder mostrar tudo a Noelle em paz.

Noelle olhou em volta.

— Uau... certo.

— Ainda está bem bagunçada.

— Tem personalidade. — Ela se virou para mim e sorriu. — É perfeita. Realmente. Parece um lar de verdade, sabe?

Depois que meu pai morreu, minha mãe e eu tínhamos vendido nossa casa e mudamos para uma menor, para aquela propriedade antiga juntos. Havia muitas lembranças pesadas ali, todas as vezes em que tivera dificuldade de cuidar dela enquanto equilibrava estudo e trabalho. Ter o espírito vibrante de Noelle iluminando o lugar por um tempo me fez feliz. Ainda não conseguia acreditar que ela mudara de ideia sobre minha proposta, porém, desde que ela ligara para me contar que havia mudado de ideia — um mês mais ou menos antes —, eu tinha começado a preparar o quarto dela.

Gesticulei para o corredor.

— Vou te mostrar seu quarto. — Eu havia colocado roupa de cama nova no antigo quarto da minha mãe e redecorado.

Quando Noelle passou pela porta, soltou uma das malas.

— Ah, meu Deus, Archie. É tão legal aqui dentro.

— Posso ter tido ajuda de uma garotinha animada. Ela gostou de escolher a colcha roxa.

— Que fofa. — Ela passou a mão no travesseiro macio. — O que disse à Clancy sobre mim?

— Só que você vai morar aqui por um tempo, e que estou te dando uma estadia. Ela sabe que você é uma velha amiga minha e está empolgada para te conhecer. Obviamente, ela não se lembra da primeira vez quando ela era bebê.

— Mal posso esperar para encontrá-la. — Sua expressão mudou. — O que disse a Mariah?

Claro que não tinha contado a verdade a ela. Estivera adiando o máximo possível. As coisas estavam bem com Mariah no momento, e eu não queria balançar o barco até precisar mesmo. Nosso divórcio havia acabado de ser finalizado. Tinha sido um processo bem rápido, já que nenhum de nós contestou nada.

— Mariah sabe que você está se mudando para cá, mas não contei nossos planos, se é isso que quer saber. Mas vou contar em certo momento.

Noelle franziu o cenho.

— Como ela vai reagir?

— Acho que não vai ficar feliz, e é por isso que ainda não quero contar. Não vai mudar minha decisão, mas não quero essa energia negativa pairando acima de nós.

Noelle assentiu, parecendo tensa. Me perguntei se ela estava tendo dúvidas agora que estava ali, e parecia ainda mais real. E não iríamos perder tempo, porque nossa primeira consulta com o especialista em fertilidade era no dia seguinte. Noelle havia tomado a injeção de hormônio no dia anterior, a fim de estimular os ovários, e nós dois já havíamos feito exames pré-inseminação. Ela tinha ido a um médico em Nova York inicialmente, que se manteve em contato com o novo médico da Califórnia.

— Por que não deixamos suas coisas agora e saímos um pouco? Vou te mostrar o bairro. Há umas lojas e restaurante que dá para ir a pé.

Ela se animou.

— Eu adoraria.

O resto do dia foi bem tranquilo. Noelle e eu almoçamos em um restaurante vegano que eu estivera querendo provar. Nenhum de nós era vegano, mas esse lugar tinha bowls incríveis no cardápio. Também olhamos algumas lojas e ficamos fora até o pôr do sol. Eu não me divertia tanto desde a última vez em que estivemos juntos, em Nova York. Não importava o que fazíamos, contanto que eu pudesse ouvir sua risada contagiante. No entanto, tentava não me esquecer da realidade, constantemente me lembrando de que ela estava envolvida com uma pessoa.

Quando voltamos ao apartamento, Roz ainda não estava em casa, o que era incomum. Mas, de novo, gostei da privacidade, já que eu sabia que ela não iria parar de falar.

Segui Noelle para seu quarto e sorri quando vi que ela notou uma coisa que eu tinha pendurado na parede especialmente para ela. Ela não havia percebido da primeira vez que viu o quarto.

Noelle apontou.

— Ah, meu Deus. Esse quadro. É...

— É, sim. — Eu sorri.

— Como você conseguiu?

Quando Noelle e eu tínhamos visitado Whaite's Island pela última vez, ela havia admirado um quadro feito por um artista local na Main Street. Era uma vista da praia com o restaurante no canto, uma representação simples, mas perfeita de um dos nossos lugares preferidos no mundo. Eu havia anotado e ligado para a galeria depois de voltar para a Califórnia. Mandara entregar em casa, mas a vida ficou corrida, e nunca tivera a oportunidade de lhe dar em todos esses anos. Mas precisava acreditar que não havia melhor momento do que o presente.

— Eu o comprei logo depois da nossa última viagem para lá. Estava guardando-o para o momento certo de dar para você.

— O quê? Estava esperando meu aniversário de quarenta anos ou algo assim?

Sorrindo, dei de ombros.

— Eu amei — ela disse. — Obrigada. Por isso. E por tudo.

Ela não precisava me agradecer, embora já tivesse feito isso inúmeras vezes.

— A que horas precisamos estar no consultório amanhã? — perguntei.

— Onze da manhã. — Ela se sentou na cama. — Acha que vai ter algum... problema? Sabe...

Demorei um segundo para entender do que ela estava falando.

— Acho que passamos do ponto de falar em código, Noelle. — Me sentei à sua frente. — Está perguntando se vou ter problema em me masturbar e gozar em um potinho?

— Sim. Imagino que seja muita pressão.

— Infelizmente, não para mim. — Dei risada. — Até que estou acostumado com minha mão ultimamente. E estou em abstinência há quarenta e oito horas, então será... facinho.

Ela arregalou os olhos.

— É esse o recomendado?

— Sim. — Dei risada. — Não tem problema. Já sobrevivi até agora. — Suspirei. — Mas você está com aquele olhar.

— Que olhar? — Ela deu risada.

— De quando quer me perguntar outra coisa.

— Não é da minha conta, mas estou curiosa se você esteve com alguém desde a separação.

Arregalei os olhos.

— Está me perguntando se transei?

Ela assentiu.

— Sim — admiti. — Com uma pessoa.

Noelle ficou em silêncio, e aproveitei a deixa para explicar.

— Ela é investidora do restaurante. Mora em Londres. Ficou na cidade por uma semana uma vez. Acabou que nós dois estávamos no meio de uma separação na época. Foi depois de Mariah se envolver com Andy, claro. Enfim, nos conectamos por nossas respectivas situações e, depois de alguns drinques, acabei no hotel dela. Continuei ao longo da semana em que ela estava na cidade. Então ela voltou para casa. — Balancei a cabeça. — Foi uma decisão idiota me envolver com uma sócia. Foi somente sexo... protegido, claro. Não a vejo desde então.

— Qual era o nome dela?

— Andrea.

— Desculpe por ser xereta. Eu só estava curiosa.

— Pode me perguntar o que quiser.

— Certo... — Ela ficou atordoada.

— Está pensando sobre amanhã? — perguntei.

— Sim.

Abri um sorriso reconfortante.

— Vai ficar tudo bem. Não se preocupe.

O dia seguinte era a hora do show. Não apenas eu faria minha primeira doação de esperma, mas, logo depois, seria colocado em Noelle usando um cateter.

— Estou tão feliz por não ter que fazer isso sozinha — ela disse.

Dei uma piscadinha.

— Estamos juntos nisso.

Era uma manhã fria quando chegamos do lado de fora do prédio de consultórios médicos, nós dois parecendo hesitar para entrar. A magnitude do que estávamos prestes a fazer deve ter começado a ser absorvida.

Estiquei o braço para segurar a mão dela.

— Você está bem?

Ela a pegou.

— Meio nervosa. Não podemos exatamente voltar atrás, sabe?

Assenti. Não entendia por que eu não estava mais nervoso. Mas isso parecia certo, e não tinha mudado. Eu estava mais nervoso por *ela* do que qualquer coisa, de que ela se arrependesse. Em qualquer caso, sentia que meu papel em tudo isto – além de oferecer meu DNA – era fazê-la se sentir confortável.

Apertei sua mão.

— É isso que você quer, certo?

— Sim — ela respondeu de imediato.

— Não há parte de mim que se arrependa da decisão, Noelle. Quero que saiba disso. E quero que saiba o quanto estou empolgado.

— Sério?

— Sim. — Eu sorri.

— Acho que precisava ouvir você dizer isso.

— Eu sei.

Ela sorriu – e chegou aos seus olhos.

Apertei sua mão de novo e soltei.

— Vamos fazer isto — eu disse, guiando o caminho pela porta giratória.

Houve uma curta espera após nos apresentarmos, depois fomos levados a uma das salas de exame. Uma enfermeira explicou as regras que envolviam minha taxa de depósito. Eles demorariam um pouco para avaliar a amostra de esperma e processá-lo após sairmos, e voltaríamos em umas duas horas para o procedimento de inseminação em Noelle.

— Então, só para o senhor saber... — a enfermeira falou. — Ela pode entrar na sala com você, mas não é permitido contato devido a preocupações de contaminação.

Olhei para Noelle e fiz careta.

— Caramba. Eu estava contando com isso.

Ela corou. Eu poderia estar brincando, mas minha imaginação estava louca com pensamentos de Noelle decidindo fazer do jeito natural ou me assistindo naquela sala. Ficaria ereto só de pensar nisso, mas sabia que era uma fantasia.

— Não vou entrar. Não estamos juntos — Noelle disse à enfermeira. — Somos amigos.

História das nossas vidas.

— Oh, entendi. — A enfermeira sorriu. — Que legal. Certo.

Ela me deu um potinho e me levou à sala, onde fui deixado para agir.

Havia umas revistas espalhadas, junto com um combo para TV/ DVD antigos – ainda fazem destes? – e uns filmes. Mas fiquei com nojo de encostar nos "acessórios". Devia ter resíduo de porra seca neles. *Um monte.* Também estava com meu celular e poderia ter escolhido qualquer tipo de pornô que quisesse.

Havia uma toalha branca pendurada no braço de uma cadeira de vinil. Mas escolhi ficar de pé, já que fornecia um ângulo melhor ao potinho. Baixei a calça e respirei fundo quando comecei a me masturbar. Fechando os olhos, joguei a cabeça para trás e permiti que minha mente chegasse lá – àquele lugar que estava querendo ultimamente. A Noelle. E eu não precisava de nada além da minha imaginação. Eu a visualizei de joelhos, olhando para cima, para mim com seus olhos lindos e grandes, ansiosa ao colocar meu pau na boca. Era isso de que eu me lembrava de anos atrás no chuveiro – só que a mulher na minha fantasia agora era a Noelle do presente. Ainda mais curvilínea, ainda mais linda do que a garota que conheci.

Me lembrava exatamente de como eram seus lábios carnudos em volta de mim, da umidade da sua língua, da forma como ela respirava quando me tomava até a garganta. Me lembrava como se fosse ontem. Em menos de um minuto, gozei rápida e intensamente, enchendo o potinho.

Depois de me recuperar e fechar a tampa, abri a porta em busca da enfermeira.

— Ligeirinho — ela brincou.

— Esse sou eu. — Dei de ombros.

— Pode ir para a sala de espera, ou podem ir tomar um café ou algo assim e voltar em uns noventa minutos. Vai demorar, no mínimo, esse tempo para processar sua amostra. Só não vão longe demais.

Agradeci a ela e voltei para a sala de espera, onde encontrei Noelle lendo uma revista. Ela olhou para cima e me viu me aproximando. Abri um sorriso grande e brega e fiz joinha com os dois polegares. Ela começou a rir. Umas mulheres sentadas perto dela também riram. Elas sabiam do que eu estava falando.

— Ela falou que podemos sair e voltar em uma hora e meia.

Acabamos comprando comida em um lugar da esquina. Nenhum de nós tinha comido muito naquela manhã com toda a ansiedade, então era bom colocar algo no estômago. Provavelmente, parecíamos duas pessoas tendo uma refeição comum. Mal o pessoal daquela lanchonete sabia que estávamos matando o tempo no meio de um dos dias mais importantes da nossa vida.

Quando voltamos ao consultório do médico, levaram Noelle direto para o procedimento. Me matava ter que ficar para trás, porém ela não havia me convidado, e eu precisava respeitar isso. Acho que teria sido meio estranho admitir que estava ansioso para ver meu gozo ser inserido na vagina dela.

Fiquei ali sentado, olhando sem ver a televisão, mas só conseguia pensar em Noelle, em como eu deveria estar lá dentro segurando a mão dela.

Não demorou muito para a enfermeira aparecer na sala de espera.

— O procedimento foi feito, mas ela precisa ficar deitada por uns dez minutos antes de poder ir embora. Noelle gostaria que o senhor esperasse com ela.

Me levantei e segui a enfermeira para o quarto.

Noelle estava vestida e deitada quando entrei. Quando se virou para mim e sorriu, tudo pareceu certo no mundo.

— Foi tudo bem? — perguntei quando a enfermeira saiu.

Ela deu risada.

— Acho que vamos ver.

Me sentei.

— Doeu?

Ela balançou a cabeça.

— Senti um beliscão e cólica, mas nada muito ruim.

— Tenho praticamente certeza de que tive o trabalho mais fácil entre nós dois.

— A enfermeira comentou como você terminou rápido. — Os ombros dela tremeram ao dar risada.

— O que posso dizer? Entendi a missão. — Dei uma piscadinha. — Tenho praticado para este momento há anos.

Seus lindos olhos brilhavam de alegria, a mesma alegria que eu sentia no momento. Não conseguia imaginar fazer isto com outra pessoa. Compartilhar essa experiência com Noelle era a melhor coisa depois de tê-la para mim. Sem contar que pensar no meu esperma dentro dela naquele momento me excitava pra cacete.

CAPÍTULO 23

Noelle

Quando o período de ficar deitada acabou, Archie e eu pudemos ir embora da clínica.

— Você precisa fazer repouso no resto do dia? — ele perguntou enquanto andávamos pelo estacionamento até o carro dele.

— Não. Só não posso fazer nenhum exercício rigoroso.

Ele abriu a porta do carro para mim.

— Então bungee jumping está fora de cogitação?

— Provavelmente.

— Bem, lá se vai meu plano para nós. — Ele deu a volta e entrou do lado do motorista. — Quando voltaremos aqui mesmo?

— Em duas semanas.

— Acha que vai fazer um teste caseiro antes?

Balancei a cabeça.

— Disseram que é comum ter falso positivo com esses testes por causa dos hormônios que me deram. Não quero falsa esperança, então vou esperar o exame de sangue.

— Ah, sim, seria uma droga ter um falso positivo. — Ele ainda não tinha ligado o carro. — Tem planos para o resto da tarde?

— Na verdade, não. Ia só voltar para casa e organizar umas coisas.

— Por que não esquece isso? Está um dia lindo. Tirei o dia todo de folga. Deveríamos comemorar por completar a primeira etapa.

Colocando meu cinto de segurança, relaxei no banco.

— Estou dentro para qualquer coisa.

Archie me mostrou mais da cidade antes de me levar para conhecer seu restaurante, o Fontaine's. Era o sobrenome de solteira de Nora, e eu amava que ele tivesse dado o nome em homenagem a ela. Também foi legal conhecer algumas das pessoas com quem Archie trabalhava. Com base em olhares e cutucões que ele recebeu dos colegas de trabalho, parecia que tinham tirado a conclusão errada sobre mim.

Depois, Archie insistiu em me levar para tomar sorvete em um lugar que ele amava.

A caminho de lá, seu celular tocou. Dava para perceber, pelo lado dele da conversa, que era Mariah.

— Está tudo bem? — perguntei quando ele desligou.

— O hospital perguntou a Mariah se ela poderia fazer um plantão extra esta noite. Ela sabe que estou de folga e me pediu para pegar Clancy. — Ele franziu o cenho. — Desculpe. Preciso ir para lá agora para ela poder sair. Vamos ter que adiar o sorvete.

Assenti. Provavelmente, esse tipo de interrupção acontecia bastante na vida dele.

— Não se preocupe.

— Na verdade... vou fazer o jantar para Clancy agora. Por que não vem e a conhece? É um bom momento... a menos que você não esteja a fim.

O nervosismo se instalou imediatamente, mas nem pensar que eu iria recusar uma oportunidade de encontrar a filha de Archie.

— Ainda me sinto ótima. Adoraria conhecê-la esta noite.

— Legal. Vou te deixar em casa agora para poder descansar. Depois vou até a casa de Mariah, pego Clancy e volto para pegar você.

— Perfeito. — Como eu não tinha carro ali, estava dependendo de Archie para me transportar, a menos que chamasse um táxi.

Após ele me deixar na casa da mãe dele, abri a porta da frente e tive uma visão bem incomum. Uma mulher com trança comprida e grisalha estava sentada diante de uma câmera em um tripé na sala de estar. Devia ser Roz. Eu ainda não tivera a oportunidade de conhecer minha colega de casa porque ela estava dormindo quando saí para a consulta naquela manhã.

Havia inúmeras *ring lights* montadas, e Roz estava falando com a câmera. Ouvi o que ela estava dizendo... algo sobre ondas de calor. Esperei até ela apertar *pause* para pigarrear e avisar que eu estava lá.

Ela se virou, erguendo a mão para o peito, surpresa.

— Oh, meu bom Deus! Você me assustou pra caramba. — Roz sorriu. — Deve ser a famosa Noelle. — Ela me olhou de cima a baixo. — Agora entendo por que aquele garoto arrumou tão bem seu quarto.

— É um prazer conhecê-la, Roz. — Olhei para as *ring lights.* — Não sabia que havia uma produção por aqui.

— Ah! Só estava gravando um vídeo para o meu canal do YouTube. Roz Menopausa. Tenho cinquenta mil inscritos! Dá para acreditar? Um monte de mulheres querendo me ouvir falar sobre a mudança de vida.

Essa mulher é uma figura.

— É muito legal.

— Iniciei para desabafar minhas frustrações. Nem pensei que tivesse alguém assistindo, mas, então, os inscritos continuaram aumentando, e comecei a ganhar dinheiro. Então continuei.

— Que fantástico!

Ela me olhou de cima a baixo de novo.

— Archie me contou que vocês são velhos amigos. *Não* me contou que você era tão linda. Não consigo imaginar que ele não tenha um motivo oculto para te dar um lugar para ficar, principalmente agora que ele está solteiro.

— Oh... — Acenei. — Ele e eu tivemos nossa oportunidade anos atrás, e a vida a estragou para nós.

Ela inclinou a cabeça para o lado.

— Ah, é? Bem interessante. Vou ter que saber mais disso. Ele me contou que eram apenas amigos. Mas agora, olhando para você, *sei* que ele mentiu. — Ela revirou os olhos. — Normalmente, homens mentem.

— Nos conhecemos quando éramos muito mais novos. Os Remington eram amigos dos meus pais.

— Então você conheceu a pobre Nora na época em que as coisas ficaram ruins.

Assenti.

— Archie me falou que a senhora era muito amiga dela e que o ajudou bastante.

— Bem, obviamente, ele está me recompensando, me deixando ficar aqui e tal. Mas nunca pensei que teria uma colega de casa.

Ela deu uma piscadinha.

O fato de ela ser tão agradável me deixava aliviada. A última coisa de que eu precisava, no meu estado hormonal, era morar com alguém difícil. Algo me dizia que Roz e eu nos daríamos muito bem.

— Eu adoraria ficar e conversar, mas preciso me arrumar — eu disse. — Archie vai voltar com Clancy para me buscar. Vamos jantar na casa dele.

— Já conheceu aquela menininha doce?

— Só rapidamente quando ela era bebê.

Roz sorriu.

— Ela é fofa. E ele é um pai tão bom. Se seus ovários já não estiverem explodindo, vão explodir quando o vir com aquela menininha. — Ela suspirou. — Que pena que as coisas não deram certo entre ele e a mãe dela, mas, até recentemente, eu não tinha visto um sorriso no rosto dele há muito tempo. Com certeza, ele estava feliz quando veio me contar que você se mudaria para cá.

Ouvir isso me fez arrepiar, e precisei me impedir de reagir com exagero. Estive fazendo isso o dia todo. Não sabia se era a medicação hormonal ou o quê, mas, desde que Archie me buscara naquela manhã, tudo que eu queria fazer era pular nele. Me vi desejando que ele fizesse isso do jeito antigo, o que era totalmente louco e inapropriado, dado que eu tinha namorado. Não deveria ter esses sentimentos por Archie. Mas isso não era novidade; sempre tivera dificuldade com minha atração por ele. Era provável que isso nunca mudasse.

Mais do que qualquer coisa, saber que parte dele estava dentro de mim agora me deixava muito pior. No instante em que colocaram aquele cateter em mim, senti uma ligação com Archie que nunca sentira. Essa coisa toda era perigosa.

Eu precisava saber separar meus sentimentos. Archie se oferecera para ser meu doador de esperma. Fim da história. Quando a inseminação fosse um sucesso, eu voltaria para Nova York e seguiria com minha vida.

Pouco depois de eu ter trocado de roupa e lavado o rosto, Archie enviou mensagem dizendo que estava do lado de fora. Uma onda de adrenalina me percorreu. Encontrar Clancy era importante.

Ao me aproximar do carro, dava para ver que ela estava sentada no banco de trás. Eu mal tinha aberto a porta do passageiro quando ela mostrou seus dentinhos fofos.

— Oi, Noelle.

O som da sua voz doce apertou meu coração.

— Oi, Clancy! É um grande prazer te encontrar. Da última vez que te vi, você era apenas um bebê.

— Eu sei. O papai me contou. Não me lembro de você.

— Bom, eu me lembro, e você era muito fofa naquela época. Mas cresceu e se tornou uma menina tão grande e linda.

— Obrigada.

Observei seu rosto lindo por um instante. Ela tinha muitos traços de Archie. Ver seus lindos olhos iguais aos dele me encarando me deixou emotiva. Esperava que *nosso* bebê também tivesse os olhos dele.

Esperava que nosso bebê se parecesse exatamente com ele.

Lá vou eu de novo.

Clancy também tinha o mesmo cabelo castanho-claro com mechas loiras que o pai. Até se enrolava da mesma forma quando caía nos olhos dela.

Archie sorriu para mim, mas não falou nada, parecendo me dar passe livre para iniciar uma conversa com a filha dele. Eu era um peixe fora d'água quando se tratava de crianças. Queria muito pensar em algo para dizer a ela, mas minha mente ficou em branco. *O que alguém conversa com uma criança de quatro anos?*

Felizmente, não precisei esperar muito para ela começar a tagarelar.

— Papai...

— Sim, filha.

— Meu bumbum falou na escola hoje.

— Ãh?

— Soltei pum.

Archie deu risada.

— Bom, acontece.

— Minha amiga me perguntou se soltei pum, e falei que não. Isso é mentir?

— Bem, é mentir, mas não é o pior tipo de mentira. — Ele olhou para mim. — Algumas coisas não são da conta de ninguém. Isso é uma delas.

— Você solta pum, Noelle?

Antes de eu poder dizer qualquer coisa, Archie respondeu por mim.

— Ela solta, sim.

Fiquei boquiaberta.

— E o que você sabe sobre isso?

— Você costumava deixar a água aberta por, tipo, meia hora, para eu não conseguir ouvir você usar o banheiro na casa de Whaite's Island. — Ele hesitou. — Mas, uma vez, não deu certo o truque.

Cobri meu rosto e dei risada.

— Enfim, todo mundo solta pum, Clancy — comentei.

Ela deu risada. Parecia quase bobeira agora que eu ficara nervosa para encontrar essa menininha.

— Clancy, conte para Noelle que personagem você vai ser na escola.

— Elsa! — ela gritou com orgulho.

— De *Frozen*? — perguntei.

— É!

— Eles vão apresentar uma peça, e haverá duas Elsa — Archie explicou. — Clancy é uma delas.

Me virei para olhar para ela.

— Isso é incrível, Clancy.

— Diferente de mim, Clancy não tem problema com falar e se apresentar em público. — Ele deu uma piscadinha. — Eu a ensinei a nunca ter medo dessas coisas.

— Estou impressionada, Remington.

— O que posso dizer? Aprendi com a melhor.

Naquela noite, nós três nos divertimos no jantar. Archie fez espaguete, e eu me interessei bastante por todas as variadas formas que Clancy conseguia girar a massa em volta do garfo e colocar na boca. E Archie nunca perdia uma — pegando seu copo antes de derramar no chão, limpando seu rosto quando ela tinha molho demais no canto da boca. Eram coisas pequenas. Mas havia tantas coisas maiores que faziam dele um ótimo pai — sua atenção a cada palavra dela, a maneira como ele sempre a colocava em primeiro lugar. Ver isso em primeira mão era um dos muitos motivos que eu estava emotiva aquela noite. Antes de ir para lá, na minha mente, eu criaria aquele bebê sozinha. Agora que tinha visto o que ele ou ela perderia por não ter Archie presente, comecei a duvidar de tudo.

Mais tarde, aguardei na sala de estar e fiquei na internet no meu celular enquanto Archie colocava Clancy para dormir.

Depois de ele sair do quarto dela, aproximou-se para se juntar a mim no sofá.

— Está cansada?

Coloquei meu celular de lado.

— Na verdade, não.

— Então fique um pouquinho. Vou chamar um carro para você quando quiser voltar.

— Certo — eu disse, incapaz de parar de sorrir.

Ele percebeu.

— Por que tudo isso?

— Foi muito legal ver você em ação esta noite. É um ótimo pai.

— Pareço tranquilo, mas, em alguns dias, me sinto um impostor... inventando besteira conforme passa o dia.

Bati no braço dele.

— Pare com isso.

— Tento me certificar de que ela nunca me veja para baixo ou estressado, sabe? Quando se tem filho, você o coloca em primeiro lugar. Seus próprios desejos e necessidades desaparecem. Mas não estava tão feliz há um tempo quanto estou agora. Esta coisa toda... o que você está fazendo, e ter uma das minhas melhores amigas aqui comigo... me deixa feliz.

Eu desejava tocar nele.

— Também me deixa feliz.

Ele apoiou a cabeça no encosto do sofá e expirou.

— Meu pai teria muito a dizer em relação a esta situação. Teria me falado que mal tenho tempo para um filho, que eu era irresponsável por ter um fora do casamento. — Archie se virou para mim, seus olhos lindos calorosos. — Mas sinto que é o certo. E é isso que importa para mim.

Me senti meio sufocada.

— Fico feliz que ainda se sinta assim.

Ele sorriu.

— É isso para mim. Não planejo me casar de novo... não vou cometer o mesmo erro duas vezes. Mas me tornar pai? É algo que quis basicamente desde que minha filha nasceu. E que melhor jeito de ter outro filho sendo com você? É uma situação em que todos ganham.

— É a primeira vez que ouço você dizer que pensava em ter outro filho antes disto.

— Não me entenda mal. Não aconteceria *agora* se não fosse com você... Mas não, você não é a única que quer, Noelle. Não mesmo.

Suas palavras me lavaram como um banho quente.

— Hoje foi bem maravilhoso, a experiência toda... por mais nervosa que eu estivesse — confessei.

— Ficar sentado naquela sala de espera enquanto eu sabia o que estava acontecendo na outra sala não foi algo que vou esquecer um dia.

— Te assustou um pouco? — perguntei.

— Não. — Ele balançou a cabeça. — Estava meio que em choque.

— Acha que Clancy vai aceitar?

Ele pensou por um instante.

— Ela ficará bastante surpresa, e vai precisar de uma explicação, com certeza. Mas já mencionou que queria um irmão... mesmo depois de saber que Mariah e eu iríamos nos separar. Então isso é encorajador. Mas, sinceramente, não faço ideia de como ela vai reagir.

Assenti.

— Se esta primeira parte do tratamento não funcionar, o que acha de entrar na sala comigo da próxima vez?

Sua boca se curvou em um sorriso.

— Pensei que nunca perguntaria. Eu adoraria. Queria estar lá dentro com você desta vez, mas não sabia o que você queria.

— Agora que sei como é, acho que deveria ficar lá. Fiquei chateada por não estar.

— Obrigado. Da próxima vez, vamos fazer diferente... se houver próxima vez.

— Oh! Eles me mostraram o frasco do seu esperma para eu poder ver o rótulo e garantir que era o nome certo.

Ele bufou.

— E você, tipo, "por que estão me mostrando isto"?

— Só dei risada e confirmei que estava correto.

Ele arqueou uma sobrancelha.

— Estava... apresentável?

— Sim. — Dei risada.

— Bom saber. Odiaria que isso me envergonhasse sendo que não pude estar lá para me defender.

Gargalhei. Foi muito bom depois de um longo dia.

— Obrigada pela risada — eu disse após um instante, secando os olhos. — Obrigada por tudo.

— Claro, linda. Obrigado por me deixar viver essa aventura com você.

CAPÍTULO 24

Archie

Eu não estivera tão nervoso da primeira vez que fui à clínica de fertilidade, mas essa consulta era uma história diferente. Noelle e eu estávamos esperando para descobrir se nossa primeira tentativa de inseminação tinha resultado em gravidez. Ela tinha feito exame de sangue uns dois dias antes, e o consultório exigia que você fosse lá para saber do resultado.

Ao longo das duas últimas semanas, parece que Noelle tinha pegado o jeito de trabalhar de casa no espaço de escritório que eu tinha feito para ela no canto do seu quarto. Mas não conseguimos nos ver tanto quanto eu gostaria. Clancy ficara doente, então eu passara mais tempo do que o normal na casa de Mariah. Sem contar que o restaurante estivera lotado ultimamente. Em umas duas noites, eu havia levado comida do Fontaine's para Noelle e Roz, que tinham se tornado amigas rapidamente, porém eu não tivesse tido muito tempo para ficar e conversar.

Olhei para cima quando uma enfermeira, enfim, nos chamou para o consultório do médico. Nós a seguimos para uma sala no fim do corredor. Depois mais espera. *Por que fazem isso?* Te fazem esperar em uma sala, então te chamam para outra sala para esperar de novo — ainda mais tempo.

Estiquei a mão para segurar a de Noelle quando percebi suas pernas balançando. Embora eu também estivesse nervoso, estava lutando para não demonstrar.

De repente, a porta se abriu, e nos endireitamos em nossos assentos.

O dr. Burns entrou logo depois.

— Oi, Noelle. — Ele se sentou e abriu seu notebook. — Então, seu teste deu negativo. Não há gravidez desta vez.

Porra.

Porra. Porra. Porra.

Meu coração se quebrou em milhares de pedacinhos.

Noelle assentiu, e apertei sua mão.

— Com certeza, não é incomum. Na verdade, não é tão comum conceber na primeira vez. Cada ciclo tem em torno de dez a vinte por cento de taxa de sucesso.

Apesar da sua garantia, eu me sentia um fracasso.

— Você está bem? — sussurrei.

— Sim. — Ela forçou um sorriso. — É isso, certo?

— Quanto mais tentativas, mais provável que aconteça — o médico disse conforme digitava algo no prontuário. — Então vamos marcar um novo ciclo. Agende as consultas ao sair. — Ele olhou de volta para nós. — Entendo que vocês dois não estão *juntos*, correto?

— Isso mesmo — ela confirmou. — Somos amigos.

O dr. Burns assentiu.

— Digo aos meus pacientes casados que nunca faz mal suplementar com a prática regular a fim de maximizar a oportunidade da janela que a ovulação apresenta. Mas claro que entendo que não é uma opção para vocês. Se algo... mudar, isso é uma das coisas para manter em mente.

Me conte algo que já não sei, Capitão Óbvio.

Noelle assentiu de novo, suas bochechas ficando rosadas.

Simples assim, o médico pediu licença, e nossa consulta acabou. Parecia quase errado que tivéssemos que ir embora tão rápido após receber essa merda de notícia. Eles precisavam ter uma sala com bala, álcool e umas coisas onde pudéssemos desestressar primeiro.

Pior ainda, eu precisava trabalhar naquela tarde e não poderia passar o dia com Noelle. Adoraria distraí-la dessa decepção.

Depois de marcarmos as próximas consultas na recepção, ficamos nos encarando do lado de fora da clínica.

Eu a puxei para um abraço e a segurei forte.

— Sinto muito.

Ela falou no meu peito:

— Tudo bem. De verdade. Era esperado. É por isso que temos outra consulta.

Tínhamos concordado em três tentativas. Se ela precisasse seguir para a fertilização in vitro — algo que não havíamos conversado —, seria financeiramente difícil. A inseminação era muito mais acessível.

Dei um passo para trás.

— Quais são seus planos hoje?

— Preciso terminar de escrever um script que é para o fim da semana. Ironicamente, é uma história de quíntuplos.

— Claro. — Suspirei. — Queria tirar a noite de folga para ficar com você, mesmo que você estivesse trabalhando. Eu poderia fazer o jantar. — Então tive uma brilhante ideia. — Gostaria de trabalhar no restaurante esta noite? — Eu poderia colocar você em um canto com WiFi.

Ela esfregou os braços.

— Não tenho problema em ficar sozinha, Archie.

— Talvez *eu* tenha. — Sorri.

Ela sorriu.

— Se quer que eu vá ao restaurante, eu vou. — Ela puxou minha camiseta. — Mas tem que me fazer aquele petisco de alcachofra do qual me contou.

— Pode deixar.

Depois de parar em casa para pegar o notebook dela, dirigimos direto para o Fontaine's.

Quando a acomodei em uma mesa, cumpri seu desejo de alcachofras cobertas com *maple*.

Coloquei o prato diante dela com um sorriso e prometi voltar em breve com outro petisco. Me senti bem por oferecer a ela uma distração naquela noite. Ela devia estar tão decepcionada quanto eu.

O segundo petisco que levei foi lula, seguido de uma entrada de berinjela com parmesão. Quando tinha um momento livre, espiava da cozinha e via que Noelle estava curtindo a comida que eu havia preparado.

Quando, enfim, levei uma fatia de bolo de chocolate, ela arregalou os olhos.

Limpou o canto da boca.

— Está tentando me matar?

Me sentei à frente dela e apoiei os braços na mesa.

— Não, só estou tentando te fazer feliz, e o único jeito que sei fazer isso é com comida.

Ela deu uma garfada.

— Não é verdade. Há muitas formas de você me fazer feliz. — Ela sorriu. — Isso me lembrou da última vez que comi bolo de chocolate com você.

— Foi uma bagunça das grandes, não foi? Ainda tenho o desenho de você daquela noite.

— Obrigada por isto — ela disse com a boca cheia. — Ajudou não ficar sozinha hoje, e toda a atenção especial foi muito fofa.

— É o mínimo que eu poderia fazer. — Apoiei a cabeça nas mãos. — Mas posso ser sincero?

— Claro...

— Sinto que, de alguma forma, o resultado foi minha culpa.

Noelle balançou a cabeça.

— Você ouviu o que o médico falou. A melhor chance que tínhamos era de vinte por cento. Não é muito. Além disso, se um de nós falhou, fui eu, Archie.

Olhei nos seus olhos.

— Por que diz isso?

— Porque seu esperma foi testado, e era perfeitamente viável. Eu que tenho o problema.

Por dentro, me encolhi. Foi estupidez me culpar porque isso só a incentivou a fazer igual.

— Sabe de uma coisa? Não importa. Vai dar certo. Quero dizer, vamos falar sério, se tivesse acontecido na primeira tentativa, eu teria ficado surpreso.

— Concordo. — Ela assentiu. — Eu estava esperançosa, mas não otimista.

Tive que voltar para a cozinha, porém, quando meu turno finalmente terminou uma hora depois, levei dois espressos e me juntei a ela de novo. Ficamos sentados conversando até fechar.

Eu a levei em casa, e demoramos no carro assim que parei na entrada.

— Sabe o que eu queria? — eu disse, olhando para a casa.

— O quê?

— Que minha mãe estivesse aqui e conseguisse entender o que estamos fazendo. Acho que a deixaria tão feliz. Ela sempre amou você.

Noelle se esticou para pegar minha mão e abriu um sorriso solidário.

— Teria sido bem legal.

— Quero dizer, falo bastante com ela. Contei tudo a ela. Espero que consiga me ouvir, onde quer que esteja.

— Sim — ela sussurrou.

— Sei que combinamos de não contar a ninguém. Mas já pensou em contar aos seus pais o que está acontecendo?

Ela balançou a cabeça.

— Não sei se eles seriam receptivos com isso. Só vou contar depois, se acontecer.

— Isso me surpreende. Sempre pensei que seus pais te apoiassem em qualquer coisa.

— Apoiam de certas maneiras, mas têm valores bem tradicionais quando se trata desse tipo de coisa. Eu não queria a opinião deles sobre a situação. Eu os amo, mas, às vezes, é preciso bloquear certas opiniões quando algo importa para você.

— Tenho quase certeza de que vão surtar quando descobrirem que sou o pai.

— Por quê?

— Não sei. Só os imagino ficando irritados comigo ou algo assim. — Dei risada.

— Não vão ficar mais irritados com você do que ficariam com qualquer outra pessoa que eu tivesse escolhido. Acho que só queriam que eu esperasse o homem certo.

Isso foi como um soco na barriga, mesmo que fizesse sentido.

— Bem, com certeza, espero que não fiquem decepcionados quando descobrirem, porque *vai* acontecer, Noelle. Juro que vai.

Instantaneamente, me arrependi de fazer uma promessa que poderia não conseguir cumprir, porém parte do meu trabalho era permanecer otimista por ela.

O celular de Noelle tocou, e ela olhou para baixo.

— É Jason?

— É. — Ela recusou a chamada. — Ligo de volta quando eu entrar.

Esse foi um despertar grosseiro quanto à realidade dessa situação — ela pertencia a outra pessoa. Convenientemente, eu tinha me esquecido disso.

— É melhor eu ir — ela disse. — Obrigada, de novo, por esta noite.

— Sem problema.

Queria dar um abraço de despedia nela, mas me contive, em vez disso, mantive as mãos firmemente no volante. Aquele dia tinha sido cheio. Se eu a abraçasse agora, não iria querer soltar.

Estávamos a uma semana da próxima consulta, e Noelle continuava tomando os hormônios preparatórios. Era sábado, e eu queria ver como ela estava antes de ir trabalhar. Depois de passar a manhã com Clancy, resolvi passar na antiga casa da minha mãe a caminho do restaurante.

O primeiro erro que cometi foi aparecer sem avisar. *Sempre ligue antes.*

Quando ela abriu a porta, havia um homem parado na sala de estar atrás dela. Ele estava conversando com Roz. Devia ser Jason.

A porra do namorado dela estava ali? A adrenalina me percorreu.

Noelle olhou rapidamente para trás, para ele.

— Archie, eu não sabia que você viria aqui.

— O que está havendo? — Meus olhos se lançaram para o cara conforme entrei na casa.

Noelle soltou uma respiração trêmula.

— Jason me surpreendeu com uma visita.

Antes de eu ter a chance de me apresentar, ele se aproximou e estendeu a mão.

— Você deve ser Archie.

— Sou, sim.

Nos cumprimentamos. Foi um aperto de mãos tão firme quanto poderia ser. Eu não fazia ideia do que falar para o cara. Era como se o ciúme tivesse desligado minha voz. Então, finalmente, quando consegui falar, soltei diarreia pela boca.

— Bem, isto é estranho.

O sorriso falso de Jason desapareceu.

— Acho que é, um pouco. Mas é bom, enfim, te conhecer.

Ficou claro quem era o maduro naquela situação.

Roz estava sentada no sofá, ouvindo. Eu precisava ter cuidado, já que Noelle não tinha contado a ela sobre nossos planos de fazer um filho — pelo menos eu achava que não. Deve ter sido um show e tanto.

— Só passei para ver se a pia estava funcionando — disse a Noelle. — Outro dia, você mencionou que estava entupindo.

Noelle pareceu confusa. Provavelmente porque ela tinha me dito que o problema havia sido resolvido. Ela estreitou os olhos um pouco.

— Está funcionando muito bem.

— Que bom. — Expirei. — O que estão fazendo?

— Jason chegou há apenas uma hora. Então iríamos fazer o jantar aqui. Pensei em mostrar tudo para ele amanhã.

— Só ficarei até segunda — Jason adicionou.

— Ah. — Assenti.

Agora eu tinha ficado grunhindo de forma monossilábica.

— Por que não bebe uma com a gente? — ele sugeriu.

— Na verdade, estou a caminho do trabalho. Meu turno no restaurante começa em breve. — Se fosse qualquer outra pessoa, eu os teria convidado para jantar lá. Mas não, obrigado. — Enfim... Aproveitem a noite — consegui dizer.

— De novo, foi um prazer te conhecer — Jason falou. — Passou do tempo.

Mentira. Ele devia me desprezar, lá no fundo. Se não desprezasse, tinha alguma coisa errada com ele.

— Tenham uma boa noite. — Meus olhos se demoraram nos de Noelle.

Apesar da expressão que pedia desculpas, eu duvidava que ela entendesse a magnitude dos meus sentimentos. Principalmente porque acho que não os entendia até aquele momento.

Quando cheguei ao trabalho, me vi totalmente descompensado. Não que não soubesse que ela tinha namorado, mas vê-lo ao vivo tinha mexido comigo. E eu sabia exatamente por quê.

Preciso conversar com ela.

Após quase cortar o dedo com o cortador de alho, me virei para meu *sous chef.*

— Talvez eu precise que você me cubra por uma hora, mais ou menos.

Ele secou as mãos em um pano.

— Está tudo bem?

— Tenho meio que uma emergência familiar — menti. — Nada muito horrível, mas talvez precise resolver.

— O que você precisar — ele aceitou, parecendo preocupado.

Peguei meu celular e lhe enviei uma mensagem.

Archie: Sei que está com Jason, mas tem uma coisa importante que preciso conversar com você. Acho que não pode esperar. Há algum jeito de você inventar uma história e me encontrar por uma meia hora? Posso ir a algum lugar próximo para te buscar.

Os pontos se movimentaram conforme ela digitava.

Noelle: Está me assustando. O que houve?

Archie: Não é nada ruim, só algo que não pode esperar. E não quero ter a conversa por mensagem.

Noelle: Acho que posso falar para Jason que preciso ir ao mercado para comprar alguma coisa. Ele está com um carro alugado, então posso pegá-lo.

Archie: Seria ótimo. Estou no restaurante agora. Só me diga onde te encontrar.

Ela enviou mensagem alguns minutos depois, me pedindo para encontrá-la no Tim's Coffee, que era bem no meio das nossas duas localizações.

Eu já tinha escolhido uma mesa no canto quando Noelle entrou. Meu sangue estava bombeando acelerado conforme me preparava para me explicar. Provavelmente, eu estragaria totalmente isso. No entanto, precisava conversar com ela para conseguir funcionar no trabalho naquela noite.

O medo preenchia seus olhos quando ela se sentou.

— Archie, o que aconteceu?

Balancei as pernas.

— Falou para ele que foi aonde?

— À farmácia, então não tenho todo esse tempo. Ele está fazendo jantar para mim e Roz. O que aconteceu?

— Desculpe ter te assustado. — Respirei fundo. — Isso pode soar inapropriado, mas está me corroendo.

— O que foi?

— Você dormiu com ele?

Ela recuou de repente.

— Não. Ele acabou de chegar.

Lá vai.

— Acho que não consigo lidar se você dormir. — Bati os dedos na mesa de madeira. — Sei que ele é seu namorado. Não é exatamente justo, da minha parte, esperar que não durma com ele, mas não consigo lidar com isso enquanto estivermos fazendo a inseminação. Complicaria as coisas e, talvez, criaria dúvida se você engravidasse... vasectomias não são infalíveis. — Pausei. — E quero que saiba que não vou dormir com mais ninguém enquanto você estiver por aqui. — Olhei para a mesa por um instante, tentando me acalmar. — Só não quero competir com outra pessoa neste processo. Fiquei em pânico quando o vi porque percebi que nunca falei dos meus sentimentos para você.

Ela piscou.

— Só para ficar claro, para que eu entenda totalmente... Se eu dormisse com ele, você não iria querer continuar.

Meu estômago estava revirado.

— Correto.

Noelle assentiu.

— Não tive tempo para pensar no que faria quando ele viesse visitar. Não esperava que fosse tão logo. — Ela se esticou para pegar minha mão. — Mas, Archie, entendo por que está falando isso. Se algo acontecesse entre mim e ele, e eu engravidasse, sempre haveria aquela pequena dúvida. Sei que está cem por cento dentro, então devo essa garantia a você. — Ela expirou. — Não vou dormir com ele enquanto você e eu estivermos fazendo inseminação. Tem minha palavra.

Ela se levantou da cadeira.

— É melhor eu ir antes que ele fique perguntando. E preciso parar na farmácia para realmente comprar umas coisas e não voltar de mãos vazias.

Nossos olhos se fixaram.

— Te ligo quando ele for embora, ok?

Me levantei.

— Sim. Falo com você, então.

Quando ela saiu, me recostei na cadeira por um tempo. O alívio que tinha sentido há apenas alguns minutos estava se esvaindo rapidamente. Meus problemas com Jason eram muito mais profundos do que não querer que ela dormisse com ele. Agora eu sabia que não a queria com ele de jeito nenhum. Eu a queria *comigo*.

Mas não sabia muito bem o que era melhor para *ela*.

CAPÍTULO 25

Noelle

As coisas ficaram tensas entre mim e Jason no fim de semana que passou. Eu havia explicado para ele por que pensei ser melhor não dormirmos juntos até eu voltar para Nova York. Ele não ficou animado, mas pareceu, pelo menos, tentar entender por que isso poderia complicar as coisas. O que não mencionei foi que *Archie* tinha tudo a ver com meu pedido.

Na segunda de manhã, tínhamos uma hora até Jason levar seu carro de aluguel de volta ao aeroporto. Estávamos tomando café juntos na cozinha. Tinha sido difícil ter conversas privadas porque Roz sempre estava por perto. Felizmente, ela havia saído naquela manhã para um compromisso.

Debaixo da mesa, Jason esticou as pernas para prender as minhas.

— Senti sua falta mais do que previa. Vim para a Califórnia porque preciso que saiba que ainda estou aqui, mesmo que esteja do outro lado do país. — A fumaça subiu da sua caneca quando ele deu um gole. — Está claro, pela reação que Archie teve, que ele não fica confortável perto de mim. Estou pensando se há mais alguma coisa nisso. — Ele olhou para mim. — Você me falou que não havia nada mais do que amizade entre vocês dois, o que, de novo, é o único motivo pelo qual aceitei isso. Meu entendimento foi que, quando você engravidasse, voltaria para casa e nosso relacionamento continuaria de onde parou. Não acho que esteja mentindo para mim, mas acho que... — Seus olhos vasculharam os meus. — Se realmente acredita no que disse sobre ele não ter um motivo oculto, talvez esteja cega aos sentimentos dele.

O pão que eu estava comendo se revirou no meu estômago. Concordava que a reação de Archie a Jason tinha sido surpreendente, mas ele só queria que tudo fosse tranquilo em nosso processo, não era? Se Archie queria mais coisa comigo, com certeza, ele me diria...

— Archie não comentou que tem sentimentos por mim — eu disse a ele.

— Noelle, como alguém poderia *não* ter sentimentos por você? Você é linda... gentil. Está maluca se pensa que ele não quer você.

Minhas bochechas queimaram.

— Bem, se sentiu algo dele, isso é novidade para mim. Meus planos não mudaram. Ele e eu, obviamente, nos conectamos por esta experiência. Isso é inevitável. No entanto, ele só está sendo um bom amigo. E eu ainda vou voltar.

— Espero que sim. — Ele encarou sua caneca. — Gosto de pensar em mim como uma pessoa forte, sabe? Mas esta situação está me testando. Sinto que estou te perdendo lentamente, mas, de novo, nem sei se mereço você. O tempo dirá se conseguiremos suportar. *Espero* que você volte para Nova York.

Os hormônios deviam estar me atormentando porque eu estava prestes a chorar. Queria dizer que não estaríamos nesta situação se ele quisesse ter um filho comigo. Queria dizer que, mesmo que ele estivesse certo sobre Archie, isso não iria a lugar nenhum. Eu não poderia confiar meu coração a Archie. Tinha sido queimada vezes demais no passado. Havia assistido a ele se casar com outra, pelo amor de Deus. Francamente, não sabia se poderia confiar meu coração a *nenhum deles* dois.

Mas, em vez de desabafar tudo isso, meus sentimentos ficaram seguramente presos dentro de mim.

— Você ter vindo aqui me fazer surpresa significou muito. — Eu sorri.

— Mesmo que minha vida fique caótica, você ainda é minha prioridade. — Ele se esticou pela mesa para segurar minha mão. — Quero vir de novo quando voltar da conferência.

Jason iria a uma conferência de mídia na Europa por duas semanas. Assenti, mas tudo poderia acontecer em duas semanas. Minha vida inteira poderia mudar nesse período.

Archie e eu tínhamos acabado de voltar de matar o tempo no meio da segunda consulta de inseminação. Havíamos comido na mesma lanchonete que da última vez. Agora a tínhamos apelidado, extraoficialmente, de "Inseminação e Ovos".

As apostas eram muito mais altas hoje.

Quando nos chamaram para a sala de inseminação, Archie parecia mais nervoso do que eu, batendo a mão na perna ao se sentar ao meu lado, que estava deitada na maca.

Um médico que eu não conhecia entrou na sala.

— Olá, sou o dr. Sears. O dr. Burns está de férias, então eu vou fazer seu procedimento hoje.

— É um prazer conhecê-lo — eu disse.

Ele olhou para baixo, para a folha impressa.

— Temos treze milhões e meio de espermas móveis, o que é um ótimo número, ainda melhor do que da última vez. Qualquer coisa maior que nove milhões é um bom resultado. A porcentagem de motilidade é sessenta, que é excelente. Eles estão se movimentando bem.

O rosto de Archie se iluminou. Foi muito lindo.

— Você tem uns nadadores Michael Phelps aí — o médico falou com uma piscadinha. Ele segurou o tubo de esperma para Archie. — Só confirme que este é você.

— Sou eu. — Ele olhou para mim e deu risada.

Archie assistiu intensamente conforme o médico transferia o esperma para o cateter. Só conseguia imaginar o quanto devia ser estranho olhar para seu próprio esperma sendo manipulado desse jeito. Ele segurou minha mão quando deslizei as pernas nos apoios. Como da última vez, foi bem rápido e quase indolor, além de um pouco de desconforto breve.

Quando o médico tirou as luvas, Archie indagou:

— Acabou?

— Acabou. — O médico sorriu. — É bom vocês praticarem mais tarde hoje para colocar o máximo de nadadores possíveis lá dentro.

Hum...

Esse médico não sabia da nossa situação. Ele nunca tinha nos visto. Archie e eu só olhamos um para o outro. Não eram necessárias palavras.

Após a consulta, voltamos para a casa dele para um café. Era folga de Archie do restaurante, e ele tinha uma hora para matar antes de buscar Clancy na escola.

Dei um gole na vitamina de avelã que ele tinha feito para mim.

— Se funcionar desta vez, vai ser por causa do seu super esperma. E pensar que, em certo momento, você foi levado a acreditar que era infértil.

— Tive muita sorte. Sei disso. — Archie mexeu seu café. — Por mais que ame minha filha, fiquei assustado pra caralho antes de ela nascer. — Ele revirou os olhos. — Bem, você se lembra do meu ataque de pânico em Whaite's Island. — Suspirou. — Esta experiência é bem diferente. Minha cabeça está boa. Estou empolgado, não assustado.

— Nunca pensei em como esta poderia ser diferente, comparada à primeira vez para você.

— É. Quero dizer, fiquei em choque na maior parte da gravidez de Mariah. Não consegui curtir. Desta vez, estou curtindo e aproveitando cada minuto, mesmo que o resultado desejado ainda não tenha acontecido para nós.

Estreitei os olhos.

— Falando de todos os momentos no processo... Como é a sala? Nunca te perguntei.

— A sala de porra, você diz?

— Sim. — Dei risada.

— É simples. Acho que menos é mais, considerando as circunstâncias... uma cadeira de vinil, um combo antigo pra caramba de TV-DVD e umas revistas.

— O que você escolheu?

Ele desviou o olhar por um instante.

— Não usei nada.

Arregalei os olhos.

— Não precisou de nada?

— Não.

— Uau. — Me recostei e cruzei os braços. — Não consigo imaginar. Tipo, uma coisa é estar em casa e relaxado no seu chuveiro ou algo assim. Mas quando as pessoas estão esperando? Isso me deixaria nervosa e incapaz de conseguir. — Senti meu rosto esquentar. — No que... você pensa?

Que porra? Será que são os hormônios falando?

O rosto de Archie ficou vermelho, o que era estranho. Normalmente, ele falava sobre qualquer assunto.

— Não sei se você quer saber — ele disse.

— Eu aguento.

— Não sei.

Balancei a cabeça.

— Quer saber... Não é da minha conta. Eu...

— Penso em você.

Congelei.

— Em mim? — Engoli em seco.

Ele passou o polegar na sua caneca.

— Isso te surpreende?

— É, na verdade, sim.

— Não deveria — ele respondeu, olhando nos meus olhos.

— Não achei que pensasse em mim dessa forma mais.

Meus mamilos enrijeceram.

— Acha que não sinto atração por você?

Senti meu rosto corar.

— Não entendo por que escolheria pensar em mim, quando poderia pensar em... qualquer uma.

Ele ergueu a sobrancelha.

— Isso foi uma pergunta?

— Sim — sussurrei. — Acho que sim.

Ele continuou a fitar meus olhos.

— Este processo... por mais que possa parecer técnico de certas formas... é bem erótico para mim. Não consigo deixar de pensar em você quando estou lá dentro, sabendo que o que sair de mim vai acabar dentro de você. Isso me excita.

Minha boca se abriu enquanto eu tinha dificuldade de formular uma resposta. Essa foi a coisa mais excitante que eu já tinha ouvido. Senti entre minhas pernas. Pigarreei.

— Uau. Certo.

Ele deu um gole no café.

— Agora, se quiser chamar a polícia de pervertidos, vou entender.

— Não. — Dei risada. — Entendo. — *Porque eu também fico excitada com a ideia de ter uma parte de você dentro de mim.*

— Fantasiar sobre você não é novidade — ele adicionou. — Você tem sido proibida para mim por muito tempo por um ou outro motivo. Pensei muito em você ao longo dos anos. — Ele expirou. — Não quero faltar com respeito. Sei que tem namorado. Não estou falando para te seduzir nem nada assim. Só quero que saiba como é linda, porque, às vezes, acho que duvida disso.

Estava pronta para desmoronar.

— Não sei o que dizer.

— Não precisa dizer nada. Só queria ser sincero. — Sua boca se abriu em um sorriso. — Está arrependida por ter perguntado?

— Não. Acho fofo, de um jeito estranho.

— Só para esclarecer, não há nada particularmente fofo nos pensamentos que tenho naquele momento.

Meu coração acelerou de novo.

— Imaginei. — Consegui dar risada. — Também me sinto conectada com você neste processo.

— É meio assustador como tenho me sentido conectado a você ultimamente — ele murmurou.

— Assustador? Está com dúvidas quanto a seguir em frente depois desta vez?

Ele balançou a cabeça.

— Não. Nem um pouco. Mas está tudo mais confuso do que pensei que estaria. Estou mais emocionalmente envolvido. Provavelmente, você descobriu isso com base na minha reação quando Jason estava aqui... no quanto surtei.

Assenti.

— *Ele* também percebeu.

A mandíbula de Archie ficou tensa.

— Não estou arrependido se o deixei desconfortável. Se ele não quisesse que você viesse até mim, deveria ter se oferecido. — Ele pausou. — Mas, preciso dizer, ainda bem que ele não quis. — Olhou para o relógio e pulou. — Merda. Perdi a noção do tempo. Preciso buscar Clancy. Quer vir comigo ou é melhor eu te deixar em casa no caminho?

Eu precisava de uma pausa — ou talvez de um banho frio.

— É melhor eu ir para casa. Estou meio atrasada no trabalho. — *E preciso, desesperadamente, ter um orgasmo depois desta conversa.*

Me ocupei procurando minha bolsa, e Archie pegou as coisas e me levou para o carro.

— Você se importa de eu contar a Roz o que estamos mesmo fazendo? — perguntei conforme Archie se sentava no banco do motorista.

Ele olhou para mim ao dirigir.

— Se é o que você quer. Tinha falado que não queria que ninguém soubesse.

— É difícil mentir para ela quanto ao motivo de eu estar aqui. Seria legal ter alguém para conversar sobre o que está acontecendo na minha vida.

— Você que sabe. — Ele suspirou. — Acho que podemos confiar nela. Ela tem sido como uma segunda mãe para mim desde que a minha mãe morreu.

Assenti.

— Obrigada.

Naquela noite, me sentei à mesa da cozinha e expliquei tudo para minha colega de casa. Ela ficou chocada com o quanto eu tinha escondido dela.

— Esse seu namorado merece uma recompensa boa por suportar isto.

— Com certeza, é uma situação difícil — concordei.

— Não me entenda mal, ele é lindo. Jason é um homem bonito, apesar de, bem francamente, parecer mais próximo da minha idade do que da sua. Tive a impressão de que ele também acha. Mas preciso perguntar... O que está fazendo com alguém que não pode te dar tudo que você quer?

Não era uma resposta simples. Tentei explicar.

— Não é que ele *não possa*. É mais a escolha dele. Esse é um problema que tenho com Jason. Mas, em geral, estou com ele porque sempre foi seguro. Há vantagens em estar com alguém que não consegue partir seu coração porque... — Minhas palavras sumiram.

— Porque seu coração pertence a outra pessoa — Roz finalizou.

Não falei nada. Provavelmente não precisava.

Ela bateu na mesa.

— Esta é uma história incrível... melhor do que qualquer drama turco que eu possa assistir no meio do dia enquanto almoço.

— Fico feliz de ser seu entretenimento.

Ela balançou a cabeça.

— Está secretamente apaixonada pelo homem que quer te dar tudo que você sempre quis. Pense nisso.

— Que quer me dar tudo, *exceto*... ele mesmo — corrigi.

— E não vai contar a ele como se sente desta vez?

— Ele falou que não quer se casar de novo. Então não está em um lugar de ser o que eu preciso.

— Mas como sabe se ele não abriria uma exceção para você? Ele está baseando o que diz no fato de achar que não pode ter você. — Ela inclinou a cabeça para o lado. — E se Jason não estivesse no caminho? Talvez Archie se sentisse diferente... menos provável de precisar proteger o *próprio* coração.

Meu corpo ficou rígido em uma tentativa de afastar a falsa esperança.

— Sei que ele gosta de mim, Roz. Mas sempre há este medo de ele partir meu coração. A questão é que, por mais que ele me magoe inadvertidamente por não me escolher... Archie ainda é a melhor coisa da minha vida. Acho que ele diria para você que sou tão especial quanto ele é para mim. É precisamente por isso que ele não chega lá comigo. Ele não dá esse passo. Archie sempre me usou como uma muleta. Ele presume que estarei lá. Me valoriza como amiga e como uma pessoa de confiança, mesmo que haja um pouco de atração ali. — Desviei o olhar. — Fui eu quem esteve apaixonada por ele esse tempo todo.

Ela revirou os olhos.

— Você não se oferece para ser pai de um filho de uma mulher que você não ame. Talvez aconteça de vez em quando com pessoas realmente de amor platônico. Mas seu histórico com Archie, minha querida, está longe de ser platônico. Ele não está em um lugar agora na vida de ter outro filho. Está bem ocupado. Não faria isso *a menos* que te amasse... independente que ele saiba disso ou não. Talvez ele ainda não tenha percebido. — Ela bebeu seu chá. — Mas eu percebi.

Obriguei meu coração a desacelerar.

— Bem, Roz, é legal que se sinta assim, mas, a menos que esse sentimento venha dele, tenho que considerá-lo um grão de sal.

Ela abriu um sorriso solidário.

— Entendi, querida. Mas se der um fora naquele velho *sugar daddy*, Jason, pode enviá-lo para mim? A Roz Menopausa não entra em ação há muito tempo. — Ela deu uma piscadinha. — Ninguém vai se preocupar em *me* engravidar.

Gargalhei. A risada era um verdadeiro remédio.

CAPÍTULO 26

Archie

Eu estivera uma pilha de nervos desde que acordei. Há semanas eu estava esperando e temendo o dia de hoje.

Era para eu buscar Noelle à uma da tarde para podermos pegar os resultados do teste de gravidez depois da segunda tentativa de inseminação. Mas, ao me preparar para sair, a escola de Clancy ligou.

— Alô? — atendi.

— Sr. Remington?

— Sim.

— Clancy não está se sentindo bem e, infelizmente, ela vomitou esta tarde. Aconteceu duas vezes. Precisamos que o senhor venha buscá-la.

— Merda — murmurei.

— Isso será um problema?

Cocei a cabeça.

— Ãh, não. Desculpe. Estava saindo para um compromisso importante, e não esperava isso. — Balancei a cabeça. — Mas não se preocupe. Não é problema seu. Vou buscá-la.

— Agradecemos.

Mariah estava de plantão no hospital, então eu não tinha escolha. Com relutância, liguei para Noelle.

— Ei, e aí?

— Oi... escute. Tenho más notícias. Clancy está doente na escola, e querem que eu vá buscá-la agora. Ela está vomitando. Acho que não vou conseguir te levar para a consulta.

— Oh... — Ela pausou. — Certo. Bem, nossa, o que você pode fazer, certo? Não se preocupe. Vou pegar um Uber.

Expirei no telefone.

— Queria muito poder ir com você.

— Há coisas que não conseguimos controlar. Por favor, não se preocupe. Vou ficar bem.

— Tem certeza?

— Tenho, sim.

— Me sinto um péssimo parceiro.

— Archie, vá pegar sua filha e não se preocupe com isso. E, o que quer que faça, não traga essa virose para perto de mim. — Ela deu risada.

— É, isso é outra coisa. Provavelmente, significa que não vou poder te ver por, no mínimo, uns dois dias até descobrir o que está havendo com ela. Felizmente, será uma virose rápida. Às vezes, vai embora em vinte e quatro horas. Talvez tenhamos sorte.

— É, espero que sim.

Puxando meu cabelo, fechei os olhos.

— Escute, me ligue assim que souber, ok? Aguardarei perto do celular.

— Claro. Sabe que vou.

Quando desligamos, peguei o carro e fui buscar Clancy. Depois de ter aprovado sua saída, a enfermeira a trouxe para mim. Minha pobre filhinha estava toda vermelha, e estava usando uma roupa diferente da que colocara de manhã quando a deixei. A camisa parecia três vezes maior.

Me ajoelhei.

— Amorzinho, você está bem?

Ela balançou a cabeça dizendo não, mas não falou nada. Era estranho da parte de Clancy não verbalizar uma resposta. Estava mesmo se sentindo mal. Eu precisava levá-la para casa.

— Obrigado de novo — disse à enfermeira antes de levar Clancy para o carro, rezando para ela aguentar até voltarmos para casa.

Quando chegamos, eu a coloquei na banheira para um banho. Claro que, bem no meio dele, ela vomitou de novo, então precisei drenar a água e encher de novo. *Que bagunça.*

Meu coração estava correndo um quilômetro por minuto entre me preocupar com minha filha e pensar no que estava acontecendo com Noelle na consulta. O relógio mostrava uma e meia. A menos que estivessem atrasados, provavelmente, ela já tinha se consultado.

Lavei o vômito do cabelo da minha filha e a enrolei na toalha. Ela parecia muito miserável. Drenei a água de novo, vesti Clancy e a coloquei na cama com uma garrafa de Gatorade na mesa ao lado.

— Quer que eu leia uma história para você? — perguntei, alisando seu cabelo.

— Não, papai. Só quero ficar deitada e ver TV.

Assenti.

— Ok, amor. Me avise se precisar de alguma coisa. Tenho caldo de frango. Posso esquentar se você ficar com fome.

Ela assentiu, então a deixei sozinha um pouco, ainda olhando como ela estava pela porta aberta. Ela parecia muito vulnerável deitada ali.

Percebi que meu estômago estava meio instável, principalmente porque eu não tivera notícias de Noelle. Em vez de andar de um lado a outro e me estressar ainda mais, liguei rapidinho para Mariah a fim de atualizá-la sobre Clancy. Assim que estávamos finalizando, outra ligação surgiu. Meu coração saltou quando percebi que era Noelle.

Falei tchau para Mariah e apertei para atender.

— Ei.

— Oi... Então, deu negativo.

Expirei de forma demorada. Meu coração caiu para o estômago. Andei de um lado a outro.

— Você está bem? Quero dizer, provavelmente essa pergunta é muito idiota.

— Estou bem. Depois da primeira vez, meio que me preparei para esperar o pior. Pelo menos, já sei como é.

— É. — Suspirei. — Infelizmente, sei. Estava esperando melhores notícias, mas acho que também estava me preparando para o pior.

— É isso.

— Você fala muito essa expressão. — Eu sorri.

— Bem, não há palavras mais verdadeiras.

— Provavelmente.

— Não podemos mudar isso, então temos que aceitar.

Eu esperava ficar chateado, mas estava mais para devastado. Só tínhamos planejado três ciclos de inseminação, então só havia mais um antes de Noelle ser reavaliada. Claro que poderíamos fazer fertilização, mas devido ao custo e estresse envolvido, eu não sabia se ela queria.

— Como está Clancy? — ela perguntou.

— Bem, ela vomitou na banheira, então enchi de novo e dei outro banho nela. Agora parece bem estável. Está na cama assistindo ao seu programa preferido.

— Você é um pai tão bom.

— Só estou fazendo o que preciso.

— Eu sei, mas nem todo mundo tem um pai como você.

A tristeza na sua voz era palpável.

— Queria poder ir aí — disse a ela. — Eu cozinharia para você ou algo assim.

— Obrigada, mas, mesmo que Clancy não estivesse doente, tenho bastante trabalho para fazer esta tarde. Estou atrasada no prazo. Então tudo bem.

— Vai me ligar se quiser conversar?

— Sim, mas não quero te perturbar. Você está ocupado com uma filha doente.

— Nunca estou ocupado demais para você. Provavelmente, ela ficará na cama na maior parte da tarde. Estou aqui se precisar de mim.

— Precisa de alguma coisa do mercado? — Noelle perguntou. — Posso pedir para meu Uber parar no mercado e na sua casa a caminho da minha, já que você não pode sair.

— Obrigado, mas acho que estamos bem. Tenho bolacha água e sal e caldo da última vez que ela ficou ruim do estômago. Quando estão na escola, sempre pegam doenças.

— Posso imaginar.

— Você vai saber o que quero dizer um dia. Acredite em mim, vai mesmo.

— Espero que sim, Archie. Obrigada de novo por, você sabe, me dar esta oportunidade. É horrível receber um teste negativo, mas... — Ela pausou. — Nossa, eu estava prestes a dizer "é isso". Uso muito essa expressão *mesmo*, não é?

— Sim. — Dei risada.

Após desligarmos, um sentimento de vazio me seguiu pelo resto da tarde. Continuei desejando que Noelle estivesse ali comigo, e estava preocupado em ter apenas mais uma oportunidade de inseminação.

Uma coisa boa para mim? Clancy não vomitou mais.

No dia seguinte, minha sorte desapareceu. A primeira coisa que fiz quando acordei foi cumprimentar o sanitário. E parecia que não era só uma virose que me faria vomitar.

Clancy estava se sentindo melhor, mas ainda estava em casa comigo, quando Noelle ligou.

— Ei. Só estou ligando para ver como você está — ela disse.

— Obrigado. Infelizmente, agora tenho o que Clancy tem.

— Oh, não! Não diga isso.

— Sim. Peguei. As últimas duas vezes que ela ficou doente assim, de alguma forma, eu me safei. Mas não desta vez.

— Talvez esteja estressado ou algo assim, então sua imunidade está baixa.

Eu *estava* estressado, considerando toda a reflexão. Mas ela não precisava se preocupar com isso.

— O que vai fazer hoje? — perguntei.

— Estou ligando para te avisar que resolvi ir para Nova York passar o fim de semana.

Meu estômago já enjoado se revirou.

Engoli.

— Para quê?

— Só preciso me afastar para espairecer um pouco.

— Oh. — Puxei meu cabelo. — Ok, bem, acho que todos nós precisamos disso de vez em quando. — Pausei. — Mas por que precisa ir para Nova York para fazer isso?

Ela suspirou.

— Preciso conversar com Jason. Não conversamos muito quando ele veio porque Roz estava sempre por perto. E acho que eu estava mentalmente exausta com os hormônios e tal. Estou me sentindo com a mente meio fresca agora, então é uma boa oportunidade de resolver umas coisas com ele.

Fiquei quieto, torcendo para que ela explicasse. Mas não o fez.

— Bom, hum, tá bom. Faça o que precisa. Sabe que estou aqui se precisar desabafar.

— Obrigada. Agradeço por isso.

— Quando vai?

— Reservei um voo para amanhã de manhã. Vou voltar na terça.

— Ok. Te daria uma carona para o aeroporto, mas não quero que fique doente.

— É, precisa ficar longe de mim. — Ela deu risada. — Na verdade, é bom que eu vá para Nova York, já que não posso te ver de qualquer jeito, certo?

— É verdade — concordei, massageando minha cabeça dolorida.

— Tenho certeza de que você estará melhor na terça — ela disse. — Talvez possamos ficar juntos então, e vou te dar um relatório da viagem.

— Parece um bom plano. — Expirei.

— Você está bem? Parece meio triste. Está chateado que estou indo?

— Não — menti. — Está tudo bem.

Não era o fato de ela ir que era o problema. Me preocupava que *ele* fosse dissuadi-la de voltar.

Naquele fim de semana, Clancy tinha ficado boa e eu também me sentia melhor. Tinha acabado de terminar o café da manhã com ela quando a deixei na casa da sua mãe.

Mariah me parou enquanto eu pegava minhas coisas para ir.

— Está tudo bem com Noelle?

Sua pergunta me abalou. Mariah sabia que Noelle estava ficando na casa da minha mãe, mas ainda não sabia de mais nada. Tive a impressão de que desconfiava que Noelle e eu estávamos saindo, embora ainda precisasse me perguntar sobre isso.

Pigarreei.

— Por que está perguntando?

— Passei na casa da sua mãe outro dia para pegar a grelha que você tinha guardado na garagem dela. Quando parei, Noelle estava sentada na escada da frente, conversando com alguém no telefone e chorando.

Chorando? Pisquei, tentando processar isto. Não era comigo que ela estava conversando, porque ela não tinha chorado quando falamos ao telefone.

— Que estranho.

Mariah inclinou a cabeça para o lado.

— Poderia ser *você* a causa das lágrimas dela?

— Por que acha isso?

— Você sabe por quê. Não preciso te falar de novo que sempre desconfiei que ela era mais para você do que uma amiga. Agora ela está na cidade e morando na casa da sua mãe? Deve estar acontecendo alguma coisa.

Porra. Eu não esperava essa conversa e não tinha uma resposta apropriada. Tinha jurado não contar a Mariah o que Noelle e eu estávamos fazendo. Mas, ao mesmo tempo, não queria mentir. Então mantive a resposta vaga.

— Noelle é minha amiga. Não estamos saindo.

Mariah balançou a cabeça.

— Quando finalmente admitir que é com ela que sempre quis ficar, pode me avisar que vou dizer "te falei". — Ela suspirou. — Mas, de qualquer forma, sua *amiga* estava chateada. Talvez queira ver como ela está.

Minha mente estava acelerada.

— Ela te viu?

— Não. Resolvi não incomodá-la com a grelha naquele momento. Não queria ter que falar com ela. Não nos falamos há anos, e ela não estava bem. Continuei dirigindo e decidi pegar a grelha outro dia.

— Você deveria ter simplesmente pegado.

— Bem, não pareceu uma boa ideia. Foi você que me fez ficar desconfortável perto dela porque sempre a colocou em um pedestal.

— Vamos mesmo falar disso de novo? Quantas vezes preciso te dizer que ela é só uma amiga muito boa de quem gosto muito? Nunca aconteceu nada com ela enquanto você e eu estávamos juntos.

Ela arregalou os olhos.

— Oh... Então *aconteceu* alguma coisa quando *não estávamos* juntos?

Cara, eu me fodi mesmo com aquela frase.

— Não falei isso.

— É, meio que falou.

Isso não era mais da conta dela.

— Certo, Mariah. A conversa está boa, mas vou ter que ir agora.

— Que seja. — Ela deu risada.

Quando fui até meu carro, vasculhei meu cérebro para descobrir com quem Noelle poderia estar conversando. Mais ainda, por que ela estava chorando? Não parecera chateada quando compartilhou a notícia sobre o teste negativo. E estava bem quando me contou que iria para Nova York. Mas, claramente, estava escondendo alguma coisa.

CAPÍTULO 27

Noelle

Jason e eu estávamos em cantos diferentes do meu apartamento. Ele tinha chegado taciturno, o que me dizia que, provavelmente, sentiu o que viria.

Eu havia resolvido ir para Nova York depois de uma ligação intensa em que admiti umas coisas de que me ressentia sobre ele. Estava me sentindo cheia de hormônios e deprimida após o teste negativo, e tudo simplesmente saiu. Então me sentira culpada e percebi que precisava ter essa conversa pessoalmente.

A cabeça dele estivera baixada, porém, finalmente, ele olhou para cima, para mim.

— Falou que veio para casa porque precisamos conversar. Tenho que admitir que estou com medo disso.

Me aproximei e coloquei a mão no seu braço.

— Jason, sei que gosta de mim. Já demonstrou isso de tantas formas. — Minha respiração falhou. — Mas acho que não somos os parceiros certos a longo prazo um para o outro. Há muita coisa que amo em você, porém não estamos em uma posição em que temos as mesmas prioridades, em que queremos as mesmas coisas. E tudo bem. Não é culpa sua. Você quer viajar e não ficar amarrado, e merece isso. Mas quando eu tiver o bebê… e *vou* ter o bebê… minha vida vai mudar drasticamente.

Jason cerrou os dentes.

— Acho que subestimou grosseiramente meus sentimentos por você, Noelle. Se acha que viagens pelo mundo significam mais para mim do que você... — Ele balançou a cabeça. — Quero dizer, você está aqui me dizendo todas as coisas que pensa que quero. Já me perguntou, sabe, como realmente me sinto?

— *Como* se sente?

— Primeiro, acho que tem sentimentos não resolvidos por esse homem que está fingindo ser nada mais do que seu doador de esperma. Mais do que qualquer coisa, acho que *isso* está influenciando esta conversa, independente de você perceber ou não. — Ele olhou nos meus olhos. — Nem está negando isso.

Eu lhe devia sinceridade.

— Não estou negando mesmo. Meus sentimentos por Archie são complicados. Mas, com certeza, *não* são o que está influenciando esta conversa. Além de qualquer sentimento que eu possa nutrir por Archie, você e eu não somos compatíveis.

— Para deixar claro... Está terminando comigo? — Ele foi objetivo. — Você só precisa falar e interromper esta tortura.

— Sim, estou dizendo que preciso de um tempo sozinha e sem namorado. Estou relutante em te dizer que quero terminar as coisas por completo, porque gosto muito de você. Sempre vou gostar. Mas não é justo te deixar preso. Terminar é a melhor coisa para nós dois no momento. Preciso me concentrar cem por cento em mim e não me preocupar com o que estou impedindo outra pessoa de fazer.

Ele passou a mão no rosto.

— As coisas seriam diferentes se eu tivesse me oferecido para ser pai do seu filho?

Precisei pensar nisso. A situação com Archie nunca teria começado, então acho que as coisas poderiam ter sido diferentes. Mas isso era inútil agora.

Dei de ombros.

— Não pude deixar de ler nas entrelinhas, Jason. Sua decisão de me deixar fazer isto sozinha falou alto quanto ao seu compromisso comigo, independente do que você quis dizer ou não. Mas tem todo o direito de sentir o que quiser. Já criou seus filhos e não me deve nada.

Sua testa se franziu.

— De novo, está colocando palavras na minha boca. *Tenho* compromisso com você.

— Desculpe, mas não vejo assim. Sinto que quer ter seu bolo e comer... se divertir comigo, mas não estar envolvido em todos os aspectos da minha vida. Preciso de mais, de um parceiro de verdade. Talvez eu devesse ter pensado nessas coisas antes de me envolver. Mas você foi tão encantador... cativante. Mais ainda, é um bom homem. Quero o que é melhor para você, e parte desta decisão é que não acho que *eu seja* o que é melhor para você.

Jason desviou o olhar. Quase parecia que ele iria chorar. Isso partiu meu coração, mesmo que não mudasse nada para mim. Ele ergueu as mãos, seus olhos brilhando.

— O que devo dizer? Não quero terminar. Você está certa de que tomei a decisão de não querer ser pai de novo. Se não consegue superar isso em termos do que significa quanto aos meus sentimentos por você, provavelmente não há nada que eu possa fazer para mudar sua opinião. — Ele ficou em silêncio por um instante. — Por outro lado, nunca fui de implorar, Noelle.

Nós nos encaramos.

— Desculpe por demorar tanto para chegar a esta conclusão — eu disse. — Mas minha experiência na Califórnia me ensinou muito sobre o que preciso neste momento. Embora eu pudesse ter este filho sozinha e ficar perfeitamente bem para sempre, quando e se encontrar o homem certo, quero que ele *queira* meu filho na vida dele. Porque meu filho merece.

— Certo — ele murmurou, encarando o chão.

Após um minuto, Jason pegou suas chaves e foi até a porta.

— Sinto muito mesmo.

Minha voz tremeu.

— Eu também, Jason. — Queria abraçá-lo, mas isso só teria piorado as coisas.

Ele se virou uma última vez.

— Não consigo acreditar nisto — ele falou antes de se afastar.

Quando a porta se fechou, fiquei sentada em silêncio por um tempo, sentindo um misto de alívio e tristeza. Finalmente algo clicou dentro de mim depois do último teste negativo de gravidez. Me lembrava de só querer alguém para me abraçar; sabia que Archie estaria lá se pudesse, e isso me fez pensar. Meu namorado estava *escolhendo* não fazer parte da minha jornada, e era para ele estar ao meu lado, não Archie.

Sentada sozinha na minha sala de estar, não consegui mais aguentar. Ainda era bem cedo na Costa Oeste, então resolvi ligar para Archie e contar a ele o que tinha acontecido. Me pouparia de recapitular tudo quando voltasse para a Califórnia.

— Ei, Noelle — ele atendeu.

— Oi. Está trabalhando?

— Na verdade, não, estou de folga esta noite. Mudei minha agenda depois desta semana louca.

— Tem tempo para conversar ou está com Clancy?

— Estou sozinho. — Ele pausou. — Está acontecendo alguma coisa com você.

— Por que diz isso?

— Outro dia, Mariah passou pela casa da minha mãe para pegar uma coisa na garagem, e me contou que te viu sentada nos degraus da frente com seu celular. Ela falou que você estava chorando. Foi uns dois dias antes de você ir para Nova York, e sei que não era comigo que estava chorando.

— Terminei com Jason — admiti.

Houve um longo momento de silêncio.

— O quê? — Ele suspirou. — Você sabia que ia fazer isso antes de ir?

— Não exatamente. Eu sabia que precisávamos conversar, e falei para mim mesma que basearia minha decisão em como me sentiria quando ele estivesse na minha frente, mas desconfiei que acabaria assim.

Contei a Archie o que falara para Jason e expliquei meu motivo.

— Bem, eu não esperava isso, com certeza — ele disse quando finalizei.

— Eu sei. Estou com sentimentos confusos. Obviamente, gosto dele. É um bom homem que sempre me fez sentir especial. Nos divertimos muito juntos. Ele só não é o melhor parceiro para mim. Sinto que preciso de uma pausa do estresse de me preocupar com um relacionamento.

— Todos nós sabemos do que precisamos. Sabemos o que aguentamos. Você não precisa de ninguém nem de nada na sua vida que esteja te estressando. Essa é a questão.

— Queria te contar agora porque não quero ter que lidar com nada quando voltar, além de estar saudável e mentalmente pronta para o ciclo número três.

— Claro. — Ele suspirou. — Parece que você está viajando há muito tempo. Acho que é porque não pude te ver por um tempo antes de você ir. Parece uma eternidade. — Ele pausou. — Eu estava surtando um pouco, porque pensei que talvez você não fosse voltar, que estivesse pensando melhor quanto a seguir em frente.

— Não — garanti a ele.

— Estou muito feliz que ligou. — Ele expirou. — Sei que está tarde aí, então pode desligar, se quiser.

— Não quero fazer isso. Precisava ouvir sua voz. — Me recostei no sofá. — E estou com saudade de você. — Fechei os olhos apertados, me arrependendo da minha escolha de palavras, mesmo que fossem verdadeiras.

— Também estou com muita saudade, Noelle.

Meus olhos se abriram conforme meu coração flutuou.

— Que horas você pousa amanhã? — ele perguntou. — Posso te buscar?

— Tarde. Acho que estará no trabalho. Não se preocupe. Chamo um Uber.

— Então é melhor nos encontrarmos na terça-feira.

Senti um frio na barriga, e um novo tipo de nervosismo assumiu. Eu não tinha mais uma barreira me contendo de Archie. Isso me assustava bastante porque abria a porta à possibilidade de rejeição — de novo. Não sobreviveria a isso. Jason tinha sido minha rede de segurança. Agora eu não tinha nenhuma. Havia feito a escolha certa, mas, no dia seguinte, voltaria para a Califórnia me sentindo mais vulnerável do que antes.

Quando voltei à Costa Oeste, me dei um espaço de Archie. Não nos encontramos na terça-feira, já que falei para ele que não estava me sentindo bem. Passei a quarta-feira sem vê-lo também. Eu precisava de um tempo para entender o que queria. Havia uma coisa em particular em que precisava meditar antes de falar com ele.

Era quinta-feira quando finalmente fui para a casa dele, e insisti em pegar um Uber porque ele tinha uma manhã ocupada deixando Clancy na escola. Mas queria estar lá assim que ele ficasse sozinho, porque agora que eu tivera tempo para pensar, isso não poderia mais esperar.

Quando cheguei, o carro dele estava parado na frente. Minha

pulsação acelerou quando bati à porta.

— *Timing* perfeito — Archie disse ao ficar de lado para me deixar entrar. — Acabei de voltar de deixá-la na escola.

— Eu teria esperado.

— É, mas está começando a chover. Ainda bem que não precisou.

A tensão no ar era densa conforme ficamos frente a frente.

Ele esfregou as mãos.

— Já tomou café?

— Sim. Estou bem. Já tomei café da manhã. E você?

— Também já comi. — Ele analisou meu rosto por alguns segundos. — Então... me diga se é minha imaginação, mas sinto que tem me evitado desde que voltou. — Ele abriu um sorriso torto, muito lindo em uma camisa azul-marinho com gola em V e mangas dobradas. Uma mecha do seu cabelo rebelde caiu acima dos olhos. Por algum motivo, hoje ele me lembrava do Archie de Whaite's Island. O cabelo dele tinha crescido um pouco, estava quase no comprimento daquela época.

— Não é sua imaginação — admiti.

Ele passou a mão pelo cabelo, sua expressão séria.

— O que está havendo, Noelle?

— Nada de ruim, Archie. Eu só precisava de tempo para pensar depois de tudo que aconteceu em Nova York.

Ele soltou a respiração.

— Escute, uma das coisas da qual não falamos é o que vai acontecer depois da última tentativa. Concordamos em fazer três tentativas de inseminação, mas é melhor falarmos sobre os próximos passos. É sobre isso?

Expirei.

— Originalmente, meu próximo passo era voltar para Nova York e dar uma pausa se não desse certo. Mas, na verdade, preciso voltar para Nova York por um tempo independente do resultado. Preciso cuidar do meu apartamento negligenciado. E, de vez em quando, tenho que ir ao escritório. Não posso ficar tanto tempo sem aparecer.

A preocupação apareceu no seu rosto.

— Você não... consideraria se mudar para cá permanentemente para podermos continuar tentando?

Não era tão simples.

— Posso conseguir falar com minha rede sobre uma mudança permanente para o escritório da Costa Oeste, mas há muita coisa sobre me mudar para cá permanentemente que me assusta. — *Você me assusta*. Me perguntei se ele conseguia ler nas entrelinhas.

— Certo... — Ele assentiu. — Talvez não devêssemos nos sobrecarregar e tomar a decisão no momento. Não precisamos nos comprometer com nenhum tipo de plano neste segundo. Podemos simplesmente dar um passo de cada vez e ver como você se sente no fim da tentativa número três.

Assenti.

— Acho que este é o único jeito que consigo proceder neste momento.

— Entendi.

A adrenalina me percorreu. Essa era a parte mais difícil.

— Eu acho *mesmo* que deveríamos dar à tentativa número três... nosso máximo... tentar de tudo para conceber.

Archie estivera olhando para o chão, mas agora seus olhos se ergueram para os meus.

— Está dizendo o que acho que está dizendo?

Dei risada, nervosa.

— Tenho medo de falar em voz alta, para ser sincera.

— Eu falo, então. — Ele se aproximou. — Você quer que a gente transe.

— Não quero que se sinta pressionado a nada. — Me mexi, ficando ansiosa.

— Está brincando? — Ele arregalou os olhos. — Este tempo todo desejei que pudéssemos tentar do jeito natural. O fato de estar fora de cogitação tem sido bastante frustrante, e a única coisa que me impedia de sugerir isso era seu namorado. Mas agora que você não tem um? Caralho.

Ele se aproximou:

— *Definitivamente*, deveríamos fazer isso.

Um misto de alívio e tesão me tomou.

— O médico falou que devemos fazer isso na noite do tratamento de inseminação. Então talvez nosso plano seja esse.

Ele pigarreou.

— Antes não?

— Bem, eu estava lendo sobre isso e, com certeza, não devemos fazer nada de dois a três dias antes ou logo depois da terceira tentativa.

— Mas no resto do tempo... podemos?

Meu corpo vibrou.

— Acho que sim.

— Só me diga quando... — Ele sorriu. — A menos que esteja preocupada em dar esse passo.

— Estou fisicamente pronta. Só não sei se estou mentalmente pronta.

Ele baixou a voz.

— Está *fisicamente* pronta?

Fechei os olhos por um instante.

— Esta medicação hormonal que me dão me deixa bem excitada. Mal consigo sentar em uma maldita cadeira sem me espremer metade do tempo.

— Por que não me falou?

— O que eu ia falar? Você não podia fazer nada.

— Eu teria pensado em alguma coisa, acredite em mim.

Ele deu outro passo para mais perto, fazendo minha pulsação reagir.

— Você está ficando vermelha. Estava nervosa por sugerir isto. Era por isso que estava se escondendo de mim esses dois últimos dias?

— Sim — respondi.

— Por quê?

— Não quero me apegar a você nesse sentido, Archie.

Não havia outra explicação.

Ele olhou para os pés.

— Justo.

Archie não ofereceu garantias que pudessem me fazer voltar atrás do que acabara de falar. Talvez ele concordasse que eu não deveria confiar totalmente nele.

Ele olhou para mim.

— Viver isso com você tem sido a coisa mais íntima que já fiz com alguém. Embora nem tenha te tocado, eu a *senti* com muita intensidade a cada passo do caminho, Noelle. — Archie pegou minha mão. — Mas entendo por que está hesitante. Passamos por muita coisa juntos. Você significa o mundo para mim. E eu *nunca* iria querer te magoar. — Ele pausou e me olhou de novo. — Talvez você precise de um pouco mais de tempo para pensar nisso.

Não se esqueça de com quem está lidando, Noelle. Archie fechara a porta de um relacionamento romântico comigo há anos. Mesmo assim, eu ainda o amava. Dormir com ele iria, sem dúvida, me fazer amá-lo mais. Isso não acabaria bem. Talvez eu *precisasse* pensar nisso.

— Sou *só* eu que precisa pensar nisso? — perguntei.

— Meu corpo está mais do que pronto — ele admitiu. — Mas estaria mentindo se dissesse que não estava com medo de que o sexo pudesse estragar o que temos. Ainda assim, acho que o medo não deveria nos impedir de fazer tudo que pudermos para dar à tentativa número três a melhor chance. — Ele pausou. — Posso te perguntar uma coisa?

— Claro.

— Os hormônios estão te deixando excitada agora?

Engoli em seco.

— Sim.

— É possível que seus hormônios estejam *me* deixando excitado também?

Soltei uma risada muito necessária.

— Acho que não.

— Bom, então é só *você* fazendo isso comigo. — Sua voz ficou baixa e grave. — Você não é a única enlouquecendo ultimamente. Não consigo parar de pensar nisso, Noelle. Penso em você o dia todo. Está assim há um tempo já. Às vezes, quase queimo a comida no trabalho pensando nisso.

Nossa. As palavras dele colocaram fogo no meu corpo.

Archie olhou para baixo, para o meu peito.

— Seus mamilos estão rígidos agora porque está com tesão?

— Sim — expirei.

— Deixe-me te fazer gozar — ele murmurou. — Te dar um alívio.

Minhas pernas estavam fracas.

— Pensei que você tinha falado para eu meditar nisso.

— Ou meditar *em mim*. Como quiser. — Ele sorriu. — Mas não estou me referindo ao ato agora. Só um orgasmo.

Não precisou de muita coisa para convencer meu corpo necessitado. Dei de ombros.

— Quero dizer... se você quiser.

— Eu quero. — Seus olhos brilharam. — Acredite em mim, eu quero.

Archie pegou minha mão e me levou para seu quarto. Olhou para os meus dedos, que estavam tremendo.

— Você está tremendo. — Ele ergueu minha mão para beijá-la. — Tente relaxar. Tem passado estresse demais. Só quero te fazer sentir bem.

Jurando tentar me acalmar, deitei de costas na cama de Archie, balançando no colchão.

Archie abriu o zíper da minha calça e a abaixou lentamente, junto com a calcinha. O ar estava frio entre minhas pernas conforme fiquei deitada ali, me sentindo vulnerável e cheia de tesão ao mesmo tempo. Havia começado a chover, e eu conseguia ouvir as gotas batendo na janela.

Os olhos de Archie estavam enevoados enquanto ele me encarava. Ele olhou para cima por um instante e abriu um sorriso travesso.

— Bem, esta é uma visão que nunca pensei que fosse ter de novo.

Minha barriga balançou com a risada.

— A vida é cheia de surpresas.

— Claro que é.

Seu sorriso desapareceu e, quando vi, ele havia inserido dois dedos em mim. Devagar, ele os empurrou e puxou conforme massageava meu clitóris com o polegar, o tempo inteiro olhando diretamente para mim. A sensação, provavelmente, era mais intensa do que deveria, dada minha longa seca. Fechei os olhos e me perdi no momento.

— Isso é bom? — ele sussurrou.

Incapaz de formar uma resposta coerente, mordi o lábio inferior e assenti.

Sua respiração acelerou, e pude sentir o calor da sua respiração entre minhas pernas quando ele continuou a mexer os dedos para dentro e para fora de mim.

Archie circulou seu polegar no meu clitóris.

— Olhe para seu ponto lindo e inchado. Você é linda.

Eu o senti recuar, e olhei para cima e o vi chupando seus dedos. O jeito como ele fechou os olhos ao fazê-lo me fez latejar mais ainda.

— Quer minha boca em você, Noelle?

— Sim — murmurei.

— Quero provar dentro de você. Tudo bem?

Meus músculos latejaram.

— Sim... sim!

Archie baixou o rosto, e senti a umidade da sua boca conforme ele pressionou a língua no meu clitóris. Quando ele gemeu na minha pele, me fez querer gozar bem ali naquele momento. Eu tinha esquecido como ele era bom pra caramba nisso.

Archie circulou a língua e falou acima de mim.

— Seu gosto é ainda melhor do que eu me lembrava. Ainda é a melhor coisa que já provei. Você é tão perfeita. Nossa.

Empurrei meus quadris, me pressionando na boca dele.

— Isso, linda. Esfregue no meu rosto enquanto eu te fodo com minha língua.

Minha visão ficou embaçada quando me estiquei para passar os dedos no seu cabelo lindo e grosso – como eu desejara tocá-lo. Uma necessidade que nunca senti crescia a cada segundo.

O que estou esperando? Eu o queria muito dentro de mim. Amanhã não era garantido. Será que eu não tinha aprendido nada da nossa experiência no passado? Eu o queria de todo jeito – agora. Naquele instante. Eu não ficaria menos assustada de dormir com ele no dia seguinte. Archie Remington sempre me daria muito medo. Mas eu não queria passar nem mais um dia sem saber como era tê-lo.

Puxei seu cabelo.

— Archie...

— Sim, linda — ele murmurou no meu clitóris.

— Não quero esperar. Quero transar agora.

Seu corpo congelou. Então ele deslizou para cima para me olhar e arregalou os olhos.

— Tem certeza?

— Sim... Preciso de você, se estiver pronto.

Ele revirou os olhos ao pegar minha mão e a colocar na sua ereção, que estava tensa através da calça.

— Sinta o quanto estou pronto. Estou pronto há doze anos. — Ele sorriu. — E preciso te beijar agora. Demais.

— Por favor — implorei.

Archie me beijou com uma força inesperada. Nossas línguas colidiram, e senti meu gosto de imediato. O que parecia fome um instante antes se transformou em totalmente faminto. Conforme sua ereção se pressionou no meu abdome, ele engoliu meus gemidos a cada movimento da sua boca.

Ele se ergueu de joelhos, pairando acima de mim. Engoli quando ele abriu o zíper da calça e a desceu antes de abaixar sua cueca boxer, libertando seu pau ereto. Parecia ainda maior do que eu me lembrava. A cabeça brilhava, fazendo minha boca aguar. Archie tirou toda a parte de baixo e, então, se reposicionou acima de mim. Ergueu sua camisa, colocando à mostra seus músculos trincados.

Ele me encarou.

— Posso tirar sua camisa?

Assenti, mal me lembrando de que estava com ela.

Ele me despiu até nós dois estarmos nus. Archie se abaixou de novo para me beijar, pressionando seu peito duro nos meus seios sensíveis.

Enquanto ele estava em cima de mim, olhava nos meus olhos.

— Sempre disse a mim mesmo que, se você e eu chegássemos a este ponto, eu não me comportaria como um bobo. Tentaria ficar calmo e recomposto, já que é para ser só para fazer bebê, certo? — Ele balançou a cabeça. — Não. Não é só isso, e nunca será. — Archie tirou do meu rosto uma mecha de cabelo. — Você é tão linda, Noelle. Sempre comparei as outras mulheres a você. Quero isso desde quase o início, doze anos atrás. Só tinha medo de te magoar. Ainda tenho.

Essa última parte poderia ter sido suficiente para me fazer hesitar ou recuar, se eu estivesse em outro nível. Mas não havia como recuar com o nível de desejo que tinha tomado meu corpo.

— Não consigo me lembrar da última vez em que quis tanto algo — ele disse, rouco.

— Eu consigo — confessei. — Eu estava com você.

Com isso, ele me beijou de novo e enfiou em mim. Gemi de prazer conforme ele soltou um som gutural. Devido ao seu tamanho, provavelmente deveria ter doído, mas eu estava tão molhada que ele tinha entrado com facilidade.

— Quer devagar e firme ou duro e rápido?

— Duro. — Puxei seu cabelo antes de deslizar as mãos para baixo e cravar as unhas nas suas costas musculosas.

Ele estocou em mim com força ritmada conforme nossos corpos balançavam juntos.

— Merda — ele gemeu no meu ouvido após um instante. — Preciso ir devagar.

Estocada.

— Mal posso esperar para te encher com meu gozo por mim mesmo desta vez.

Estocada.

— E vou fazer de novo e de novo.

Estocada.

— É muito maravilhoso estar dentro de você.

Estocada.

— Sonhei com isto. Mas é muito melhor.

Estocada.

— Mal posso esperar para você engravidar.

Estocada.

— Vai ficar tão linda com meu filho dentro de você.

Estocada.

Suas palavras dificultaram muito para conter meu orgasmo. Não conseguia segurar por mais tempo.

Felizmente, após um minuto, estávamos na mesma página.

— Me diga que está perto. Estou pronto para explodir — ele gemeu.

— Vou gozar, Archie.

Alguns segundos depois, me soltei, permitindo aos meus músculos o alívio que eles precisavam desesperadamente enquanto eu pulsava ao redor do seu pau.

Ele soltou um gemido profundo que fez minhas entranhas explodirem. Eu estava acabando de terminar meu clímax quando o calor do seu gozo me preencheu.

Nossos corpos permaneceram entrelaçados conforme a chuva caía mais forte lá fora. Parecia que éramos as únicas duas pessoas a existir, um êxtase que eu não sentia há anos. Ele ficou dentro de mim conforme beijou suavemente meu pescoço.

Quando, enfim, tirou, eu olhei para ele.

— Isso foi...

Ele sorriu.

— Incrível pra caralho. Foi isso que foi.

— É. — Respirei fundo.

Archie me puxou para perto e beijou meus lábios.

— Pode ficar aqui comigo hoje?

— Por um tempo, sim — eu disse casualmente, como se Archie Remington não tivesse acabado de me arruinar para todos os outros.

— Preciso buscar Clancy na escola às duas e meia. Mas, além disso, vou cancelar todos os outros planos para te dar mais orgasmos. — Ele acariciou minha bochecha. — Preciso confessar uma coisa.

Pisquei, meu coração se apertando.

— Ok...

— Essa coisa toda de eu não querer que você durma com Jason... Não era só meu medo de você, de alguma forma, engravidar. Eu estava com um puta ciúme, Noelle. Me atingiu como uma tonelada de tijolos quando o vi aqui. Por mais que eu não goste do jeito grosseiro com que lidei com isso, não me arrependo de você ter terminado com ele. E, *certamente*, não me arrependo de isso deixar que tivéssemos esta experiência hoje.

Esfreguei meu polegar na barba por fazer do queixo dele.

— Nunca vou me arrepender disso, Archie. Não importa o que aconteça.

Transamos mais duas vezes naquela tarde, e eu ainda desejava mais. Ele tinha me dado tudo que eu queria fisicamente. Mas meu coração ainda não estava satisfeito porque eu não sabia em que pé Archie realmente estava. Agora me via ainda mais aterrorizada de um dia perdê-lo.

No fim daquela tarde, depois de Archie e eu buscarmos Clancy na escola, ele me deixou na casa da mãe dele. Apesar dos meus medos, eu estava nas nuvens, ainda bastante embriagada de sexo quando entrei na casa. Fechei os olhos, me apoiando na porta, e suspirei demoradamente.

— Oh, meu Deus. Vocês fizeram, não fizeram?

Abri os olhos com o som da voz de Roz.

— Do que está falando? — perguntei, tentando me fazer de boba, embora pudesse muito bem ter a palavra SEXO estampada na minha testa.

Roz deu risada.

— Posso estar na seca no momento, mas não faz tanto tempo. Me lembro de como é ter essa expressão, e só há uma coisa que pode ser.

Ela sabia que eu tinha acabado de terminar com Jason em Nova York, o que deixava isso muito pior.

— Roz, não me julgue. Sei que foi rápido.

— Rápido? — Ela gargalhou. — *Não* chamaria doze anos de rápido.

CAPÍTULO 28

Archie

— Deite-se e relaxe. Vou fazer uma coisa especial para você — eu disse a Noelle, apesar de, provavelmente, ser o único que precisava relaxar.

Tínhamos acabado de voltar para minha casa após a terceira tentativa de inseminação. Havia muita coisa no ar agora, porém eu estava tentando não deixar minha ansiedade estragar o dia. Quando ficava nervoso, cozinhava; essa era a minha terapia.

— O que vai fazer? — Noelle gritou do sofá.

— É surpresa. — Mexi as sobrancelhas. — Apesar de, certamente, não ser uma surpresa tão boa quanto a que você me deu hoje.

A consulta tinha sido muito diferente da última. Primeiro que Noelle havia resolvido se juntar a mim na sala de doação de esperma. Apesar de não podermos nos tocar, tinha sido sexy pra caramba vê-la massagear seu clitóris enquanto eu batia uma. De alguma forma, o fato de não podermos nos tocar deixava ainda mais excitante.

— Queria ter uma câmera para tirar uma foto da cara da enfermeira quando você falou que iria entrar comigo — falei da cozinha, enquanto preparava o doce dela.

As duas últimas semanas tinham sido bem diferentes. Noelle e eu havíamos nos viciado em transar depois daquele primeiro dia. O que tinha começado com dar nosso máximo para engravidá-la havia se transformado totalmente em outra coisa. Noelle passava quase toda noite na minha casa, com exceção dos dias em que Clancy estava comigo.

Enfim, levei a sobremesa que tinha preparado. Noelle tinha cortado o açúcar refinado e laticínios recentemente porque havia lido que poderia ajudar a reduzir a inflamação e aumentar a fertilidade. Então eu fizera um pudim de pseudo-chocolate com leite de coco, abacate e cacau cem por cento.

— Isto é livre de leite e adoçado apenas com agave — expliquei quando lhe entreguei a taça de sobremesa. Tinha colocado camadas de morangos no meio e um único em cima.

— Parece delicioso.

— Prove.

Ela comeu um pouco e gemeu.

— Uau. É incrível.

Cruzei os braços e sorri conforme ela o devorava.

— Você só vai me assistir comer?

— Adoro ver você fazer muitas coisas. Comer sobremesa é uma delas.

— Não vai comer? — ela perguntou com a boca cheia.

— Não. É só para você.

Ela apontou a colher na minha direção.

— Posso dividir.

Balancei a cabeça.

— Só há uma coisa que quero que divida comigo hoje, e não é isso.

Noelle olhou para minha virilha.

— Dá para ver que está pronto.

— Os últimos cinco dias têm sido difíceis — gemi.

Tinham falado para não transarmos por três dias antes da

inseminação de hoje, e aconteceu de Clancy estar comigo dois dias antes disso, então fazia cinco dias que Noelle e eu tínhamos transado. No entanto, eu havia programado para trabalhar no restaurante duas horas mais tarde do que o normal esta noite para ficarmos um tempo juntos. O médico falou que o momento mais importante para fazer o ato era hoje.

Depois de Noelle terminar o pudim, ela subiu no sofá e montou em mim.

— O que acha que está fazendo? — perguntei.

— Agradecendo a você apropriadamente pela sobremesa.

— Vai cavalgar em mim bem aqui?

Noelle ergueu sua camisa, depois desabotoou a calça e a empurrou para baixo. Então começou a roçar a boceta no meu pau, o que era praticamente transar com minha calça.

Abrindo o zíper da minha calça, quase não consegui tirar meu pau a tempo. Dentro de segundos, ela baixou em mim conforme me aprofundei nela, incapaz de acreditar no quanto ela estava molhada. *Cacete.* Isso estava ainda melhor do que a primeira vez, de alguma forma. Apertando sua bunda, guiei seus movimentos, apesar de ela não precisar de ajuda.

— Isso. Cavalgue em mim, linda. — Cerrei os dentes. — Você sabe me foder muito bem.

Apoiando a cabeça no encosto do sofá, sorri para ela, muito excitado por ela assumir o controle. Então fechei um pouco os olhos porque o jeito que ela ficava enquanto baixava no meu pau me deixava excitado demais para durar muito.

Noelle começou a tremer quando sua boceta encostava em mim.

— Eu... Eu sinto muito... Eu... Oh, nossa... — Ela gritou ao gozar.

Uma onda crescente de excitação me percorreu quando esvaziei meu gozo dentro dela.

Seus quadris diminuíram, gradativamente, o ritmo, enquanto olhei para seu rosto lindo e corado. Noelle descansou a cabeça no meu ombro, e ficamos sentados juntos por alguns minutos antes de ela se retirar para o banheiro.

Quando saiu, eu estava sentado no mesmo lugar, pensando se era cedo demais para outra rodada. Noelle se curvou em mim conforme envolvi meu braço nela, segurando-a perto. Beijei o topo da sua cabeça.

Havia tanto para conversar, mas a última coisa de que ela precisava era do estresse de pensar no que aconteceria se a tentativa número três falhasse. Jurei para mim mesmo que não falaria sobre o assunto até a última consulta. Ela só saberia como iria se sentir depois que pegasse os resultados, de qualquer forma.

Umas duas semanas depois, em uma tarde de domingo, Noelle me acompanhou no musical de *Frozen* na escola de Clancy. Foi uma distração bem-vinda do pensamento em relação ao resultado do teste de gravidez. Ela já havia tirado sangue, e estava marcado para descobrirmos o resultado no dia seguinte.

Estávamos sentados ao lado de Mariah e seu namorado, Andy. Levar Noelle ali era um grande passo, e agora Mariah provavelmente tinha zero dúvida de que Noelle tinha se tornado mais do que uma amiga. Todo mundo foi cordial, mas não conversamos muito um com o outro.

Assistir à minha menininha apresentar seu solo de *Let it go* me deu imensa alegria. Clancy ficava semicerrando os olhos, como se tentasse nos encontrar na plateia. Eu nunca poderia ter ido lá e feito isso. Ela era mais corajosa do que o pai, isso era certeza. Graças a Deus consegui evitar passar para ela minhas inseguranças. Assim que a música terminou, nós quatro ficamos em pé batendo palmas.

Após a apresentação, fomos para os bastidores, e eu segurava um buquê de flores conforme Noelle e eu esperávamos Clancy terminar de conversar com sua mãe e Andy. Ela já havia tirado sua fantasia, mas ainda tinha resquício vermelho da maquiagem.

Me ajoelhei quando ela correu para mim.

— Estou tão orgulhoso de você, amor!

— Obrigada pelas flores! — Clancy olhou para a minha direita. — Oi, Noelle!

— Oi, Clancy! Você foi muito bem lá em cima.

Esfreguei as costas de Clancy.

— Ouvi que sua mãe e Andy vão te levar para comer pizza. Queria poder comemorar com você, mas preciso trabalhar.

— Tudo bem, papai.

Noelle olhou para as pernas de Clancy.

— Ei... Adorei suas meias. Eu também usava pares diferentes.

Clancy estava usando meias coloridas que iam até os joelhos – de bolinha em um pé e de listras no outro.

Minha filha arregalou os olhos.

— Usava?

— Sim. Era uma das minhas coisas preferidas de fazer.

Eu sorri.

— Não acredito que me esqueci disso. Clancy usa meias de pares diferentes o tempo todo. Essa foi uma das primeiras coisas que me lembro de perceber em você, Noelle. Acho que grandes mentes pensam igual.

Depois que nos abraçamos e nos despedimos de Clancy, convenci Noelle a levar o notebook para o restaurante para que ela pudesse ficar ali enquanto eu a mimava com criações sem leite.

Tudo estava normal como sempre até eu sair para entregar pessoalmente um sorbet de limão e ver que Noelle não estava na mesa. Presumindo que fora ao banheiro, voltei com a sobremesa para a cozinha para poder tentar de novo alguns minutos mais tarde. Quando ela não reaparecera após quinze minutos, comecei a ficar nervoso.

Trinta minutos se passaram, e ela ainda não tinha retornado. Me afastei da cozinha por um instante a fim de enviar mensagem.

Archie: Cadê você?

Os três pontos se movimentaram conforme ela digitava.

Noelle: Na frente, do lado de fora. Só precisava de um ar.

Ar? Como assim?

Archie: Você está bem?

Noelle: Na verdade, não estou me sentindo bem. Estou chamando um Uber para voltar para casa.

Archie: Eu te levo.

Noelle: Não. Você não pode sair do trabalho. Já chamei o carro. Não se preocupe comigo.

Tinha alguma coisa errada. Talvez ela não se sentisse bem, porém parecera ótima a noite inteira, inclusive pouco tempo antes.

Falei para o *sous chef* me cobrir e saí, mas foi tarde demais. Noelle já tinha ido. Com o restaurante super cheio, guardei a sensação de desconforto crescendo no meu peito e, de novo, voltei ao trabalho.

Alguns minutos depois, alguém que eu não esperava entrou valsando pela cozinha. Seus saltos fizeram barulho conforme ela veio na minha direção. *Que porra ela está fazendo aqui?*

Andrea afofou seu cabelo comprido e escuro.

— Quanto tempo — ela disse no seu sotaque britânico.

Da última vez que a vira, ela estava debaixo de mim na sua cama no hotel.

Pigarreei.

— Como você está?

— Bem. — Ela sorriu. — E você?

— O que a traz aqui?

— Tenho umas reuniões de negócios. Pensei em passar aqui para ver meu investimento. Talvez degustar um pouco de Prosecco e costela. — Seus olhos caíram para os meus lábios. — E talvez uma noitada, se estiver interessado. Tenho pensado muito em você desde minha última viagem para cá, Archie.

Aquelas palavras me atravessaram porque só consegui pensar em Noelle.

— Agradeço. Mas sinto muito. Não vou mais poder fazer isso.

— Por causa da mulher que conheci?

Meu estômago embrulhou.

— O quê?

— Conheci uma amiga sua no banheiro. Ficamos conversando. Me apresentei e falei para ela que estava aqui para visitar o chef bonito. Ela falou que era sua amiga.

Porra. Pelo menos, a mudança no comportamento de Noelle, enfim, fez sentido.

Meu turno demorou muito para acabar. Depois de recusar Andrea uma segunda vez e sair do restaurante, dirigi acima do limite de velocidade até a casa de Noelle.

Mas, quando cheguei lá, Roz atendeu a porta.

Sem fôlego, eu disse:

— Preciso conversar com Noelle.

— Ela não está aqui.

— O quê? — Entrei na casa e olhei em volta. — Onde ela está? Está tarde.

— O ex dela, Jason, veio para a cidade. Ele queria falar com ela em particular e perguntou se daria uma volta de carro com ele.

Meu coração martelou.

— Está brincando? — *Isto não tinha como piorar.*

— Sinto muito. Nem sei se ela iria querer que eu te contasse isso.

— O que será que ele quer? — soltei.

— Não consegue arriscar um palpite? — Roz incentivou.

Passei a mão pelo cabelo.

— Roz... Não sei o que fazer.

— Venha se sentar. — Ela me levou até a cozinha. — Converse comigo, menino Archie.

Me sentando, coloquei a cabeça nas mãos.

— Estávamos tendo uma noite boa. Noelle tinha ido ao restaurante para trabalhar no notebook durante meu turno. Então apareceu uma mulher com quem Noelle sabia que eu tinha um histórico sexual. Aparentemente, elas conversaram, e Noelle deve ter ficado chateada e resolveu ir embora. — Massageei minhas têmporas. — Essa mulher não significa absolutamente nada para mim, Roz. Foi só uma ficada rápida do passado. Corri para cá para conversar com Noelle e... — Pensei em uma coisa.

Será que ela foi embora por causa de Andrea ou porque descobriu que Jason estava na cidade?

Olhei para ela.

— O que aconteceu quando ela chegou em casa?

— Parecia cansada. Não teve muita oportunidade de me contar nada quando a campainha tocou. Pareceu surpresa em ver Jason. Ele falou olá para mim e perguntou se eles poderiam ir a algum lugar para conversar. Não deu muita escolha para ela, já que tinha vindo até aqui. O que ela iria fazer?

Minha voz tremeu.

— Não quero que ela se sinta estressada agora.

— Acho que o que a está mais estressando é você, Archie. Tem dado a ela alguma garantia ultimamente? Algum sinal dos seus sentimentos? E não quero dizer com seu pau, paizão.

Suas palavras me atingiram como um tapa. *Ela está certa.*

— O que está se passando nessa sua cabeça, Archie?

Demorei um instante para reunir meus pensamentos. Só uma coisa sempre me fez conter meus sentimentos quando se tratava de Noelle.

— Estou com medo, Roz. Além de você, Noelle é a única família que tenho.

— Está transando com a única família que tem? Parece escandaloso. — Ela deu risada. — Escute, sua mãe iria querer que eu te desse um conselho sincero, então vou dar. — Ela apontou na direção da porta. — Esse homem voltou por ela hoje. Não sei o que ele está falando no momento nem o que ela está pensando, mas a expressão dele me disse tudo que preciso saber. Era determinação. Ele percebeu o que perdeu, e voltou por ela. — Ela cruzou os braços e se recostou na cadeira. — Não recebemos uma quantidade infinita de tempo para descobrir as coisas. Às vezes, precisamos tomar uma decisão. E os que fazem isso são os últimos... a perder.

Eu havia pensado que tinha tempo para entender as coisas. Estava enganado.

Roz apontou o dedo para mim.

— Não vou trair a confiança dela e compartilhar tudo que ela pode ter me contado sobre você nessas últimas semanas. Mas tenho praticamente certeza de que consegue ler nas entrelinhas. Não se oferece para ser pai do filho de uma mulher, fazer amor com ela e não esperar que ela fique bem confusa, principalmente com o histórico que vocês dois têm.

Puxei meu cabelo e murmurei:

— Você não está me contando nada que eu já não saiba, Roz.

— A pergunta é... Vai lutar por ela ou vai deixar que ela volte para Nova York com o *meu* futuro marido?

CAPÍTULO 29

Noelle

Meus nervos estavam totalmente à flor da pele conforme fiquei parada do lado oposto a Jason em seu quarto de hotel, incapaz de imaginar o que ele poderia dizer para mim que já não tivesse dito.

Esfregou as mãos juntas.

— Primeiro de tudo, obrigado por concordar em vir aqui comigo, por confiar em mim. Só precisava de um lugar particular para dizer tudo.

Mantendo distância, assenti.

— Claro, confio em você, Jason. Nunca duvide disso.

Ele bebeu um pouco de água, parecendo mais nervoso do que eu já tinha visto.

— Tive bastante tempo para pensar — ele disse. — Nunca entendi o ditado que diz que você não sabe o que tem até perder, mas agora sei.

Me sentei na cama e lambi os lábios, nervosa.

Ele andava de um lado a outro.

— Tenho estado acabado, Noelle. Fiquei miserável no instante em que partiu para a Califórnia. Desde o início tenho ficado com ciúme, triste e incapaz de me concentrar no trabalho. É verdade que eu queria a liberdade de viajar e todas essas outras coisas que você usou como desculpa para terminar. Mas nada na vida importa mais se você não tem alguém que ama para compartilhar. — Ele se aproximou e se ajoelhou diante de mim, segurando minhas mãos. — Eu te amo. Nunca percebi o quanto até essas últimas semanas. Tentei ser forte, aguardar enquanto você seguia seu sonho de ter um filho, mesmo que, secretamente, isso me matasse, mas acabou que... não sou tão forte assim.

Tirei minhas mãos lentamente.

— Não sei o que dizer.

Ele se levantou.

— Falei que não estava disposto a ter outro filho. Mas a questão é que eu faria qualquer coisa para manter você na minha vida, Noelle. Claro que um filho na minha idade não é algo que vi no meu futuro. Mas percebi que o único futuro que consigo aceitar é junto com você. — Ele pausou. — E, se um filho... ou até dois ou três... vai te fazer feliz, quero ser eu a dar isso a você.

Por mais cativante que parecesse, eu não conseguia acreditar.

— Você não quer mais filhos. Só está dizendo isso para me convencer.

— Só quero mais filhos *com você.* Foi isso que percebi. Não há como não me apaixonar por nosso filho, mesmo que eu esteja apreensivo. Estava com medo... com medo de começar de novo neste estágio da minha vida. Mas sabe de uma coisa? Começar de novo com *você*? Consigo suportar isso.

Será que ele não entendia o abacaxi que havia acabado de jogar em mim?

— Isto é maluquice. — Minha voz falhou. — Eu posso estar grávida agora, Jason. Vou descobrir amanhã.

— Sei disso. — Ele suspirou. — E não tenho problema com isso. Se estiver grávida, vou ajudar a criá-lo. Mas, se não estiver grávida, Noelle... — Ele pausou. — Quero que venha para casa. Quero que more comigo. *Nós* podemos começar a tentar.

Minha boca se abriu sem acreditar.

— Você fez vasectomia.

— Vou marcar uma reversão amanhã.

Jesus. Balancei a cabeça.

— Só não entendo como pôde mudar de ideia de forma tão drástica.

— Não aconteceu da noite para o dia. Todas as coisas que você disse que gosto de fazer... passear, viajar... fiz todas nessas últimas semanas. Nada parecia certo. Nada me satisfez nem levou embora a dor de perder você. Minha mente, meu coração... Eles estiveram com você o tempo todo, querendo estar onde você estivesse. Essas semanas pareceram anos, Noelle. — Ele se moveu para sentar ao meu lado na cama. — Me abri para Jay e Alexandra sobre isso, algo que nunca tinha feito... deixar meus filhos opinarem na minha vida pessoal. Eles me deram uns conselhos bons. Jay me contou como eu era um ótimo pai e falou que, se eu te amava, não deveria ter medo de ser pai de novo. E Alexandra falou que gosta muito de você e acha que nunca mais vou encontrar uma parceira melhor. O apoio deles significa tudo para mim. Ficava preocupado que meus filhos se chateassem por eu ter um filho com outra pessoa. Mas parece que querem que eu seja feliz. — Jason pegou minha mão. — Percebi que só sou verdadeiramente feliz com você.

Seus olhos estavam cheios d'água.

— Diga que vai voltar para Nova York, independente do resultado amanhã. Diga que vai ficar comigo.

Eu precisava ganhar tempo.

— Não sei.

As narinas de Jason inflaram.

— É ele? É melhor falarmos sobre seus sentimentos por Archie, se é isso que está te segurando.

— Archie não falou que quer ficar comigo — respondi.

— Dormiu com ele?

Meu estômago embrulhou.

— Começamos a dormir juntos depois de você e eu terminarmos. Nada aconteceu antes disso.

Jason fez careta como se minha admissão doesse nele.

— Não era isso que eu queria ouvir... mas não posso te culpar. — Ele segurou minha mão. — Nem isso muda o que sinto.

Olhei para baixo, para nossas mãos.

— Nem consigo começar a processar isso.

— Não precisa falar nada agora. Eu só precisava te avisar em que ponto as coisas estão. Jure para mim que vai pensar em tudo que falei esta noite.

Me sentindo mais em dúvida do que nunca, assenti.

Quando Jason me deixou em casa naquela noite, abri a porta e encontrei Archie sentado na sala. Ele se levantou no instante em que entrei.

— O que está fazendo aqui? — perguntei, totalmente desprevenida de novo.

— Vim ver você. Descobri por que foi embora do restaurante.

Minha cabeça girou quando Roz se retirou para seu quarto.

— O que aconteceu com Jason? — ele indagou, uma veia prestes a explodir no seu pescoço. — Por que ele está aqui?

Meus olhos se encheram de lágrimas com todo o estresse que caiu em mim.

— Não consigo repassar tudo esta noite, Archie. Estou exausta.

Seu tom suavizou conforme ele me puxou para um abraço.

— Venha aqui. Desculpe — ele falou no meu pescoço. — Não quis te estressar. Vim me certificar de que você estava bem. Sei que encontrou com Andrea no banheiro feminino.

Recuei.

— Isso me irritou mesmo.

— Eu não fazia ideia de que ela viria para os Estados Unidos, mas você sabe que não há nada acontecendo entre mim e ela, não é?

— Certamente não foi isso que ela esperava.

Ele franziu as sobrancelhas.

— Não ligo para o que ela esperava. Só consigo pensar em você.

— Você é quem é, Archie. Você mesmo falou que não tem planos de se casar de novo. O motivo pelo qual fiquei chateada esta noite não foi porque pensei que houvesse alguma coisa entre você e ela, mas por causa da minha reação. Me mostrou que estou me apegando emocionalmente a você quando não deveria. Eu sabia que isso aconteceria se transássemos. — Cruzando os braços de forma protetora, adicionei: — Quero dizer, você não me deu nenhum sinal de que quer um futuro comigo. Talvez esse tenha sido o sinal de que eu precisava para despertar.

Archie fechou os olhos rapidamente, parecendo em conflito. Mas permaneceu em silêncio, sem negar nada.

— Preciso saber o que Jason falou para você — ele pediu após um momento.

Me endireitei para ficar mais alta.

— Ele falou que me ama. Quer que eu lhe dê uma segunda chance. Quer me ajudar a criar esta criança. — Pausei, me preparando para sua reação. — E, se não estiver grávida, ele resolveu que quer fazer uma reversão da vasectomia e...

— O quê? — Archie praticamente gritou, seu tom chocado. — Você não acreditou nessa merda, não é?

— Acha que é tão inacreditável assim ele poder me amar?

— Deus, Noelle. — Ele balançou a cabeça. — Não foi o que eu quis dizer, e sabe disso.

Quando comecei a chorar, uma expressão de alerta passou pelo rosto dele.

Meu lábio tremeu.

— Archie, só estou muito confusa e cansada. Temos um dia importante amanhã, e preciso me preparar.

— Certo — sussurrou. — Sei que está tarde. Me desculpe. — Ele fez carinho no meu ombro. — Vá dormir um pouco. Estarei aqui às oito da manhã para te buscar.

Virei e revirei na cama a noite inteira. Eu amava Archie, mas sabia que Jason tinha uma chance muito menor de partir meu coração.

Quando Archie veio me buscar na manhã seguinte, meu humor estava pior do que na noite anterior. Nenhum de nós tinha muito a dizer, e, embora Archie tivesse pegado café da manhã, eu estava sem apetite.

Não estava nem perto de esclarecer esta situação. Não havia dúvidas de que meus sentimentos pelo homem ao meu lado eram mais fortes do que meus sentimentos por Jason, mas eu não conseguiria sobreviver a uma rejeição de Archie. Precisava me afastar primeiro. Oferecer ser pai do meu filho e realmente ser um parceiro de vida eram duas coisas diferentes. Ele ainda precisava expressar interesse claro na segunda opção. Havia alguma coisa contendo-o. E eu não ficaria esperando ser magoada.

Conforme meus pensamentos aceleravam no caminho para o consultório, me convenci de que, se não estivesse grávida, seria um sinal para voltar para Nova York e reavaliar. Não significava que eu nunca mais tentaria ter um filho com Archie, também não significava que iria voltar correndo para Jason. Só significava que precisava de tempo para avaliar minha vida.

Archie e eu fomos levados, imediatamente, para a temida sala de resultados. Apesar da tensão entre nós, ele segurou firme minha mão o tempo todo que esperamos. Quando o médico entrou, vi sua expressão sombria. Ele se sentou à nossa frente. Então as palavras vieram.

— Sinto muito em dizer que seu teste deu negativo.

Archie soltou um som gutural ao baixar a cabeça. Meu coração pareceu vazio.

— Já conversaram sobre os próximos passos? — o médico perguntou.

Archie se virou para mim, seus olhos brilhantes ao aguardar minha resposta. Ele ainda não tinha soltado minha mão. Havíamos tentado de tudo desta vez. Mesmo assim, ainda não tínhamos conseguido fazer acontecer. Talvez não fosse para ser.

— Não — respondi. — Só tínhamos nos comprometido com três ciclos de inseminação. Então vamos reavaliar.

O dr. Burns digitou algo rapidamente no notebook.

— Como mencionei antes, muitos casais escolhem tentar FIV neste momento. Posso responder qualquer pergunta que possam ter sobre isso.

Suspirei.

— Estou bem consciente dessa opção e vou pensar para o futuro. Mas preciso de uma pausa por enquanto e fazer uma pesquisa. Se quiser marcar outra consulta, vou ligar para o senhor.

— Entendo. — Ele sorriu, solidário. — Este processo pode ser mentalmente cansativo, e certamente vai ser bom você dar um passo atrás e determinar o que quer, com a mente descansada.

Assenti.

— Obrigada por toda a ajuda, doutor.

Ele se levantou.

— O prazer foi meu. Estou ansioso para atender vocês de novo.

Deixados sozinhos, me virei para Archie, que abriu os braços para me abraçar.

— Sinto tanto — ele disse.

— Está tudo bem — sussurrei ao me apoiar nele. — Sabíamos que isso poderia acontecer. As chances estavam contra nós.

— Eu sei, mas eu queria isso mais do que qualquer coisa, Noelle. Espero que saiba disso.

Quando ele me soltou, falei:

— Archie, podemos ir a algum lugar e conversar?

Sua expressão endureceu quando ele assentiu.

— Claro.

Saímos da clínica, e Archie me levou a um parque local. Estava bem vazio, já que as crianças estavam na escola. Escolhemos um banco debaixo de uma árvore linda. Olhei para o céu e tentei reunir a coragem para falar o que precisava.

Enquanto assistia a uma embalagem de bala voar com a brisa, as palavras finalmente saíram.

— Preciso voltar para Nova York.

Uma respiração longa escapou dele.

— Mas o que isso significa?

— Ainda não sei. — Encarando algumas pombas, tentei explicar meus sentimentos confusos. — Me sinto mais emocionalmente envolvida neste processo do que esperava. Preciso me proteger. Sei que gosta de mim. Isso nunca esteve em pauta. No entanto, não sei se quer as mesmas coisas que eu quando se trata de nós. É difícil expressar o que realmente está no meu coração quando você não corresponde. Não consigo imaginar uma vida sem você nela. Deus, isso me assusta pra caramba, Archie. Se não consigo controlar estes sentimentos, tenho medo de te perder para sempre.

Ele pegou minha mão.

— Sinto que nós dois temos o mesmo medo. Não quero fazer nada para te magoar ou te perder. Não confio em mim mesmo, Noelle. Estraguei todo relacionamento que já tive.

Encarei nossos dedos entrelaçados.

— Você só foi bom para mim, e foi além para fazer este processo funcionar. Mas não sei mais se continuar é a melhor decisão para mim.

Archie colocou as mãos na cabeça e se apoiou nos joelhos. Este teria sido o momento ideal para ele dissipar meus medos, para dizer que me amava e me garantir que sempre estaria lá para mim.

Mas ele não fez isso.

Em vez disso, me deixou ir.

CAPÍTULO 30

Archie

DOIS MESES DEPOIS

Whaite's Island

Parecia exatamente igual do lado de fora. A casa ainda tinha estilo colonial. Até as flores na frente eram iguais. Respirei fundo o ar do oceano. Estivera ali uma vez depois daquele verão fatídico, ainda assim, não tinha realmente curtido a experiência da última vez. Aquela viagem parecia diferente. Eu estava muito mais relaxado e grato por todas as experiências que tivera ali, até as dolorosas.

— Posso te ajudar? — uma mulher indagou. Ela tinha acabado de sair da casa e deve ter se perguntado por que um desconhecido estava encarando.

— Desculpe incomodá-la. Morei aqui brevemente há anos. Só estava me lembrando um pouco.

— Ah, que interessante. Minha família e eu estamos alugando por uma semana. É uma ótima casa.

— Então é uma propriedade alugada...

— Sim.

Continuei olhando para a casa, perdido em pensamentos.

— Você está bem? — ela perguntou.

Boa pergunta.

— Sim, só tenho muitas lembranças daqui.

Ela apontou com o polegar de volta para a casa.

— Gostaria de entrar?

Arregalei os olhos.

— Posso?

— Claro.

— Uau. Obrigado. — Eu a segui para a porta e limpei os pés antes de entrar.

— Está ficando na cidade?

— Cheguei ontem à noite. Estou hospedado em uma pousada.

Tinha começado a fazer terapia de novo recentemente, algo que eu não fazia desde muito antes de Clancy nascer. Minha terapeuta determinou que eu ainda estava lidando com muito trauma da morte do meu pai e sugeriu que eu voltasse a Whaite's Island para enfrentar. Ela achava que minha volta para lá poderia me livrar dos sentimentos reprimidos que eu ainda tinha. Comentara que, da última vez que estive ali, fiquei distraído pelo fato de contar a Noelle que Mariah estava grávida. Nunca tinha lidado com os demônios que ainda me assombravam, muitos dos quais residiam naquela casa.

Então, ali estava eu, de volta à cena do crime. A decisão de visitar Whaite's Island tinha sido de última hora. Meu plano original era ir direto para Nova York ver Noelle. Mas eu não poderia arriscar estragar mais coisa com ela, então resolvera que deveria seguir o conselho da minha terapeuta.

Os dois últimos meses, desde que Noelle tinha voltado a Nova York, haviam sido os mais difíceis da minha vida. Isso era muita coisa, já que eu tivera momentos bem difíceis depois que meu pai morreu e enquanto cuidava da minha mãe.

Só quando Noelle partiu para a Califórnia foi que percebi que não era apenas a gravidez que eu estava esperando. Tê-la ao meu lado foi a primeira vez, em mais de uma década, que me senti completo. E eu havia estragado tudo. De novo, o medo havia me impedido de dar o próximo passo com a pessoa que significava tanto para mim. Meus sentimentos fortes por ela eram o motivo de sempre manter Noelle por perto, como uma peça preferida de arte que você teme encostar por medo de quebrá-la. Eu estava prestes a perdê-la para sempre — meu pior medo —, se não consertasse as coisas. Mas não poderia consertar as coisas até eu estar consertado.

A mulher me disse que seu nome era Jean. Conversamos por um tempo e perguntei se ela se importava de eu subir. Seus filhos estavam fazendo compras com o pai durante o dia todo, então ela me falou para ficar o tempo que quisesse. Não tinha mais ninguém em casa.

Subindo a escadaria, fui direto para o antigo quarto de Noelle. As paredes tinham uma cor diferente, e a estampa náutica havia sido trocada para um jogo de cama e decoração cinza e branca. A única coisa que permaneceu foi a vista linda do oceano e do farol.

Da última vez que fiquei na casa com Noelle, eu não havia ido para esse quarto, só fiquei parado do lado de fora. Me lembrou muito do momento horrível em que atendi o celular e soube que meu pai tinha morrido. Eu considerava aquele quarto assombrado, a cena de uma das minhas lembranças mais lindas e do pior dia da minha vida. Pensamentos sobre o meu pai inundaram meu cérebro quando me sentei na cama onde estivera quando recebi a ligação.

Por mais que meu pai e eu discordássemos em praticamente tudo, eu sempre quis só que ele me amasse. Por mais que eu tivesse ido visitar o túmulo dele ao longo dos anos, nunca tinha sentido sua presença ali do jeito que sentia naquele instante. Em pé para olhar na direção da água ao longe, falei com ele em um tom que mal dava para ouvir.

— Com frequência, me pergunto se você está olhando para mim de cima ou, sem ofensa, de baixo. — Suspirei. — Estou brincando. Enfim, me pergunto o que pensaria de mim agora, Archer. Ignorei tudo no seu livro de regras e fiz exatamente o oposto do que você teria desejado. Não apenas rejeitei a ideia de estudar Direito, como escolhi uma profissão que você consideraria arriscada. Você zombava de mim quando eu cozinhava qualquer coisa, lembra? Ou quando expressava interesse em algo que não estivesse alinhado com suas metas para mim. — Dei risada, bravo. — Oh... e engravidei minha namorada antes de casar. Você também teria amado isso. E, então, não consegui suportar o casamento por mais do que uns anos. Exatamente o contrário, eu o destruí sozinho. Imagino que teria me dito que não fui forte o suficiente para permanecer. Poderia ter falado que eu deveria ter tentado mais para manter minha família, que não apenas estraguei minha própria vida, mas também estraguei a da minha filha. — Balancei a cabeça e esfreguei uma mão no rosto. — Oh! E teria ficado ainda mais horrorizado por eu ter me oferecido para ser pai da filha do seu melhor amigo. Teria me dito que Noelle era boa demais para mim, me alertado para ficar longe e não estragar a vida dela também. Estou certo? — Andei de volta para a cama e me sentei. — Viu? Acredito nisso tudo, mas tenho que me perguntar se é isso mesmo que você diria agora ou se é minha percepção falsa. De qualquer maneira, preciso mudar a narrativa, pai. Bem aqui e agora.

Falei para o teto.

— Onde quer que você esteja, felizmente, sabe que fiz o melhor que podia com o que a vida me deu, mesmo que não concorde com minhas decisões. Fiz o melhor que podia para a mamãe. Disso tenho certeza. Felizmente, ela está com outro cara no paraíso, aliás, e não com você, seu traidor. — Suspirei. — Enfim, o que quer que a vida jogou para mim, segui o fluxo. Mas sempre houve uma constante: estive apaixonado pela mesma garota. E fico feliz de você tê-la conhecido. — Me levantei e passei pelo banheiro para meu antigo quarto, continuando a conversar com meu pai. — Talvez eu não seja o melhor homem para Noelle. Talvez haja outra pessoa mais centrada... alguém como Jason. Mas eu a *amo*. Mais do que ele poderia um dia. No entanto, como posso esperar que ela confie em mim se *eu* não confio em mim? Muitas das opiniões sobre mim mesmo vieram da sua voz me assombrando todos esses anos. Não deveria mais importar o que você teria pensado de mim. Contudo, o único jeito de isso acontecer é se *eu* deixar tudo para trás. — Dei risada. — Sua neta cantou *Let it go* no palco não muito tempo atrás. Até seu coração gelado a teria amado muito. — Sorri.

Voltando à janela do quarto de Noelle, suspirei.

— Enfim... Este sou eu deixando para trás, pai. O que precisa importar é o amor. Amo minha filha. E amo Noelle. Tenho sorte de a vida ter trazido as duas para mim. Sempre vou encorajar Clancy a fazer o que a deixa feliz, não o que agrada as pessoas ou a mim. Mas devo dizer que agora sei como é difícil ser pai. Você pegava pesado comigo, entretanto, provavelmente, pensava que era o melhor para mim.

Olhei para o teto uma última vez.

— O que importa mais do que qualquer coisa... Eu te perdoo por todas essas vezes que me magoou. E me perdoo por não dizer que te amava antes de você morrer. Porque depois de tudo... Eu te amo *mesmo*. E queria que estivesse aqui. Queria poder ter te deixado orgulhoso, mesmo que eu não tenha seguido o caminho que você teria escolhido.

Respirei fundo. Tinha falado tudo que precisava dizer, e uma sensação eufórica de alívio me tomou. Agora era hora de corrigir o maior erro que eu já tinha cometido.

Lá embaixo, encontrei Jean na cozinha.

— Obrigado por me deixar ver o piso superior.

Ela soltou um limão que estivera espremendo.

— Espero que tenha tido uma boa viagem pela memória.

— Definitivamente, dei uma viajada lá em cima. Agradeço a oportunidade que me deu de colocar algumas coisas para descansar.

— Claro. Aproveite o resto do seu tempo na ilha.

— Você também.

Não me dei ao trabalho de explicar que iria sair de Whaite's Island o mais rápido possível. Em vez de esperar meu voo e ficar outra noite ali, comecei a procurar um serviço de carro que me levaria para Nova York.

CAPÍTULO 31

Noelle

Estava tendo um dia de preguiça de pijama em casa, trabalhando e enchendo minha xícara de chá toda hora. Precisando me tirar desse clima, resolvi ligar para Roz. Não falava com ela desde que tinha voltado.

Ela atendeu no segundo toque.

— Noelle Belle! Estava pensando em você agora!

Ela sempre sabia como melhorar meu humor.

— Oi, Roz. Queria conversar.

— Sinto muito sua falta, garota. Estou feliz que tenha ligado.

— Também sinto sua falta. Desculpe ter demorado tanto para entrar em contato. — Abri a geladeira e peguei um palitinho de muçarela. — Como estão as coisas?

— A Roz Menopausa acabou de chegar a cinquenta e cinco mil inscritos!

— Ah, meu Deus. Que maravilha! Deve ter sido sua série de ondas de calor. — Dei risada. — Mal posso esperar para maratonar todos os vídeos daqui a vinte anos.

— Agora pare de fingir que ligou para conversar com esta velhinha e me diga por que está ligando mesmo.

— Estou ligando para falar com você. Deveria ter ligado antes.

— Bom, que fofa, mas não está nem um pouco interessada no menino Archie?

Archie e eu tínhamos trocado algumas mensagens nos dois últimos meses, porém não havíamos conversado sobre nós. Ou estávamos dando espaço um para o outro ou nos afastando. Eu não sabia qual. Mas estava morrendo de saudade dele.

Pigarreando, perguntei:

— Você o tem visto ultimamente?

— Na verdade, não, querida. Ele não tem aparecido. Mas, da última vez que esteve aqui, eu o vi olhar para seu antigo quarto. Ele parecia triste.

Como muitas coisas com Archie, isso me confundia. Eu detestava que ele estivesse triste, mas por que não tinha me procurado se estava se sentindo assim?

— O que está rolando aí em Nova York? — ela perguntou.

— Terminei com Jason de verdade. Tipo, nunca voltamos, só ficamos casualmente, mas tomei uma decisão final.

— Sério... — Ela suspirou. — Bem, sinto muito.

Dei uma mordida no palitinho de queijo — sim, eu estava comendo laticínios de novo.

— É melhor assim. Acho que ele se convenceu de que poderia querer um filho só para continuar comigo. Não poderia deixar que ele fizesse uma coisa dessa quando eu não acreditava realmente nele. — Balancei a cabeça. — Mas esse não é o principal motivo de eu não estar com ele. — Pausei. — Não o amo.

— Você ama Archie — ela disse como se fosse óbvio.

— Sim. — Expirei. — E é uma droga.

— Se for para ser, será, querida.

— Acho que está certa. Mas, sério, o que está rolando aí com você?

Conversamos por um tempo, e jurei ligar com mais frequência. Então, meia hora depois de desligar com Roz, meu celular se iluminou com uma mensagem.

Falando no diabo. Era Archie.

Meu coração se animou ao ver uma foto, seguida de uma mensagem looooonga. Desci tudo antes de ler. Devia ser a mensagem mais longa que eu já tinha recebido.

Meu coração acelerou quando rolei para cima de volta e cliquei na foto. Era um desenho de mim, um rascunho como os que ele costumava criar há mais de uma década. Ele já tinha me desenhado assustada. Tinha me desenhado concentrada. Assim como bêbada e parecendo louca depois de massacrar um bolo de chocolate. No entanto, nunca tinha me desenhado assim. Eu parecia triste, usando o vestido pink coberto de margaridas que havia usado no casamento dele. Analisei a expressão melancólica no meu rosto desenhado de novo. Era o resumo perfeito de como me senti naquele dia — triste, confusa e desesperadamente apaixonada por um homem que tinha acabado de se casar com outra pessoa. Ironicamente, ele havia legendado o desenho com *Amor*.

De repente, me senti agitada, com medo do que ele havia escrito. Me sentei para ler a mensagem. Pegando uma almofada, eu a abracei para me apoiar.

Archie: Esta será a coisa mais pura que já escrevi, então se prepare. Estou te mandando mensagem porque, da próxima vez que te vir pessoalmente, pode ser que volte ao meu jeito idiota de gaguejar e não confio que eu vá emitir as palavras com coerência. Esta foto é o último desenho de você que fiz. Desenhei na minha noite de núpcias. Não é bizarro? Fugi para o banheiro enquanto Mariah estava dormindo e desenhei você — porque eu precisava. Nunca queria esquecer sua expressão. Foi importante para mim porque, infelizmente, essa foi a noite em que percebi que você me

amava. Também foi a noite em que percebi que tinha cometido um erro enorme. Se eu pudesse voltar, teria feito muitas coisas diferentes. Agora sei que não posso escolher quem amar com base no que cabe em uma caixinha organizada.

Você tentou esconder o fato de que esteve chorando a noite inteira. Mas eu sabia. Sentia. E tenho vergonha de admitir que estava apaixonado por você naquele dia. Com vergonha só porque nunca deveria ter sido ela. Deveria ter sido você. Eu soube disso não somente quando vi a tristeza nos seus olhos, mas até quando olhei para os bancos da igreja e vi você no seu vestido pink, parecendo desconfortável. Meu coração parou por você de um jeito que não parara quando minha noiva caminhou até o altar. Eu tinha escolhido enterrar fundo aqueles sentimentos. Foi um erro enorme.

A verdade é que te amei desde o nosso primeiro verão juntos. E não posso dizer o que poderia ter acontecido se ele tivesse terminado diferente. Mas preciso que entenda que, na época em que tive que cuidar da minha mãe depois que meu pai morreu, era mais importante, para mim, me certificar de não te prender do que admitir como me sentia. Nunca quis que se ressentisse de mim. Você tinha todo o universo na ponta dos dedos, enquanto eu estava preso na Califórnia. Você tinha aspirações de carreira e toda a liberdade do mundo. Então tomei a decisão de deixar você ir.

Então a vida aconteceu. Você estava com Shane. Depois não estava. Eu estava com Mariah, e nós dois sabemos o que aconteceu ali. Destino e timing nunca estiveram do nosso lado. E parte de mim, ao longo de todos esses anos, acreditava em uma falsa narrativa de que você ficava melhor sem mim, o que eu sabia que não era verdade. Porque você me amava — era só isso que deveria ter importado. É só isso que importa.

Também sei que não só te amo por causa do nosso tempo juntos naquele verão. Essa foi apenas a ponta do iceberg. Te amo por todos os momentos nesse meio-tempo, quando não estávamos fisicamente juntos, mas quando eu sabia que poderia contar com você, quando não poderia contar com mais ninguém.

Também devo admitir que, sim, mesmo que eu estivesse disposto a ser pai do seu filho enquanto você namorava outro homem, cada segundo que você estava com ele me matava.

Sempre houve somente um motivo para eu querer ter um filho com você. É porque te amo. E sei que também amaria nosso filho. Nunca me arrependeria de viver isso com você, independente se estivéssemos juntos ou não. Por mais que tenha ficado decepcionado por não engravidarmos após três tentativas, não me arrependo de nada daquela época — conhecer ainda melhor a mulher forte que você se tornou, conseguir fazer amor com você e conseguir viver a empolgação de saber que poderíamos estar formando uma vida juntos, mesmo que ainda não tenha dado frutos.

Estou totalmente dentro se me quiser. Não porque estou te fazendo um favor, mas porque não consigo viver sem você e a única coisa que quero é começar uma família com você. Mesmo que essa família seja você, eu e Clancy, e mais nenhuma criança.

Esta mensagem já está longa demais. Mas escrevê-la foi uma boa forma de passar a viagem do Maine até Nova York. Agora é hora de você abrir sua porta e me deixar te mostrar o quanto te amo.

Minhas mãos tremeram. Quase derrubei o celular. *Ele está... aqui?* Com o coração acelerado, corri até a porta.

Quando a abri, Archie estava lá parado com lágrimas nos olhos. Por mais que o conhecesse há tanto tempo, nunca o tinha visto chorar. Mas ele estava chorando por mim. Porque me amava.

Pulando nos braços dele, eu o abracei e não desperdicei sequer um segundo.

— Eu te amo.

Ele expirou no meu pescoço.

— Eu te amo demais. E sinto *tanto* por não ter falado antes.

— Ãh. O que são doze anos? — brinquei, permitindo que as lágrimas caíssem.

Quando, finalmente, consegui me afastar do calor dos seus braços, peguei sua mão e o deixei entrar.

— Você falou que estava no Maine. Whaite's Island?

Ele assentiu.

— Eu precisava voltar lá para encerrar um capítulo. Não tinha intenção de ver a antiga casa, mas, quando estava passando por lá, a pessoa que a estava alugando acabou me deixando entrar. Me sentei no seu antigo quarto e conversei com meu pai. Consegui solucionar algumas questões não resolvidas, mesmo que estivessem apenas na minha cabeça.

— Uau.

— Estou trabalhando em mim mesmo há um tempo desde que você foi embora — ele disse. — Mas há uma coisa em que nunca tive que trabalhar porque sempre esteve claro para mim. Sempre te amei. Só mantive você afastada para nunca poder te magoar. Mas, ao fazer isso, estava magoando nós dois. Entendo isso agora.

Sequei meus olhos.

— Pensei em você todos os dias desde que voltei para cá. Só queria te ouvir falar isso. Mesmo estando longe, estou mais apaixonada por você desde que saí da Califórnia.

Ele segurou minhas mãos.

— Precisava assumir o risco de que poderia te magoar a fim de te amar. Quero ter você na minha vida. Não será perfeito. Haverá momentos em que posso não estar lá para você por causa da minha filha. Ou haverá horas em que vou pisar na bola, falar a coisa errada ou fazer a coisa errada. Mas vou fazer tudo que puder para não te magoar. Nunca vou te subestimar, e vou *sempre* amar você.

Será que eu deveria me beliscar?

— Me senti vazia esses dois últimos meses — disse a ele. — Saí da Califórnia porque te amava demais para ficar se você não correspondesse. E nunca considerei, de verdade, voltar com Jason. Você precisa saber disso. Não importa onde eu estava na minha vida, todo ano, todo feriado, todo e-mail... Te amei cada segundo, Archie Remington. Muito do meu coração ficou em Whaite's Island. Não tenho conseguido deixar para trás. E nunca quero deixar *você* para trás.

— Nunca vai precisar, Noelle. — Archie acariciou minha bochecha. — Mas preciso te pedir um favor enorme.

Inclinei a cabeça para o lado.

— Claro.

Seus olhos queimaram nos meus.

— Preciso que se mude para a Califórnia. Não posso ficar longe da minha filha, e preciso ficar com você todos os dias. Estaria disposta a fazer isso?

Ele não percebia que não existia essa possibilidade?

— Não me sinto normal desde que voltei para cá. Costumava amar Nova York, mas não me sinto mais a mesma aqui sem você. Então, sim, claro, vou voltar.

Archie me abraçou de novo.

— Obrigado.

— Descobri umas coisas sobre mim mesma — confessei a ele.

Ele se afastou para olhar para mim.

— O quê?

— Acho que parte do motivo de eu sentir que precisava muito de um filho era porque queria alguém para me amar. E, por mais que ainda queira muito um filho... de alguma forma, ouvir você dizer que me ama tira imediatamente a pressão. Ultimamente, o que eu queria na minha vida é uma sensação de família e de propósito. Acho que um filho não é o único jeito de conquistar isso. Todo mundo só precisa de alguém, seja um filho ou outra pessoa. Precisam sentir que, se desaparecessem da Terra amanhã, importaria para alguém.

— Entendi. — Archie sorriu. — A melhor coisa que você poderia ter feito era ir embora porque me fez perceber que não tenho a eternidade para resolver todas as coisas que estavam me impedindo de ficar com você. Desculpe ter demorado tanto para ser o homem que você merece.

Passei a mão na barba por fazer do seu rosto.

— Você poderia não achar que era o homem que eu merecia, mas *sempre* foi o homem que amei.

Só demorei duas semanas para sublocar meu apartamento e voar para a Califórnia. Felizmente, meu chefe tinha sido extremamente generoso e concordou em me transferir para o escritório da Costa Oeste. Eu faria o mesmo trabalho e só precisaria reportar ao escritório de Los Angeles de vez em quando.

Archie, Roz e Clancy estavam me esperando no aeroporto quando desci do avião.

Clancy segurava uma placa que dizia: *Bem-vinda ao lar, Noelle.*

As lágrimas encheram meus olhos porque senti que tinha pousado *em casa* pela primeira vez na vida.

Me abaixei para abraçá-la primeiro.

— Obrigada, lindinha.

— O papai me contou que você irá morar com a gente.

Puxei uma das suas tranças.

— Vou. Espero que não tenha problema para você.

— Não. — Ela assentiu. — Eu gosto de você.

— Isso significa muito para mim. — Funguei. — Também gosto de você.

Quando me levantei, os braços de Archie estavam abertos e prontos para me receberem. Seu abraço quente era tão bom.

— Bem-vinda ao lar, linda — ele disse.

— Estou feliz de estar em casa.

Em seguida, me virei para abraçar minha amiga querida.

— Oi, Roz.

— Estava ansiosa para te ver, querida. Precisava acompanhar. Estou triste que não vai mais morar comigo. — Ela deu uma piscadinha. — Mas entendo.

Respirando fundo, esperei um instante para apreciar as três pessoas diante de mim – minhas pessoas. Desde que meus pais tinham se mudado para a Flórida, eu tinha perdido a sensação de família que tinha quando eles estavam em Nova York. Ser filha única sempre foi meio solitário, mas, principalmente depois da minha mãe e meu pai se mudarem. Então, Archie, Clancy e Roz também eram minha família agora. Eu havia conseguido viajar o mundo e viver minhas aspirações na carreira, mas nada era melhor do que estar ali com eles.

Rapidamente, peguei minhas malas na esteira rolante e, conforme andávamos na direção da saída, Clancy se virou para o pai.

— Podemos ir para Nova York alguma hora, papai?

— Se sua mãe concordar, eu adoraria te levar lá. Melhor ainda, poderíamos ir para o Maine... talvez até ver se a antiga casa está disponível para alugar... e dirigir até Nova York de lá. O que acha, Noelle? Talvez no próximo verão?

— Parece o plano perfeito para mim. Todos os lugares que amo com as pessoas que amo.

Roz me cutucou.

— É melhor me convidar para essa casa no Maine. Parece incrível pela forma como Nora costumava descrever.

— Era. É mágica. E você está convidada, com certeza. Falei todas as pessoas que amo. — Envolvi meu braço nela. — E isso inclui você.

Deixamos Roz, e depois Archie, Clancy e eu fomos para a casa dele.

Archie me mostrou meu quarto – nosso quarto. Ele tinha colocado o quadro de Whaite's Island que pendurara para mim no meu quarto na casa da mãe dele. Fiquei feliz por ele ter se dado ao trabalho de transferi-lo.

— Estou ansioso para mais tarde — ele sussurrou no meu ouvido.

Nossa. Eu também.

Quando entramos de novo na sala de estar, Archie chamou sua filha.

— Clancy, por que não mostra a Noelle o que estava assistindo mais cedo?

Ela correu para a televisão e apertou *play* em um programa. Não conseguia acreditar no que estava vendo: meu vídeo antigo do concurso de mais de uma década antes.

— Não acredito que está assistindo a isso!

— Ainda dá para encontrar os arquivos do concurso de Miss América Escolar no site deles — Archie explicou. — Está passando do meu notebook. Clancy mencionou que a amiga dela era uma competidora, e contei que você participou uma vez. Então procuramos.

Clancy deu risada.

— Sou Clancy Nora Remington, do grande estado da Califórnia!

— Isso foi incrível! — Uni as mãos. — Acho que você é a perfeita rainha do concurso.

— Não. — Ela franziu o nariz. — Quero ser atriz. Certo, papai?

— Você pode ser o que quiser, docinho. — Ele olhou para ela com orgulho e beijou o topo da minha cabeça.

Archie fez uma refeição especial para nós naquela noite: penne alla vodca – o que mais? – para ele e para mim e pizza caseira para Clancy.

Quando terminamos de comer, ele se virou para ela e disse:

— Clancy, por que não vai terminar aquele projeto no seu quarto antes de a sobremesa ficar pronta?

— Ok, papai. — Clancy se levantou logo e fez o que ele falou.

Observei conforme ela desapareceu no quarto.

— Ela é maravilhosa — sussurrei.

Ele segurou minha mão.

— Ela está feliz por você estar aqui.

— Sério? Me preocupei com isso. Torci para ela não estar só fingindo.

— Clancy e eu conversamos muito sobre isso. Ela sabe como você é importante para mim. Está se acostumando ao fato de os pais não estarem mais juntos. Aceitou Andy e agora você. Temos muita sorte. Posso não ter tido o melhor casamento com Mariah, mas sei que ela nunca falou mal de mim nem de você para Clancy. Ela tem respeitado bastante. Clancy enxerga isso como ganhar uma mãe em vez de perder alguma coisa.

— Sabe que isso me deixa muito feliz, principalmente porque não tenho um filho meu. Juro sempre tratá-la como se fosse.

— Sei que vai. — Archie ergueu minha mão e a beijou. — Obrigado.

Tínhamos resolvido parar um pouco os tratamentos de fertilidade, apesar de ainda querermos muito um bebê. Se acontecesse no meio-tempo, ótimo. Mas, se não desse certo, não me estressaria. Minha prioridade no momento era conhecer Clancy e me acostumar a estar de volta na Califórnia.

Clancy se uniu de novo a nós, e Archie perguntou:

— Terminou seu projeto?

Ela tinha um sorriso sorrateiro ao assentir.

— Quer mostrar para Noelle?

Clancy colocou a mão nas costas e me presenteou com um ovo de Páscoa de plástico enorme que, imediatamente, me levou de volta a Whaite's Island.

— Oh, nossa. — Senti que estava corando... Felizmente, ela não fazia ideia do porquê isso fazia minhas bochechas esquentarem. — Não vejo um desses há anos.

Archie deu uma piscadinha para mim.

— Abra! — Clancy disse.

O que Archie a tinha feito fazer?

Ela o entregou para mim e, depois de eu o torcer, vi um recado dentro. Escrito de giz de cera estavam duas simples palavras: *Diga sim*.

Quando olhei para Archie de novo, ele já estava ajoelhado em uma perna conforme Clancy saltitava de empolgação.

— Sei que pode parecer cedo — ele começou. — Mas vamos admitir que já passou muito da hora. Antes eu não estava pronto, Noelle, para a magnitude de um primeiro amor. Será que alguém um dia está pronto para o primeiro amor? Eu era extremamente despreparado. Mas você... você é o suporte da minha vida: meu primeiro e meu último amor. E eu ficaria honrado... não, esqueça isso, eu *preciso* que você seja minha esposa. — Ele abriu uma caixinha de anel e a estendeu para mim. — Por favor, diga sim.

Minha boca estava entreaberta conforme eu olhava para uma Clancy sorridente. Então, enfim, olhei para um anel lindo oval de diamante, brilhando sob as luzes. *Puta merda!*

— Diga sim! — Clancy sussurrou.

Eu sorri para ela.

— Bem, se você diz. — Pulei e gritei: — Sim! — E me joguei nos braços de Archie.

Ele me ergueu no ar.

— Eu te amo tanto. Obrigado por me fazer o homem mais feliz do mundo.

— Estou *tão* feliz, Archie.

Clancy interrompeu nosso abraço.

— Teria sido engraçado se ela dissesse não.

— Para *você*, talvez. — Archie me colocou no chão para fazer cócegas na filha.

— O que teria feito se ela dissesse não, papai?

— Eu teria chorado. Porque a amo tanto assim. — Ele deu uma piscadinha. — Mas sabia que ela não faria isso.

Clancy inclinou a cabeça para o lado.

— Como?

— Porque quando se ama alguém e a pessoa te ama também, você simplesmente sabe. Um dia, quando estiver mais velha, vou te contar toda a história sobre como Noelle e eu nos apaixonamos.

— É linda?

— Às vezes. Outras vezes, é confusa. Mas o amor é assim. Um dia, você vai ver.

— Obrigada por me aceitar, docinho — eu disse. — Se não me

aceitasse, eu não poderia me casar com seu papai.

— De nada, Miss Nova York. — Clancy correu para o quarto e voltou com uma caixa embrulhada. — Tenho outra coisa para você — ela gritou.

— Tem? — Peguei dela. — Obrigada.

Depois de, cuidadosamente, rasgar o papel, abri a caixa e tirei um par de meias – perfeitamente sem combinar, uma com listras e outra com bolinhas.

— Você falou que gostou das minhas. — Ela mostrou seus dentes brancos. — Então comprei umas para você.

Se meu coração já não estivesse explodindo esta noite...

— São muito legais. E significa muito você ter se lembrado.

Tirei meus sapatos. O tecido era macio aveludado quando enfiei as meias e as puxei até os joelhos.

Meias sem combinar me lembravam muito do meu relacionamento com Archie Remington. Nosso caminho certamente não foi ordenado nem sensato, mas, de alguma forma, no fim, quando os dois finalmente se uniram, foi perfeito.

EPÍLOGO

Archie

TRÊS ANOS DEPOIS

Whaite's Island

Tirei a grama da minha calça.

— Cadê a Clancy?

— Ela está fazendo pipoca. Já vai sair — Noelle disse enquanto estendia um cobertor no gramado.

O sol já tinha se posto, e a brisa do oceano estava gelada naquela noite, nos incentivando a vestir nossas blusas para o filme do lado de fora.

Eu havia acabado de instalar uma tela que havia comprado no quintal da casa em Whaite's Island. Conseguimos alugar nossa antiga casa por uma semana, porém tivemos que reservar um ano antes.

Meus olhos foram para Roz, que estava sugando o rosto do namorado sentada no colo dele.

— Acho que vocês dois precisam de um quarto — zombei.

Arthur tinha um canal de carpintaria no YouTube, e eles se conheceram em uma convenção de influenciadores mais ou menos um ano antes. Ele tinha se mudado para a antiga casa da minha mãe com Roz, e ambos agora me pagavam um aluguel mínimo. Provavelmente, a propriedade não seria vendida em breve, mas eu estava perfeitamente tranquilo com isso.

A mãe de Noelle levou uma bandeja de chá gelado enquanto seu pai procurava na seleção de filmes no meu notebook. Os pais de Noelle tinham voado da Flórida para estar ali conosco. Apesar das minhas dúvidas iniciais quanto a se me aceitariam para sua filha, eles acabaram ficando felizes e surpresos quando Noelle e eu contamos que estávamos juntos e que iríamos nos casar. Era meio ridículo eles serem informados de ambos os fatos ao mesmo tempo, porém era assim que Noelle e eu fazíamos.

Minha sogra chegou por trás de mim.

— Por que está sorrindo?

— Não percebi que estava sorrindo.

— Sim. Estava sorrindo sozinho.

— Estava só pensando em como é incrível ter todas as pessoas que significam muito para mim aqui.

— Esta semana tem sido maravilhosa. — Noelle esfregou minhas costas. — Queria que não tivéssemos que ir embora.

— Bem, sempre podemos tentar comprar a casa de novo, se um dia estiver à venda — o pai dela disse.

— Não seria legal? — sua mãe concordou.

— Podemos escolher um filme agora? — minha filha de oito anos perguntou conforme enchia a boca de pipoca.

O pai de Noelle levou o notebook para perto, e os dois procuraram algo. Ironicamente, os pais de Noelle tinham se tornado um segundo par de avós para minha filha. Mark e Amy sempre trataram Clancy como neta deles, o que significava muito para mim.

Adoraria te contar que nossos esforços para ter um filho tinham dado certo, mas uma gravidez não estava no nosso destino. Noelle e eu nos casamos seis meses depois do noivado e, um ano depois, começamos a fertilização in vitro. Após muitas tentativas falhas, resolvemos mudar para adoção. No entanto, a lista de espera era longa. Então juramos deixar o destino agir. Ainda não tinha nos falhado, apesar da estrada rochosa que pegamos para chegar até ali. O que quer que fosse, aconteceria. Sem FIV por enquanto. Isso significava nenhum estresse adicionado, o que já era uma benção.

Mas, às vezes, nesses momentos em que você finalmente deixa fluir, a mágica acontece. E era apropriado estarmos ali naquele lugar especial quando recebemos a chamada. Quando vi o nome surgir no meu celular, acenei para Noelle, coloquei no viva-voz e fui até um canto do jardim para podermos ter privacidade.

— Alô? — atendi.

— Sr. Remington? É Nancy Cartwright, da agência.

— Sim. Oi.

— Sua esposa está com você?

— Estou bem aqui — Noelle falou no telefone.

— Espero que não tenha interrompido nada.

— Não. Nem um pouco — eu disse. — Na verdade, estamos passando uma semana no Maine com a família.

— Ah. Que legal.

Olhando para Noelle, fiz a pergunta cheia de esperança.

— Posso presumir que, se está ligando em um fim de semana, deve ter novidades para nós?

— Na verdade, sim. Queria avisar vocês sobre um menininho do qual acabei de saber. Seus tutores temporários estão tentando encontrar um novo lar para ele. Sei que vocês estavam querendo um bebê. Ele é um pouco mais velho... dois anos e meio.

Noelle e eu olhamos um para o outro. Quando ela assentiu, eu sabia que estávamos na mesma página.

— Me conte sobre ele — eu pedi.

— Bem, a mãe dele faleceu de repente em um acidente. Era mãe solo e não tem família que seja apropriada para cuidar do menino. Não haveria ninguém para contestar, se escolherem seguir em frente. Pensei em vocês dois antes de explorar outras opções.

Noelle segurou minha mão, e seus ombros subiram e desceram. Dava para ver que ela tinha a mesma sensação esperançosa que eu.

— Eu o conheci — Nancy adicionou. — Ele é muito tímido, mas bem-comportado. Não tem grandes problemas. Está desesperadamente necessitado de uma família. Meu coração está partido por ele. — Ela pausou. — Se quiserem, posso enviar mais informação, junto com uma foto.

— Seria maravilhoso, Nancy — Noelle disse. — E prometemos retornar em breve. Não queremos segurar nada.

— Ok — ela respondeu. — Esperem algo de mim nos próximos dez minutos.

Após eu desligar o telefone, me virei para Noelle.

— O que está pensando?

— Não sei. Parece estranhamente certo. Ele ainda é jovem o suficiente para educar, sem contar o quanto precisa de um lar.

Assenti. Me sentindo cautelosamente otimista, olhei para a mão de Noelle conforme voltamos à nossa família. Liguei o filme enquanto esperávamos o e-mail. Verifiquei meu celular a cada minuto, mais ou menos, até, finalmente, uma mensagem de Nancy aparecer.

Pulei e sussurrei para Noelle:

— Recebemos.

Nos retiramos do grupo e fomos para dentro da casa, onde meu notebook estava no balcão da cozinha. Abri o e-mail e fui direto para a foto anexada.

Noelle segurou meu braço quando cliquei nela.

Meu peito se apertou ao ver o menino sorridente. Sempre costumava dizer que, quando Noelle sorria, iluminava todo o seu rosto. Esse garoto tinha o mesmo tipo de sorriso.

Enfim, falei.

— Ele é...

— Lindo. — Noelle suspirou, seus olhos arregalados com admiração.

Rolei para cima, para a informação que Nancy enviara junto, e não conseguia acreditar no que estava vendo.

Apontei para a tela.

— Olhe o nome dele.

Freddy.

— Uau — ela falou sem emitir som. — Freddy. De Fred, seu antigo alter ego.

— Parece que era para ser, não é?

Noelle não conseguia parar de sorrir. E, certamente, chegava aos seus olhos. Sentindo nas minhas entranhas — e no meu coração —, eu sabia que era isso.

— Ele meio que se parece com você, Archie. Tem o mesmo cabelo rebelde.

— Na verdade, o sorriso dele me lembra você — eu disse.

Ela analisou a foto com mais cautela e inclinou a cabeça para o lado.

— Não sei com quem ele se parece... e não sei se me importo. Ele é perfeito.

— Na verdade, eu sei com quem ele se parece...

— Com quem? — Ela olhou para mim.

Eu sorri.

— Ele se parece com nosso filho.

AGRADECIMENTOS

Preciso começar agradecendo aos meus amados leitores por todo o mundo que continuam apoiando e promovendo meus livros. Obrigada por continuarem comigo nesta jornada e por me permitirem ter esta carreira. A todos os blogueiros literários e influenciadores que trabalham incansavelmente para me apoiarem livro após livro, por favor, saibam o quanto agradeço a vocês.

A Vi. Sou muito grata por continuarmos fazendo mágica juntas quase uma década depois. Você é a melhor amiga e parceira no crime que eu poderia pedir.

A Julie. O resumo de força e resiliência. Obrigada por sempre me inspirar.

A Luna. O Natal não seria igual sem você. Obrigada por seu amor e apoio, dia após dia.

A Erika. Você sempre dá um jeito de iluminar meus dias. Obrigada por sempre dividir sua luz.

A Cheri. Obrigada por sempre ter cuidado e por nunca esquecer de uma quarta-feira. Mal posso esperar para te ver este ano!

A Darlene. Uma ótima confeiteira e uma amiga ainda melhor. Obrigada por ser tão fofa comigo.

Ao meu grupo de leitura do Facebook, Penelope's Peeps. Adoro todos vocês. Vocês são meu lar e meu lugar preferido de estar.

À minha agente, Kimberly Brower. Obrigada por trabalhar duro para levar meus livros às mãos de leitores ao redor do mundo.

À minha editora, Jessica Royer Ocken. É sempre um prazer trabalhar com você. Estou ansiosa para muito mais experiências que virão.

A Elaine, de Allusion Publishing. Obrigada por ser a melhor preparadora, formatadora e amiga que uma garota poderia pedir.

A Julia Griffis, de The Romance Bibliophile. Seu olho de águia é incrível. Obrigada por ser tão maravilhosa de trabalhar junto.

À minha assistente, Brooke. Obrigada por trabalhar muito para cuidar de tudo que Vi e eu não conseguimos. Gostamos muito de você!

A Kylie e Jo, de Give Me Books. Vocês são verdadeiramente as melhores! Obrigada por seu trabalho promocional incansável. Estaria perdida sem vocês.

A Letitia Hasser, de RBA Designs. Minha designer de capa deslumbrante. Obrigada por sempre trabalhar comigo até o produto final estar extremamente perfeito.

Ao meu marido. Obrigada por sempre dar conta de muito mais do que deveria para que eu consiga escrever. Te amo muito.

Aos melhores pais do mundo. Tenho muita sorte de ter vocês! Obrigada por tudo que já fizeram por mim e por sempre estarem lá.

Por último, mas não menos importante, à minha filha e ao meu filho. Mamãe ama vocês. Vocês são minha motivação e inspiração!

Editora Charme

Entre em nosso site e viaje no nosso mundo literário.
Lá você vai encontrar todos os nossos
títulos, autores, lançamentos e novidades.
Acesse www.editoracharme.com.br

Você pode adquirir os nossos livros na loja virtual:
loja.editoracharme.com.br

Além do site, você pode nos encontrar em nossas redes sociais.

https://www.facebook.com/editoracharme

https://twitter.com/editoracharme

http://instagram.com/editoracharme

@editoracharme